公務員、中田忍の悪徳
5
koumuin, Nakata Shinobu no akutoku

CONTENTS

DESIGN TANIGOME KABUTO(musicagographics)

Ariel
アリエル
Yoshimitsu Naoki
直樹義光

一ノ瀬由奈
Yuna Ichinose
中田 忍
Shinobu Nakata
Teppei Wakatsuki
若槻徹平

公務員、中田忍の悪徳 3

立川浦々

イラスト 棟蛙

koumuin, Nakata Shinobu no akutoku characters

人物紹介

中《なか》田《た》忍《しのぶ》

主人公。区役所福祉生活課で
係長を務める地方公務員。

アリエル

中田忍の保護下にある謎の存在。
異世界エルフと呼ばれるが……？

直《なお》樹《き》義《よし》光《みつ》

中田忍の大学時代からの親友。
日本国内の野生動物を研究する
大学助教。

一《いち》ノ《の》瀬《せ》由《ゆ》奈《な》

中田忍の部下を務める才媛。
保護受給者のケースワーカーを
担当している。

若《わか》月《つき》徹《てっ》平《ぺい》

中田忍の大学時代からの親友。
ホームセンターの
バイヤーとして勤める。

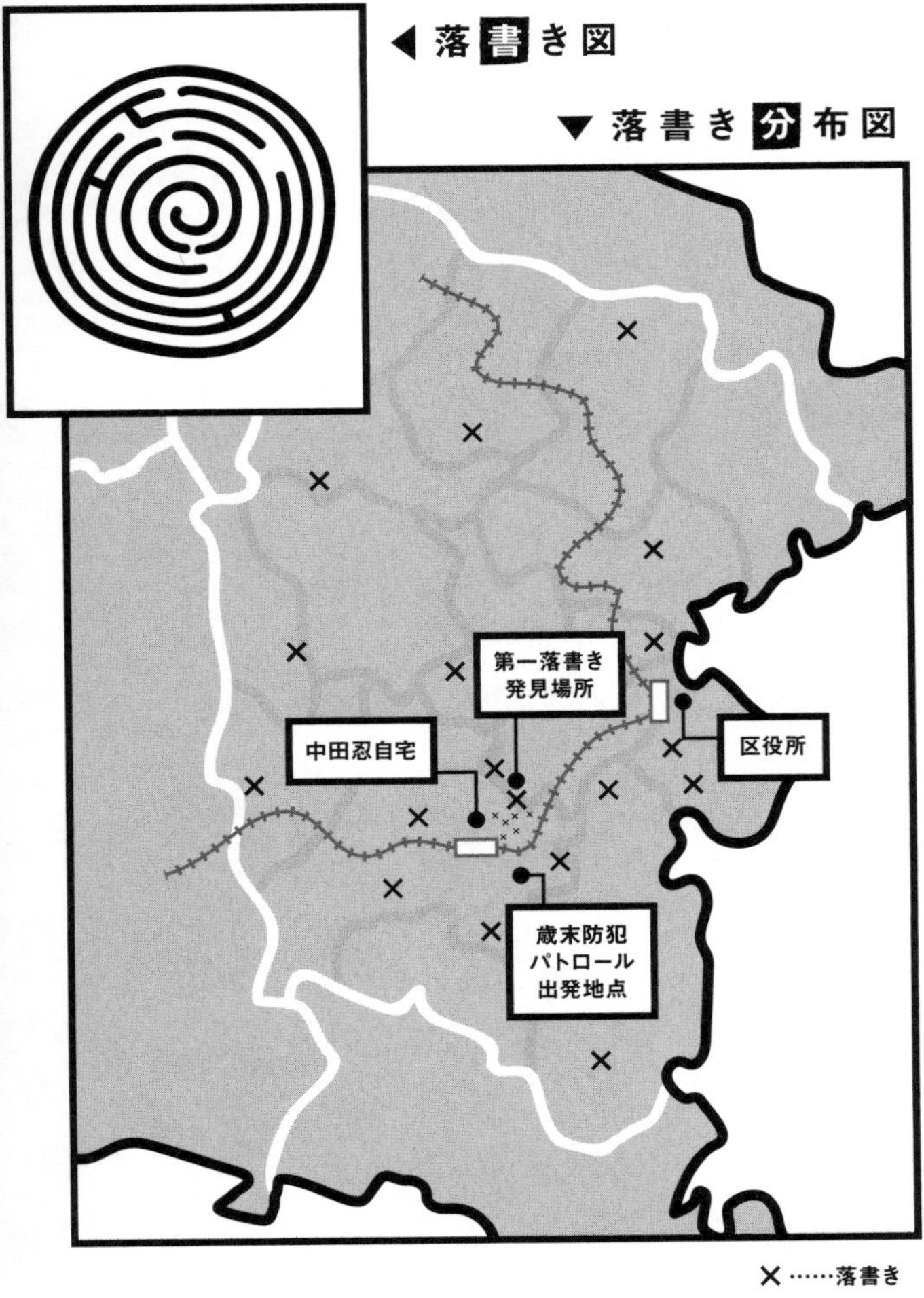

第一落書き
発見場所
中田忍自宅
区役所
歳末防犯
パトロール
出発地点
✕……落書き

◀ 落書き図

▼ 落書き分布図

第十四話　エルフと森の賢人

十二月二十八日、午後六時二十九分。

本年最後の公務を終えた区役所福祉生活課支援第一係長、中田忍《なかたしのぶ》は、親友たる直樹義光《なおきよしみつ》の自宅を訪れ、もうひとりの親友である若月徹平《わかつきてっぺい》と、ローテーブル越しに向き合っていた。

ちなみに職場から直接義光宅に来た忍は、既《すで》にシャワーを浴び終え私服に着替えている。

別に、不自然なことでもないだろう。

ここは大学時代から付き合いの続く、中田忍の無二の親友、直樹義光の家である。

忍の私服が常備されていることに、なんの問題があると言うのか。

「じゃあ公務員って、五時十五分で仕事終わんねぇの？」

「ああ。表面上退勤処理《タイムカード》を打たされ、時間外業務に従事する場面も多い」

「違法じゃねぇの、それ」

「嘆いても憤《いきどお》っても残務は終わらんし、現場の人手も増えはしない。違法だろうが業務を進めねば行政機関が機能しないことを、上級官庁は承知の上で黙認している」

「はぁー。なんだよ、夢のねぇ話だなぁ」

「妙なことを言う。国民に安寧の夢を見せる、公務員こそ現実の象徴だろう」

「へいへい……じゃあ、今日はなんで早かったん？」

「法律の定めにより、事実上、今日が公務員の〝仕事納め〟と規定されている。根を詰めても次の動きまでに間が空くし、帰省する者も少なくないので、誰《だれ》もが早々に帰宅する」

「いやノブおめぇ、そりゃおめぇ、そりゃぁ流石《さすが》に俺だって騙《だま》されねぇぞ」

「騙すとは」

「仕事納めを決める法律なんて、あるわけねぇじゃん」

「ある」

世間にどれだけ認知されているのか、神ならぬ中田忍《なかたしのぶ》には知る由《よし》もないが、法律を素直に解釈すれば、公務員の仕事納めは十二月二十八日とならざるを得ない。

〝行政機関の休日に関する法律〟の第一条第一項第三号では、十二月二十九日から翌年の一月三日までを行政機関の休日とし、執務は原則として行わないと定められている。

この法律自体は内閣及びその関係機関に対し定められているところ、各地方公共団体もこの法律に準じ条例を制定するので、事実上、この法律が全公務員の休日を司っているのだ。

「ただ、その法律の第一条第三項で〝第一項の規定は、行政機関の休日に各行政機関がその所掌事務を遂行することを妨げるものではない〟とも定められている。仕事納めなど、吹けば飛ぶような形骸《けいがい》行事だろう、と言われてしまえば、公務員に抗《あらが》う術《すべ》などないんだが」

「ほーん。結構大変なんだな」

興味のなさそうな声色《こわいろ》で、視線だけはしっかり忍を見据える徹平《てっぺい》。

奇妙なことだが、忍はそんな徹平に向け、微《かす》かな笑《え》みを浮かべていた。

「忍が仕事の愚痴なんて珍しいね。けっこう疲れてる感じ？」

「む」

「おっ」

ふたりが視線を向ければ、キッチンから大皿を抱えて来る、直樹義光《なおきよしみつ》。

濃紺色に白いストライプのエプロンを着こなす姿は、見るからに料理が上手《うま》そうであった。

「単なる雑談だ。殊更《ことさら》に労苦を誇るつもりはないが、事実を隠し立てする必要もないだろう」

「そう？　ならいいんだけど」

仏頂面《ぶっちょうづら》の忍も、素知らぬ顔で流す義光も、『明け透けに周囲と接する徹平は、他人の心の深い部分を引き出し易い』という、忍が愚痴を語るに至ったもうひとつの要因を指摘しない。

不自然なことでもあるまい。

仮に徹平が今ほど聞き上手でなくても、忍は腹を割って近況を話したろうし、忍が今より寡黙であっても、徹平は親交の断絶を埋めようと、忍の近況を知りたがったろう。

そして見守る義光は、やり取りを目の当《ま》たりにし、変わらぬ友情へ思いを馳《は》せたろう。

つまるところ三人は、昔も今も仲が良いのだ。

「おぉ……ぉおーいヨッシー、マジかよこれサラダじゃねぇーか！」

言ったそばから、早速つまみにご不満の徹平《てっぺい》である。

「え、ごめん。シーザーサラダ嫌いだっけ」

「いや好きだけどさ。草食ってビール空けなきゃならんほど、俺たちゃ歳食ってねぇだろ」

「別に高齢者も、サラダで酒は飲まんだろう」

「こまけぇコトはいいんだよ。ヨッシー、肉食いたい。揚げ物も。あとあの……美味《うま》いイモ」

「他にも準備してあるけど、まずは野菜食べようよ。悪酔い予防にもなるしさ」

「まあ、そりゃ食うけど。他って？」

「ホッケとスペアリブ。あと多分、美味いイモってジャーマンポテトのことでしょ」

「おっ、それそれ。あるの？」

「あるよ。それと忍《しのぶ》向けにブリカマね」

三十代男性三人の気軽な宅飲みとしてはかなり豪勢、かつ出来合いのものが一切ない献立編成であり、作り手たる義光《よしみつ》の負荷が心配されるところだが、一番よく食べるのも義光であり、遠慮なく好きな量を食べたいが故《ゆえ》にシェフ役を申し出ているので、特に問題はなかった。

「いいじゃんいいじゃん。あの……カニクリームコロッケみてえなヤツは？」

「クロケットね。カニ余計だよ。出す直前に揚げるから、もうちょっと我慢して」

「ヒュー、さっすがヨッシー。嫁適性ハンパねぇな、イケてるイケてる」

「徹平、冗談でもそんな言い方は止《や》めろ。また早織《さおり》を怒らせるぞ」

「まあまあ、まあまあ……」

◇◆◇◆◇◆◇

区役所福祉生活課支援第一係長、中田《なかた》忍は、あるひとつの悪徳を犯している。

人類に破滅を及ぼす可能性を孕《はら》む〝異世界エルフ〟を、秘密裏に保護していることだ。


晩秋のある深夜、忍は自身の居宅内に横たわる、謎《なぞ》の異世界エルフを発見した。

無二の親友である直樹《なおき》義光の諫言《かんげん》、思いのほか従順で素直な異世界エルフ、さらには不意のトラブルで巻き込んだ部下の才媛《さいえん》、一ノ瀬《いちのせ》由奈《ゆな》の干渉により、忍は異世界エルフをアリエルと呼び、秘密裏に保護して人間社会で自立させる決断を下す。


人類に弓引く禁秘の罪は、忍の心を昏《くら》く苛《さいな》んだ。

己の決断を、浅薄な同情心による偽善ではないかと、思い悩んだときもあった。

しかしアリエルは、忍の周りの人々は、世界のすべては、日々刻々とその色を変えてゆく。

すったもんだの末再会を果たした旧友、若月《わかつき》徹平もまた、忍の背を力強く叩《たた》いてくれた。

故に忍も、己の信義を貫かんと、新たに決意を固める。

背徳と罪悪感で曇った、透明なアクアリウムのガラスケース越しに、眺めるだけではなく。

自らガラスケースに飛び込んで、己の手を差し出し護《まも》る、前向きな罪の重ね方。


異世界エルフの危険性を予見してなお、居場所を与えてしまった、中田忍《なかたしのぶ》の悪徳。

背徳と罪悪感は、これからも消えないだろう。

己の限界も、決して遠くないところにある。

それでも、忍は止まらないし、止まれない。

慙愧《ざんき》の念を抱えた邂逅《かいこう》の夜より、少しだけ軽くなった心を支えに、ただ足掻《あが》き続けるのだ。

◇◆◇◆◇◆◇

義光《よしみつ》の計らいにより急遽《きゅうきょ》用意された、長ねぎのバター醤油《しょうゆ》炒めが食卓へ並んだところで、忍たちは三者三様、冷えたビールのグラスを手に取り、掲げる。

音頭を取るのは、もちろん義光。

大学の人力飛行機《トビケン》サークル時代から連綿と続く、仲間内ではお決まりの儀式である。

「じゃあ、久々に三人揃《そろ》って飲める、今日このときを祝して」

「「かんぱーい」」

「乾杯」

　コツン

趣味、性格、乾杯コールすらバラバラの三人も、グラスを重ねる息はぴったり合っている。

そして窓の外には木枯らしが吹き、本格的な冬の到来を感じさせているところ、三人のグラスは三つとも、綺麗《きれい》に空っぽになっていた。

「ホッケあんだよな。次もうワインか熱燗《あつかん》行っちゃおっかな」

目をキラキラ輝かせながら、次のアルコールを物色する徹平《てっぺい》。

宴会場所と料理の腕を提供した義光《よしみつ》、異世界エルフ保護のため体力と時間を使っている忍《しのぶ》を制し、酒代を含むすべての材料費を徹平が負担していることだけは、徹平の名誉のためここで明らかにしておく。

「ピッチ早過ぎでしょ。サワーとかで我慢したら？」

「えー。でもアリエルちゃん十時に寝かしつけるなら、ノブは帰り早いんだろ」

「ああ。悪いが、今日は九時前に中座するつもりだ」

「いーっていーって。俺も娘いるからあんま遅くなれないし。ヨッシーは自業自得だし」

「え、僕なんかやっちゃった？」

「言ったじゃん。ヨッシーがかりんとう食ってなきゃ、ノブん家《ち》で飲めたのにってさぁ」

「まぁ、そうなんだけどさ」

「あまり責めないでやってくれ。情報の少ない中、俺たちのために心を砕いた結果だ」

「いやまぁ分かるけど。傍《はた》から見るとすっげぇウケんだもん。かりんとうってお前」

「途中まではうまくいってたんだけどね。ホント、情けないやら恥ずかしいやら」

「反省しろバーカバーカ。俺並みにバーカ」

「冗談にしても酷《ひど》過ぎない？」

「ヨッシーこそ、俺が可哀想《かわいそう》とか思わないのかよ」

「うん、まあ」

「そーだろーな。かんぱーい」

「はいはい、乾杯」

　コツン
雑な絡みを存分に楽しみ、レモンサワーをひと缶空っぽにする徹平であった。

「そんで、ヨッシーは最近どうなんだよ。そろそろ助教から助教授に進化すんの？」

「なんかのゲームみたいに言わないでよ……」

「徹平」

「おん？」

「法改正により〝助教授〟の役職は廃止された。助教の義光が進化するなら、次は准教授だ」

「お、おう……」

徹平《てっぺい》が曖昧《あいまい》に納得してしまったのでここに示すが、日本では二〇〇七年に改正学校教育法が施行され〝教授〟の仕事をお手伝いする人とされる〝助教授〟の職階が廃止された。

そして助教授の中でも、独自の研究を持てる力がある人を〝准教授〟、お手伝いをしつつも比較的教授寄りの働きを見せる人を〝助教、お手伝い専門感のある人を〝助手〟と定め直したので、法改正以降の日本では〝助教授〟に進化する可能性そのものが存在しないと言える。

「……僕のほうは、研究にかかりっきりで十年過ぎました、って感じだね。忍《しのぶ》や徹平みたいに社会に揉《も》まれるような苦労はしてないけど、大学《こっち》ならではの面倒ごともあってさ」

「あー、なんか見た目歳取ってない割に、疲れ切ってる感じするもんなぁ」

「まあ、僕の話はおいおいするよ。今日はアリエルちゃんの話を聞きたいな」

「あれ、ヨッシーって貧乳派だったよな？」

「いやそうだけどさ。そういう言い方やめてよ。おっぱいが気になって話聞きたいみたいになっちゃってるじゃん」

「ヨッシーも好きだねぇ。このムッツリ野郎」

「うっさいなぁ。忍、とっとと話始めてくれる？」

「ああ、分かった」

口数少なにそっと微笑《ほほえ》む、中田《なかた》忍であった。

「……じゃあ、結局まだ自分の名前と、ノブとかの名前ぐらいしかまともに喋《しゃべ》れねぇの？」

「意味も分からずオウム返しの言葉なら、もう少し喋るんだが。後はウーだとか、ホォーなどと言っているのも、比較的よく見かける」

「何それ、ゴリラじゃん」

徹平が、これほど適切な突っ込みを入れるのも珍しい。

若月《わかつき》一家が来襲した際、早織《さおり》を熱い口づけとともに沈めた徹平の殺し文句『スキナンダヨ』もアリエルは習得していたが、そこを黙っていてやる忍は、本質的に優しかった。

「そろそろ、ちゃんと意思疎通《そつう》が図れるようになるといいねぇ」

「なんか意外だな。ノブなら真っ先に言葉教えるもんだと思ってたけど」

「言葉によるコミュニケーションは得難い価値があるが、〝止〟マークなどの代替手段も用意している。教育により生じかねんデメリットも併せて考え、慎重に進めているところだ」

「デメリットってなんだよ。喋れるならそれに越したことねえんじゃねえの？」

表情、語調、体全体のリアクションで、理解不能感を表現する徹平。

忍もひとつ頷《うなず》いて、もう少し噛《か》み砕いた説明をすべく、知恵の歯車を回転させる。

「言語的コミュニケーションを成立させるということは、異世界エルフに反論の機会を与えるということでもある。保護を完遂するため、今後もアリエルの自由を制限せねばならない中で『意思を上手《うま》く伝えられないストレス』が『意思を承諾されないストレス』に転化した場合、ストレスの標的はその保護者、つまり俺自身に向き、不和の生じるおそれがある。溝が深まり関係性が悪化すれば、最悪の場合、同居生活そのものが破綻するだろう。リスク回避を念頭に置いた場合、優先させるべきはコミュニケーションより、文化教育だと結論した」

「……ヨッシー、翻訳頼める?」

「え、結構分かり易かったと思うんだけど」

「結構分かり易いぐらいで、俺に足りると思うかよ」

「あ、うん。ごめん」

「では、『赤子は喋《しゃべ》らないから可愛《かわい》い』ぐらいでどうだ」

「ふざけんな。星愛姫《ティアラ》は喋れたって喋れなくたって可愛いわ」

「そういう話ではない。理解する努力をしろ、徹平《てっぺい》」

「……おう」

茶番はさておき、忍《しのぶ》の懸念も、強《あな》ち的外れなものではない。

現代社会が異世界エルフを好意的に受け入れるかは不透明であり、実験動物扱いされたり、秘密裏に抹消される可能性も、決して低くないのである。

かりんとうの件然《しか》り、ヒトと異世界エルフ《アリエル》の関係に断絶が生じれば、この危うい共同生活は即座に瓦解《がかい》し、忍《たち》の社会的生命とアリエルの安全は、たちどころに失われるだろう。

付かず離れずのバランスを見極め、関係性を維持できるよう、忍は日々頭を悩ませていた。

「けど、いつまでも家じゅう〝止〟だらけの呪《のろ》いの館じゃ、それはそれで教育に悪《わ》りぃだろ。生意気言わせない程度にでも、言葉は教えといたほうがいいんじゃねえの？」

「……そうだな。然るべき時期を迎えたら、徹平に教えを請うとしよう」

「へ？　俺に？」

「つい最近まで、赤子の星愛姫に言葉を教えていたんだろう。そのノウハウを是非知りたい」

「あー、そういうことか……ノウハウっつってもなぁ」

徹平が口ごもる。

何せ、星愛姫の教育については殆《ほとん》ど早織《さおり》任せであり、徹平が自主的にやった育児といえばウェ～フシュシュシュシュ～と奇声を発しながら肩車で家の中を駆け回る程度のもので、これが日本語の習得に何か役立つかと言えば絶対役立たないし、忍に真似《まね》をさせるのも少々どころでなく憚《はばか》られるのであった。

故《ゆえ》に放つ、苦し紛れの一言。

「やっぱ愛だよ、愛」

「なんでそんな……ふわっとしてるの？」

「ふわっとしてんだよ。そういうもんなんだよ。教育は理屈じゃねぇ」

「う、うん」

義光《よしみつ》は色々と察したが、何せ立場が独身男性なので、経験者の言葉を強く否定できない。

そして、忍《しのぶ》は。

「愛か」

「おう」

「俺には難しい」

「……あー、まー、その、うーん、えーと……」

忍が同棲《どうせい》寸前に破局を迎えていた事実を思い出した徹平《てっぺい》の挙動は、とても不審になった。

見かねた義光《よしみつ》が、さりげなくフォローに入る。

「ま、まずは物の名前を覚えさせたらいいんじゃないかな」

「事物の名称の教育ならば、ある程度進めている」

「いいじゃない。テレビとか時計とか、色の名前とか？」

「アクアリウムを教えた。ドラゴンハイフィンレオパードトリムプレコが気に入ったようだ」

「「は？」」

異口同音に困惑する、義光と徹平。

仕方あるまい。

何故《なぜ》そんなことを教える羽目になったのか、忍自身にも分からないのだから。

「まあ……まあ、アクアリウムはともかく、まずは色々なものの名前を教えてあげようよ。

そうしたら『コップとって』とか『ごはんおいしい』とか、動作や修飾語と繋《つな》げて考えられるから、生活の中でどんどん言葉を覚えていくと思うよ」

「かりんとう、おいしい。ウンコ、食べられない、とかな」

「そうだね、かりんとうだね」

心なしかゆるい反応で、徹平に応《こた》える義光。

次くらいで怒らせてしまうと察した徹平は、素知らぬ顔で話題を切り替える。

「あ、それで思い出したけど、オッケーとダメは口で言えたほうが楽だぞ。お絵描《か》きに夢中でクレヨン食おうとしてるときとか、即座に制止できないとやばい場面、結構あったと思う」

「……確かにな」

忍は項垂《うなだ》れて長考の姿勢に入り、こうなると長いと知っている義光は立ち上がってキッチンへと向かい、徹平はスマホをいじり始めるのであった。

◇◆◇◆◇◆◇

「ところでノブよぉ」

ご所望のクロケットと安ワインでいい気分の徹平が、やや絡み気味に忍へ語り掛ける。

こういうとき、徹平は必ず面倒臭いことを言い始め、そして必ず忍に論破されるのに、十年経《た》った今でも懲りていない様子である。

「なんだろうか」

「アリエルちゃんのこと、あんまり家に閉じ込めとくのもどうかと思うぜ」

「あぁー……」

義光《よしみつ》の嘆息は徹平《てっぺい》への同意、からではもちろんなく、徹平がまた勝ち目のない話題を忍《しのぶ》に振ってしまったと悟る、同情の嘆息であった。

「どういう意味だ、徹平」

「ほら、信頼できる奴《やつ》と遊ばせるとかさ。トビケン関係だったら声かけりゃ」

「論外だな」

「あん？」

「絶対の秘匿《ひとく》が求められる異世界エルフの保護は〝知るべき者だけがそれを知る《ニード・トゥ・ノウ》〟の原則に基づき行わねばならない。それは異世界エルフの安全確保以上に〝知ってしまった者〟へ負わせるリスクが大き過ぎるからだ。義光には緊急事態として自発的に教えたが、一ノ瀬《いちのせ》君や徹平たちに知られたのは、俺にとって不測の事態だ。これ以上、関係者は増やしたくない」

忍は仏頂面《ぶっちょうづら》を浮かべているが、その徹平を見下ろす視線は、普段より明確に鋭い。

その厳しさが、徹平やその家族を案ずるが故《ゆえ》のものと知る徹平は、軽口を早々に引っ込め……るかと思いきや、方向性を変えてなお食い下がる。

仕方あるまい。

それもまた、徹平が異世界エルフを、ひいては忍を案ずるが故の気遣いなのだ。

「わーったわーった。じゃあ関係者を増やすセンはなしにしてもだ。たとえば夜中とか、その辺の公園に連れてって、星を見るくらいはいいんじゃねぇの」

「ふむ」

「ほら、この前早織《さおり》が荒れちまったのもさ、やっぱ家の中にじーっと閉じこもっちまってた結果ってとこもデカいと思うんだよな。異世界エルフが普段どーやって暮らしてたかは知らんけど、もし森の中とかスゲー自然の中で生活してたんなら、ずっと家ん中じゃ窮屈だと思うんだよ。だったら、少しくらいは外の空気を吸わせてやったほうが、将来的にも……」

「徹平、少しいいか」

「うん？」

「お前が、星愛姫《テイアラ》と一緒に公園まで歩いていて、横断歩道の信号が赤になったとしよう」

「おう。当然俺が星愛姫の手を引いて、渡らないように止めてやるよな」

「そうだな。俺もアリエルにそうするだろう。だがそのとき、大きめのトラックが車道を右から左に、時速６０キロメートル程度の速度で通過したら、どうだ」

「通り過ぎるだけか？　ぶつかってくるとかじゃなくて？」

「ああ。車両用信号に従って、青信号の進路へ直進するだけだ」

「そんなん、黙って立って待ってればいいじゃねぇか」

「そうだな。地球人類ならそうするし、星愛姫《ティアラ》くらいの幼女なら、手を取っていれば滅多なことにはならないだろう。だが、異世界エルフはそうではない。放っておけば通り過ぎるだけのトラックを、突然に迫る危機だと理解して、思わぬ行動を取ってしまう危険性がある」

「そのための〝止〟マークだろ？　言葉で止める方法も考えるって、さっき言ってたじゃん」

「異世界エルフ《アリエル》の生命に真の危機が迫ったとき、〝止〟マークどころか、俺が全身全霊で制止を図ったとしても、奴《やつ》を御《ぎょ》し切れない可能性があるということだ」

「意味分からん。アリエルちゃんは忍《しのぶ》でも抑え切れないくらい、激しく暴《あば》れるっつーの？」

「いや、分からん」

「分からん、ってお前」

「アリエルが、眼前に迫る脅威《トラック》からアリエル自身と俺を護《まも》るために、対戦車砲ぐらいの威力がある火の玉魔法をトラックへ叩《たた》き込む可能性を、俺は否定できない」

徹平《てっぺい》が、暫《しば》し絶句する。

「……アリエルちゃんって、そんなコトできんの？」

「埃魔法《ほこりまほう》には未《いま》だ謎《なぞ》が多い。今は目の前の埃を有意に操る魔法ぐらいしか確認していないが、実は半径1キロメートルを焦土と化す、恐ろしい破壊をもたらす魔法を使える可能性もある」

「……」

義光《よしみつ》は忍から命名の経緯を聞いていたので、ちょっと苦笑いを浮かべる程度で流し、まだ詳しい経緯を聞いていない徹平は異世界エルフの操る人類殺戮《さつりく》魔法の恐怖に怯《おび》えていたため、いつの間にか定着したクソダサネーミング〝埃魔法〟への言及は為《な》されなかった。

「埃魔法の危険性が否定されるまで、安全な俺の家の中で保護するのが最適だと思わないか」

忍の言う〝安全〟がアリエルにとってのものか、それとも地球人類にとってのものか、徹平には分からなかった。

だが、初めて遭遇したとき迂闊《うかつ》に生乳を揉《も》まなくて良かった、ましてや、さらにみだらな行為に走らなくて本当に良かった、という事実だけは確かである。

そして徹平は、アリエルが外で他のヒトに出会ってしまったら、所構わず生乳を揉み揉まれにかかるという事実にも思い至り、異世界エルフは家の中で世話をするのが最適解なのだなあ、やっぱり忍は凄《すご》いなあと、深く深く納得するのだった。

◇◆◇◆◇◆◇

ブリカマとホッケが焼き上がり、食卓へ並ぶ頃《ころ》。

「え、じゃあ来年は夏会やんねーの？」

今度は熱燗《あつかん》に乗り換え、そろそろ顔の赤くなってきた徹平が不満を漏《も》らす。

先日の冬会には忍が来れず、徹平自身も中座して星愛姫を捜しに行っているので、次のOB

会である夏会を誰《だれ》よりも楽しみにしているのであった。

「夏会はやるけど、今回忍も来れなかったし、次の春でちょうど卒業十周年でしょ？　だから特別に夏会とは別で、臨時の春会もやろうかって話になってさ」

「いーねいーね。次んときには、早織《さおり》と星愛姫《ティアラ》も連れてくるわ」

「大丈夫なの？」

「一次会で抜けるけどな。この前話したら、星愛姫も当時の仲間に会ってみたいって言うし」

「なら春会は週末開催にして、昼からやろっか。そしたら他のメンバーでも、子供やら家族やら連れて来たい人いるんじゃない？」

「なんか悪《わ》りぃな。手配大変じゃね？」

「大して変わんないから大丈夫。直前キャンセルとかいっぱい出ると困るけどね」

一応整理しておくと、三人が大学時代に所属していた人力飛行機研究会、通称トビケン《飛研》の初代部長は直樹義光《なおきよしみつ》、副部長は中田忍《なかたしのぶ》、メインパイロットは若月徹平《わかつきてっぺい》であった。

在学中の飲み会の手配は専《もっぱ》ら副部長の忍が行っていたし、店選びの評判も上々であったが、卒業してからは、大学の名で伝手《つて》が利き、忍と反《そ》りの合わないメンバーにも声を掛けやすい義光が幹事を引き継いでいる旨《むね》、忍の名誉のため明らかにしておく。

「あ、家族といえばノブ」

「ああ」

「ぶっちゃけ、一ノ瀬《いちのせ》さんとはどうなんだよ」

「んふッ」

口の中のものすべてを噴き出しかけて、どうにか堪《こら》える義光。

止めに入る暇もなく、忍は仏頂面《ぶっちょうづら》のまま、淡々と徹平に応じる。

「どうもこうも、同じ部署の上司と部下というだけだが」

「いやいやいやいやいや。星愛姫や俺たちが押し掛けた日、一ノ瀬さん泊まったんだろ?」

「そうだな」

「ヤったの?」

「馬鹿《ばか》なことを。少し酒を飲んだ後、アリエルの添い寝を頼み、俺は和室の布団で寝た」

徹平が絶句する。

「え?」

「おかしいか」

「いや……いや、お前らなんなん?」

「同じ部署の上司と部下の関係、と説明したばかりだが」

「だからそうじゃねぇだろ」

「では、なんだ」

「同じ部署の上司と部下だからっつって、普通あそこまで根気良く付き合ったりしねえぞ」

「彼女は優秀で義理堅いし、仕事に対し誠実で熱心だ。業務中に世話をした子供のその後を知りたがっても、おかしくないと考えるが」

「だからぁ……あぁ、もう。ヨッシーもなんか言ってやれよ」

「……まあ、その。一ノ瀬《いちのせ》さんと忍《しのぶ》の関係は、ちょっと変わってるっていうか」

「ちょっとじゃねぇだろ。いくら終電ないからって、いきなり上司の家に泊まるなんて」

「六回だ」

「は」

「六回だ。十二月二日の宿泊以来、平日に二回ほど、突然彼女が押し掛けてきた。徹平《てっぺい》たちが来た十五日で四回目。結局次の日も泊まっていったし、二十五日の夜も泊まりに来たから、今日まで六回俺の家に泊まっていることに相違ない」

もちろんその間食事をたかられ続け、材料費も調理もすべて忍が賄《まかな》った。

アリエルも由奈《ゆな》に構われ、お風呂《ふろ》に入れて貰《もら》うのを楽しんでいたように見えたし、忍としてもその間に溜《た》まっていた家事を片付けられたので、むしろ有難かったのだが。

「しかも俺が知らないうちに、宿泊に必要な荷物を少しずつ、アリエルへ明け渡した寝室に仕込んでいるらしい。今後も機会があれば泊まるのだろうな」

「……」

「俺も驚いた」

驚きの感じられない仏頂面《ぶっちょうづら》で、淡々と述べる忍。

だが、徹平の沈黙は驚愕《きょうがく》ではなく、呆《あき》れと、限りなく恐怖に近い感情から生まれている。

「……ノブ」

「なんだろうか」

「ホントにヤってないの？」

「ああ」

「ヨッシー」

「そうみたいだよ。ついでに言えば、付き合ってもいないみたい」

「……はぁぁぁぁ」

徹平が、とんでもなく臭う靴下を嗅《か》がされたような表情で溜息《ためいき》を吐《つ》き、ひどく俯《うつむ》いた。

「ほらね、普通の人が聞いたらこうなるんだよ」

「徹平は男女関係において、普通よりもライトな価値観の持ち主だと思うが」

「その徹平がこんだけ呆れるんだから、よっぽどってことだよ！」

「一理ある」

仏頂面を崩さぬまま、ブリカマを割り箸で攻める忍。

大きめの身がぽろりと剝《は》がれ、どうやらご満悦である。

しかし。

「……ノブよぉ」

「どうした」

「あんまこんな言い方したくねぇんだけど、ちょっとあんまりなんじゃねぇの?」

「あんまりとは」

「……はぁぁぁぁぁぁぁぁ」

先ほどよりもさらに深い徹平《てっぺい》の溜息《ためいき》には、ねっとりとした情感が籠《こも》っており、こちらまでつられて溜息を吐《つ》いてしまいそうだなあ、と義光《よしみつ》は思った。

「ノブよぉ、お前は一ノ瀬《いちのせ》さんのこと、どう考えてるんだよ」

「信頼できる、極めて優秀な部下だと考えている。幾度も助けられたことがあるし、逆に手を貸したこともある。異世界エルフの面倒に巻き込んだ件を申し訳ないと考える一方、心強い手助けを得られた事実に、ありがたみを感じてしまう瞬間もある」

「ンな難しい話は聞いてねぇよ。好きか、嫌いかって聞いてんだ」

「嫌いではないが、どちらかと言えば苦手だな」

「……うん?」

徹平としては、自分のことを好きな女《ゆな》に別の女《アリエル》の世話をさせている忍《しのぶ》の不義理を正そうと息巻いていたのだが、どうやら雲行きが怪しくなってきた。

「苦手ってなんだよ、苦手って」

「彼女は俺のパーソナルデータを知り過ぎているほどに知り過ぎているし、俺の行動パターンをほぼ完璧《かんぺき》に把握し、あまりにも的確に俺のことを助けてくれている」

「へえ、そうなん。ならなおさら……」

「常に俺の二、三歩先を読み、俺が行動へ移らんとするときには、既《すで》に必要な準備が済ませてある。余程《よほど》緻密《ちみつ》に俺を監視していなければ、こんな捌《さば》きは不可能だろう」

「……いいことじゃん」

「本当にそうか」

「違うのか？」

「おかしいと思わないか」

「確かにちょっと怖いけどよ。それだって、行き過ぎた好意がちょっと溢《あふ》れちゃったんだと思えば、まあ可愛《かわい》いもんじゃん」

徹平がストーカー女子を擁護する女友達みたいなことを言い始めたが、忍はといえば、なんとも落ち着いたものである。

「俺も木石《ぼくせき》ではないからな」

木石とは、木や石のように人間らしい感情のない存在を喩《たと》える単語である。

忍のことをよく知る義光は、そう思ってるならもう少し人間らしく生きてみようと思ったものの、無粋な横やりは入れなかった。

そして、忍《しのぶ》は。

「彼女が俺へ好意を持っている可能性について、検討したことがないわけではない」

「うっそほんとに!?」

「えっちょマジで!?」

「ああ」

現状木石扱いやむなしと呑《の》みかけていた義光《よしみつ》はともかく、これから恋愛指南を仕掛けようとしている徹平《てっぺい》まで驚くのはどういうことか。

「業務中、彼女は常識で捉《とら》え切れないほどに俺の世話を焼いてくれるし、考えを先読みしてくれるし、多角的に俺を助けてくれていると断言できる。そこに好意の介在する可能性も、一概には否定できないだろう。だが一方で、慰安旅行や公的な飲み会を除けば、業務時間外での交流はほぼないし、連絡を取ることすら稀《まれ》なのも事実だ」

「ウッソだろお前、そんなわきゃねーだろ」

「嘘《うそ》ではない。家に上げたのもアリエルの件で来たときが初めてだし、彼女とスマートフォンのメッセージで連絡したのも、二年ぶり七回目くらいだったと記憶している」

想像していた関係性とはだいぶ異なる状況であると知り、徹平がやや挫《くじ》け始めたのを、義光は敏感に察していた。

だが義光としても、忍と由奈《ゆな》の関係には興味があったので、このまま徹平を前面に押し出し、話を続けて貰《もら》うことにする。

「……秘めた思いを、その、だなぁ」

「徹平」

「あん?」

「先程話したとおり、彼女は俺のパーソナルデータを知り過ぎているほどに知り過ぎているし、俺の行動パターンをほぼ完璧《かんぺき》に把握し、先回りして気配りをする行動力と器量を備えている。さらに、勤務先でほぼ孤立している俺と周囲の、唯一無二のパイプ役をこなしていると誰《だれ》もが認めている。そして客観的に見て美人だし、何より独身だ。最近の話まで加えるなら、法に反する異世界エルフの保護という、俺の致命的な秘密を一方的に握っている」

「……おう」

徹平には、忍が何を言わんとしているか理解できない。

忍の仏頂面《ぶっちょうづら》はあまりに普段どおりで、読み取れるだけの変化を見せない。

「詰んでいると思わないか、俺は」

「あん?」

「もし彼女が俺に好意を持っていて、結ばれることを望んでいたとしたら、とっくに王手を掛けている今の状態で、まともなモーションのひとつも掛けない理由はなんだ」

「……いや、まずモーション掛けられてるかどうか、俺は知らんけどもさ……そう、じゃあ、ノブ、お前からのモーションを待ってるに決まってんだろ」

「俺もそう考え、一ノ瀬《いちのせ》君に好意の有無を確認したことがある」

「うぇえええ!?」

「はぁぁあああ!?」

これには木石扱いの義光《よしみつ》も、恋愛指南の徹平《てっぺい》も、とにかく驚いた。

「驚くようなことか」

「あー、いや……考えてみたら、実際忍《しのぶ》らしいや」

「んだな。ノブならそんくらい確認するわ」

あっさり気を取り直す、義光と徹平。

立ち直りの早さは、流石《さすが》十年来の親友というところか。

「問題ないなら続けるぞ……一ノ瀬君は、採用されてきて暫《しばら》くは、良くも悪くも普通の新人だったんだが、半年を過ぎる頃《ころ》から態度が豹変《ひょうへん》した」

「豹変?」

「ああ。他の職員や市民の前では今までどおり、誠実かつ知的な態度で振る舞う半面、他人の目がないところでは、何故《なぜ》か俺に対してだけ、良く言えば馴《な》れ馴《な》れしく親しげで、悪く言えば無礼な態度を取るようになった」

「……」

「そこで俺は、他人の目がないタイミングを見計らい、一ノ瀬君に伝えた。あまり誤解されるような行動をするものではないと。相手が俺だから良いようなものの、おかしな勘違いをする類《たぐ》いの相手ならば、余分なトラブルに巻き込まれかねない危険があると」

「……」

義光はもう酔っぱらって聞かなかったことにして忘れてしまいたくなり、普段飲みもしない焼酎《しょうちゅう》をストレートで空けてしまおうとキッチンへ旅立った。

一方、徹平はといえば、踏み込んでしまった以上もう戻れないので、渋々忍に続きを促す。

「……それで？」

「一ノ瀬君は笑顔で答えたよ。『そんな勘違いをするわけない忍センパイ相手だからこそ、こんな風に仲良くさせて頂いてるんじゃないですか』」

「……」

中田《なかた》忍の優れた記憶力は、当時の由奈《ゆな》の言葉を、一言一句違わず現在に伝える。

かと言って、感情表現的な部分までは忍が真似《まね》ないため、仏頂面《ぶっちょうづら》で女性の言葉を暗読するおっさんを引き気味のおっさんが無言で見つめる、地獄のような空間が完成していた。

「『私は別に、忍センパイのことが好きとか全然ないんですけど。忍センパイが私の行動で困った顔になるのを見るのは、結構好きなんです。征服感って言うのかな。たまらないですね』」

「……」

「『だから今後も、積極的に忍《しのぶ》センパイのプライベートスペースを踏み荒らしていきますから、よろしくお願いします』と言われたので、それから俺ははっきり伝えることにした」

「……なんて？」

「君の態度と行動は本当に迷惑なので止《や》めて欲しいし、業務上必要なとき以外は、できれば話し掛けないで欲しいと」

「……そんで？」

「ご覧のとおりだ。俺は何十回と彼女に、その倒錯した絡み方を止めるよう促したが、全く聞き入れられることなく今に至る。むしろ、異世界エルフの保護に関する協力を求めた以上、俺のほうから逃げることすら許されなくなった」

「……」

「俺からは以上だ」

忍は必要なことを語り終えたとばかりに、ウーロン茶を口にした。

乾杯はビールで付き合い、以降はノンアルコールにする辺り、いかにも中田《なかた》忍である。

「……ノブよぉ」

「なんだろうか」

「彼女、本当に大丈夫な人なん？」

「それ、もう僕が聞いたよ……」

嵐が過ぎたと見計らい、義光《よしみつ》が小さなグラスを手に戻ってきた。

もちろん、グラスに注がれたほの明るい液体は、度数の高いストレートの焼酎《しょうちゅう》である。

「大丈夫だろう。俺への態度は相変わらずだが、アリエルの面倒もよく見てくれている」

「今の話聞いた後だと、それもなんか陰謀の一部みたいな感じになってくるからヤベェよ」

「そうだとしても、俺は彼女に感謝しているよ。彼女自身のプライベートを犠牲にし、犯罪者として追われるリスクを背負って手助けしてくれている事実は変わらん」

「……」

徹平《てっぺい》は少し俯《うつむ》いて、何かを考えていた様子だったが、やがて諦《あきら》めたように顔を上げた。

「……ノブ、俺が悪かった。一ノ瀬《いちのせ》さんとお前の関係は、俺が思ってたより複雑でドロドロしてて、なんか……口出ししないほうがいいっぽい」

「そうだな」

それきり訪れる、沈黙の帳《とばり》。

楽しい話をしていたはずだし、誰《だれ》も悪くないはずなのに、何故《なぜ》か雰囲気はどん底である。

「……あ、そうだ忍、アリエルちゃんの様子はどう？」

「どうとは」

「ウェブカメラで家の様子見れるんでしょ。留守番のときはどんなことしてるのかなって」

「そういや、カメラ付けてんだっけ。〝止〟があるわカメラあるわ、ノブん家《ち》マジヤベェな」

「必要なことを、必要なだけ為《な》しているつもりだ」

「へいへい」

義光《よしみつ》の機転により、どうにかこうにか空気が回復した。

有事にあっても頼れる男、直樹《なおき》義光。

名前のような苗字《みようじ》と併せ、覚えてやって頂きたい。

「通信量《ギガ》大丈夫？　パソコン使ってもいいよ」

「月末までは足りる見込みだ。設定の手間もあるし、今見るだけならアプリで十分だろう」

言って、忍《しのぶ》がスマホからウェブカメラを操作し、義光と徹平《てっぺい》も覗《のぞ》き込んだところで。

「ぬ」

「うわっ」

「うおっ」

三者三様の驚愕《きようがく》。

無理もあるまい。

スマートフォンの画面には、中田《なかた》忍邸のリビングダイニングが映し出されていた。

アプリの指令を受け、邸内のウェブカメラが、画角を横にずらした先で。

サイクロン掃除機を掛けている一ノ瀬由奈が、こちらを見て左手を振っていた。

ちなみにアリエルは、画面の隅でソファに腰掛け、大人しく図鑑を眺めている。

かわいい。

「……忍、鞄《かばん》に盗聴器とか仕込まれてない？」

「考え過ぎだ、義光。ウェブカメラの作動音に気付き、こちらを見上げただけだろう」

「そういう問題じゃねえだろ!?　なんで一ノ瀬《いちのせ》さんがノブん家上《ち》がり込んでんだよ!!」

「徹平《おまえ》の侵入事案を受け、玄関のセキュリティを〝規定回数のノックとドアノブ操作〟及び〝指定アドレスから開錠用アドレスへのメール送信〟へと改良し、一ノ瀬君には既《すで》に詳細を伝えてある。指定アドレスは俺、義光、一ノ瀬君、徹平の四種類に設定したから、スマートフォンを紛失したら、まずメールアドレスを変えてくれ」

なお、由奈《ゆな》が使っているサイクロン掃除機は、集合住宅でもお隣に迷惑の掛からない、静音性と使いやすさを兼ね備えたコードレススティッククリーナータイプの最新モデルであり、恐らくは由奈が勝手に買ってきて、忍に実費を請求するタイプの高級家電であろう。

そして肝心の『何故《なぜ》一ノ瀬由奈が忍の邸宅に入り込んでいるのか、しかも忍の留守中に、もちろん忍には無断で』という問題については、忍にも理由が分からない。

とりあえず光の布団の件で、自宅内が思いのほか埃《ほこり》まみれだったことを気にしていた忍のため、由奈が気を遣って良い掃除機を選んできたのだと信じることにした忍である。

問題あるまい。

嘘《うそ》が苦手な中田忍《なかたしのぶ》も、自分自身のことならば、いくらだって騙《だま》せるのだ。

「しかしこの状況では、帰りが遅くなれば何を言われるか分からん。予定よりだいぶ早いが、今日は帰っても良いだろうか」

「お、おう……いいよな、ヨッシー？」

「そ、そうだね……容器あるから、ブリカマとか包もっか？」

「すまんな。助かる」

仏頂面《ぶっちょうづら》のまま、頭を下げる忍。

むしろ残ると言われたほうが気まずいので、早く帰って欲しい義光《よしみつ》と徹平《てっぺい》であった。

◇◆◇◆◇◆◇

中座の理由を別にしても、忍が帰った後の宴席は、五割減で静かになる。

忍本人が話題を振ることは少ないし、興味のない話題のときはむっつり黙っているだけなので、不思議な話ではあるのだが、昔から大抵そうなる。

「……うーぃ」

ましてや今日は、調子に乗って呑《の》み過ぎた徹平が潰《つぶ》れているので、話の広がりようがない。

「だから言ったじゃん。僕も飲んじゃったから送れないよ？　『娘がいるから遅くなれない』んじゃなかったの？」

「作戦変更、泊めてくれよ……どうせ部屋ぁ余ってんだろ？」

「余ってないから。全部屋資料で埋まっちゃってるから。足の踏み場もないから」

「本でベッド作って寝る……」

「怒るよ……？」

ちなみに義光が住んでいるのは、昭和情緒を感じさせる2DKのオンボロアパートである。ただ、県央地区のターミナル駅や国道にも近く、内装はリノベーション済みで、大きな車も収められる駐車場付きと、実は抜群の優良物件なので、引っ越しの予定は当分なかった。

「じゃあ雑魚寝《ざこね》でいいからさ……もうちょっと付き合ってくれよ……」

「もう。ちゃんと早織《さおり》ちゃんには連絡しなよ」

「万一に備えて、早織には朝時点で予告しといた……スゲー呆《あき》れられたけどいいってさ……」

「……」

踏みつけたくなる衝動を抑えつつ、義光は水《チエイサー》を取りに立ち上がった。

「……なあ、ヨッシー」

水を飲み、いくらか落ち着いた様子の徹平が、ぼそりと呟《つぶや》く。

「うん？」

「俺ん家《ち》のこと、ノブからなんか聞いてる？」

「ううん。何も聞いてない」

「だよなぁ……ノブだもんな……」

そのまま徹平《てっぺい》は、卓上へと突っ伏してしまう。

義光《よしみつ》には他人の心情を推し量る力があるので、酔って潰《つぶ》れたんだろうな、とは考えない。

「……ノブはさ。なんでもひとりでやろうとするし、やっちまうし、やり遂げちまうスゲー奴《やつ》なんだけど、やっぱそれじゃ足りねえんだよ」

「うん」

「いくらノブだからって……いや、ノブだからこそ、理解できないこととか、気付けないことだって、いっぱいあるわけじゃん」

「……うん」

「だから……こう、上手《うま》く言えねえけどさ……アリエルちゃんのことも……ノブだけが頑張るんじゃなくて、もっと他の……イイ感じの方法が、あるんじゃねえのかなあ。だってそれって、俺が家のこと、自分で全部なんとかしようとしたのと、なんも変わんねえじゃん」

「……」

「一ノ瀬《いちのせ》さんは上手いよ。ノブに負担を感じさせない絶妙な距離感で、ノブの懐に入り込んで、ノブのこと助けたり、助けなかったりしてる。だからノブも、一ノ瀬さんを頼れる」

「忍《しのぶ》は、徹平のことも頼りにしてるよ。さっきだって、真剣に徹平の話聞いてたじゃない」

「駄目なんだよ。そういうんじゃねえんだよ」

「……」

「俺はノブに、もっと周り見ろよって言いてぇんだよ。俺だってヨッシーだって、めんどくせーノブの周りにゃあ、もうとっくに、めんどくせーノブのこと受け入れられる奴しか、残ってねぇんだからさ。少しは自分勝手言ったって、誰《だれ》も嫌《いや》がりゃしねえんだからさ……」

「……直接、そう言ってあげたら？」

「バーカ。とっくに三十路《みそじ》超えたオッサンが、本人前にしてこんな青臭せぇ話できるかよ」

「それでも、言わなきゃ伝わらないよ」

「……ま、そうだよな。だって相手は」

「「あの、中田《なかた》忍だから」」

呆《あき》れ顔の義光と、へべれけに酔っぱらった徹平が、異口同音に。

中田忍の名を、言葉にしたから。

「……ククッ」

「……ふふ」

静かな夜。

二人の笑いが、部屋中に響いた。

ひとしきり、笑いの波が過ぎ去った後。

「……あ、やっべ」

徹平《てっぺい》が自分のスマートフォンを開き、やらかし顔で頭を抱《かか》えた。

「どしたの？」

「いや、これノブに見せようと思ってたんだけど、タイミング逃しちまったなーと思って」

「なになに、僕にも見せてよ」

「ん」

映し出された画像を目にして、義光《よしみつ》は渋面を浮かべる。

「……」

〝それ〟は、奇妙な紋様であった。

喩《たと》えるなら、雑に描《か》き写した指紋、ちょっとした迷路、複雑な苗字《みようじ》の印影というところか。

どことなく血管めいた、淡泊な不気味さを感じさせる〝それ〟が、どこかの公園内と思《おぼ》しき砂地に、でかでかと描かれているのだ。

「意味分かんねぇだろ？　でもこういう謎《なぞ》の落書き、最近この辺で増えてんだよな」

徹平が画面を切り替え、ＳＮＳのタイムラインを流し始めると、確かに数十件に一件程度の割合で、どこかの壁面や電柱、アスファルトの上などに、チョークか何かで描いたと思しき同じような図形の画像が流れていた。

「ノブ、こういうの疎《うと》そうだからさ。異世界エルフとなんか関係あるんじゃねえかと思って」

「う、うん……そう、だね」

「ヨッシーはどう思うよ。異世界エルフに謎の魔法陣じゃ、ちょっと出来過ぎか？」

「分かんないけど、忍《しのぶ》の耳に入れるなら、明日以降がいいと思うな」

「あんでだよ」

「今晩は一ノ瀬《いちのせ》さんの相手で手一杯でしょ、多分」

「……確かに」

「そっちも気になるけど、今は布団出し手伝って。この時季、流石《さすが》に雑魚寝《ざこね》じゃ寒いでしょ」

「お、マジ泊まっていいの？　サンキューヨッシー、好きな子の話とかしような！」

「元気なら、タクシー呼んで帰そうか？　着払いで」

「ごめんそれはマジに無理。色んな意味で」

「全くもう……」

呆《あき》れ顔で立ち上がる義光へ、心の底から楽しげに追従する、徹平であった。

第十五話　エルフと○○ノート

夢を見る。

中田忍《なかたしのぶ》は、夢を見る。

振り返らぬため、夢を見る。

囚《とら》われぬよう、前を向いたまま、夢を見る。

記憶にうるさい中田忍は、毎日の日記では飽き足らず、夢を通じて過去の体験を反芻《はんすう》する。

何故《なぜ》そんなことになるのか、そこに何か意味があるのか、忍自身には分からない。

当然だろう。

夢は、無意識の産物である。

人並み外れた強靭《きょうじん》な意志を持つ忍であっても、夢までをその制御下に置けはしない。

故《ゆえ》に忍は、夢へと身を任せる。

己の意志が及ばぬ領域へ、己自身から目を逸《そ》らさず、ただ誠実に——


「……ぇー、見せ……の……」

「……リエル」

「あり……ぁー、何これ……」

「シノ……」

「……く上手《うま》……ね……いよ、アリ……」

「ユ……リアト……」

「これ……パイにも……」

「ウー?」

「……よね。じゃ……」

サ――――ッピシャーン!!!

乱雑に開かれ過ぎて、逆の柱に激突した襖《ふすま》の音。

「……センパイ、忍センパイ、起きてくださーい」

バサアッ
「……む」

身体《からだ》をひんやりとした空気に晒《さら》され、忍の意識は急速に覚醒《かくせい》する。

霞《かす》む目を拭《ぬぐ》って顔を上げれば、不機嫌そうな表情で見下ろす、一ノ瀬由奈《いちのせゆな》の姿。

掛布団を剝《は》ぎ取られた現実が、ようやく忍にも呑《の》み込めた。

「……」

忍《しのぶ》の家のリビングダイニングの隣、普段は客間としている和室、客用敷布団の上である。

寝室をアリエルに明け渡し、添い寝を由奈《ゆな》に任せているならば、当然の帰結であろう。

「もうそろそろ十時ですよ。お疲れなのは分かりますケド、流石《さすが》にお寝坊が過ぎませんか」

「……そうだな。すまない」

忍は一般的に是とされる社会人男性なりの倫理観を持ち合わせているし、何より中田《なかた》忍なので、アリエルと由奈が同衾《どうきん》する寝室には入り口半径1メートル以内にすら近寄らない主義なのだが、由奈のほうでは、忍への配慮などまるで見せない。

当然のように忍の寝室へ侵入するし、用事があれば家主の忍を叩《たた》き起こすのも朝飯前だ。

忍のほうも、そんな話で由奈に文句を言ったり、怒ったり、いっそ気を悪くすらしない。

理由は簡単。

いとも容易《たやす》く繰り返される侵略行為にいちいち心を動かしていては、いくら中田忍と言えど身が持たないからである。

「構いませんよ。それより朝ごはん――」

「ああ。すぐに用意しよう」

「……忍センパイのゴミクズ。不燃ごみ。歩道の黒くなったガム。まず初めに『用意してくれたのか、ありがとう』とか『作ってくれたのか。すまないな』とか言えないんですか?」

「有り得ないことは言えない」

「減らず口を」

三下の悪役の如《ごと》き雑言《ぞうごん》を、起き抜けの上司に叩きつける若手の才媛《さいえん》、一ノ瀬《いちのせ》由奈であった。

「……シノブー」

なお、従順で素直でよく食べる、最近は邂逅《かいこう》当初よりちょっとふっくらしてきた感じの異世界エルフ、アリエルは、忍の言いつけをちゃんと守り和室には入らず、襖《ふすま》の隙間《すきま》から顔を出して、忍と由奈の様子を窺《うかが》っていた。

かわいい。


ともあれ、今日は十二月二十九日。

前日、義光《よしみつ》宅における宴会を抜け出し帰宅した忍は、自宅へ堂々侵入していた由奈から説教とも嫌《いや》がらせとも付かぬ叱責《しっせき》と抗議を受け、勝手に購入された最新型掃除機の実費と手数料を進んで払うことになり、義光から包んで貰《もら》った料理に加えてつまみを作らされ晩酌《ばんしゃく》にも付き合わされた上、午後十時に強制就寝させられ、現在に至る。

忍は深夜まで調べ物をするつもりだったところ、結果的に睡眠時間は大幅に増加したため、総合的に見れば一連の侵入劇は由奈の婉曲《えんきょく》的な気遣いとも取れなくはないのだが、何しろ一ノ瀬由奈のやることなので、その真意など測れるべくもなかった。

「「いただきます」」

「シマダキマス」

島田が来そうな挨拶《あいさつ》の後、ダイニングテーブルに着いた忍《しのぶ》と由奈《ゆな》、そしてアリエルはフォークを掲げ、中に目玉焼きの包まれたガレットの攻略にかかる。

先日行った可食性テストにおいて、アリエルがそば粉を食べられると分かったため挑戦した、忍の意欲作である。

クレープにも似た質感の、柔らかなガレット生地の攻略に難儀していたアリエルであったが、一度コツを掴《つか》めば上手《うま》いもので、器用にフォーク一本で切り分けながら、生地と卵をちょうどいいバランスで口に運ぶ。

フォォォオォン
塩コショウを基調としたシンプルな味わいは、どうやらアリエルの口に合ったようで、謎《なぞ》の気体を全身から噴出させながら、満足気な表情でもりもりと食べ進む。

「上手に食べますね。お行儀も良いし」

「食前の挨拶《いただきます》は覚束《おぼつか》ない割に、食卓のマナーはすぐに覚える。基準がいまいち分からん」

「好きな食事《もの》のことはすぐに覚えられる。道理は通ってるじゃないですか」

「食前の挨拶とて、好きな食事に関わることだろう」

「挨拶でお腹は膨れないでしょうが」

「それもそうだな」

「ファ……アリエル」

会話に参加したくて口を開こうとしたけれど、食べ物を口に入れたまま喋《しゃべ》ってはならないと忍に厳命されているので、きちんと口の中の物を呑《の》み込んでからアリエルするアリエル。

かわいい。

由奈もガレットをひと口食べて、アリエルと微笑《ほほえ》み合う。

「……そういえば、普段年末年始はどうされてるんですか？」

「どうとは」

「実家には全然帰ってないんですよね。何して過ごすのかなと思って」

「例年ならば、自治会の行事に参加している。公務員としての知見を求められることも多い」

「忍センパイ、ご近所に公務員って知られちゃってるんですか」

「いや、自ら申告した」

「ですよね」

無論忍は、公務員として地域社会に奉仕せねばならないという高潔な義務感からそんな真似《まね》をしたのではなく、自身の信義を貫き通すべく、誠実な行動を採ったに過ぎない。

つくづくこの男、中田《なかた》忍であった。

「昼間は地域の清掃活動や自治会館の環境整備、夜間は歳末防犯パトロールの企画運営が主たるところだ。寺社仏閣が近所にないので年明けは平穏だが、すぐにどんど焼きの準備を進めることになるので、年始休みが明けても気は抜けない」

「今年もやる気じゃないですよね……？」

「十一月のうちに断りを入れたよ。当面は異世界エルフの面倒を最優先としたい」

「それは残念でしたね」

「何がだ」

「好きでやってたんじゃないんですか？」

「断る理由もないので続けていたが、固執するほど楽しくもない」

「じゃあ、良かったですね」

「そうだな」

げんなりする由奈《ゆな》を尻目《しりめ》に、仏頂面《ぶっちょうづら》でガレットを切り分ける、中田忍《なかたしのぶ》であった。


「ところで、忍センパイ」

朝昼兼用の食事も済んだ昼下がり、リビングダイニング。

『今日はいいですけど、明日は昼から実家帰るんで、朝ご飯の用意早めにお願いしますね』との言動から、今晩も泊まっていくつもりであろう部屋着の由奈が、忍に語り掛けた。

「アリエルのノートなんですけど」

「ノートとは」

「あれです」

アリエルはソファに腰掛け、普段の描《か》き物に使っているノートを読み返していた。

「筆記具へ強く興味を示したので、安全に鑑《かんが》み、目の届く範囲で自由に描《か》かせている」

「……やっぱり、中身は見てないんですね」

「当然だろう」

「どうして見てないんですか？」

「どうしても何も、人間の常識に当てはめれば、プライベートの描《か》き物を覗《のぞ》き見られて喜ぶ者はいない。人間同士で当たり前の配慮を、俺がアリエルに施さなくてどうする」

「……はぁぁぁぁぁ」

由奈の表情が、怒り、呆《あき》れ、諦《あきら》めを通り越して、軽蔑《けいべつ》でようやく停止する。

「気に入らんようだな」

「そんなレベルじゃないですよ。想像力の欠如、歪《ゆが》んだ倫理観、愚鈍アンド無神経のデュアルプロセッサ。小学生からやり直して、席替えで隣の席の女の子に泣かれちゃえばいいのに」

「その必要はない」

「あるでしょう」

「いや。似たような経験を、三回ほど済ませている」

「じゃあ四回目が必要みたいですね。この節足動物」

はしご状神経の昆虫と同列に扱われた忍《しのぶ》ではあるが、その程度の罵倒《ばとう》では挫《くじ》けないあたり、昆虫よりよっぽどタチが悪いのである。

「では、君がそう考える根拠を聞かせて貰《もら》えるか」

「カブトムシのほうが、まだ情緒豊かだって感じるからですよ」

「そちらではない。アリエルのノートを覗《のぞ》き見るべきだと、君が考える理由についてだ」

「知りませんよ。自力でなんとかしてください。責任持って面倒見るんでしょう」

「そうだな。明確な根拠を提示されないのならば、俺は俺の責任において、俺のやり方でアリエルの面倒を見ていくつもりだ」

「あ、なんですか、上手《うま》く切り返したつもりですか。ひどい。最低。死海の底に沈んだ泥」

世界一海抜の低い塩湖を引き合いに出し、殊更《ことさら》に最低ぶりを強調する一ノ瀬由奈《いちのせゆな》。

当然、そのくらいの知識は忍にもあったが、死海から話を広げる必要はないので流した。

「君こそ、俺にアドバイスをくれようと言うなら、もっと素直に話をしてもいいはずだ。君の期待に応《こた》えているうちは、頼らせてくれるのだろう」

「そう思うなら、変に理屈っぽい反論するのを止《や》めてくださってもいいんじゃないですか」

やいのやいの。

「……スキナンダヨ？」

由奈に聞かれたら耳ごと引っこ抜かれそうなアリエルの呟《つぶや》きは、幸か不幸か、ふたりの耳には届かなかった。


「……簡単な話ですよ」

結局、忍がおやつのスコーンを焼くことを条件に、アドバイスを約束した由奈である。

食欲と中田《なかた》忍酷使欲、どちらを満たしたかったのかは、今のところ定かでない。

「アリエルは、忍センパイの見えるところで描《か》き物をしているんですよね」

「安全管理上、俺の管理下にあるときにしか筆記具を渡していないからな」

「いいんです。それは大した問題じゃないんで」

「ふむ」

「重要なのは、忍センパイの見えるところで、アリエルが描《か》き物をしているってことです」

「すまない。同じ話を二回聞かされたように感じている」

「わざとですよ。二回聞かされても分かりませんか？」

「ああ」

「……どうしても見られたくない描《か》き物なら、忍センパイの前でやるはずないでしょうが」

道理であった。

「……俺の示した誠実をアリエルが受け取り、決して覗かれはすまいと信頼したのだろう」

「まだぐずぐず言うんですね、往生際の悪い。じゃあアリエル、ちょっと手伝って」

「テツダッテ！」

クリスマスパーティの経験から〝テツダッテ〟をほんのり理解しているアリエルは、由奈《ゆな》の導きに従って、ソファから忍《しのぶ》の正面に移動する。

「これも借りるよ」

「ウー？」

由奈はアリエルの手からノートを取り、パラパラと捲《めく》った後、中身が忍からよく見えるよう、開いたページをアリエルの両指先で吊《つ》らせた。

「私にはさっき見せてくれたし、別にいいでしょ？」

「ア、ゥ……」

アリエルは恥ずかしそうに頰《ほほ》を染め、忍から顔を背《そむ》け、視線だけ上目遣いに忍を見ている。

それでも、つまみ持ったノートの中身を忍に見せようと、懸命に堪《こら》えている様子であった。

とてもかわいい。

ここまで頑張っているのだから、ノートの中身は忍に見せてもいいというか、むしろ積極的に見て欲しいくらいのものであることが証明された、と表現して良いだろう。

「どうです？」

「……」

なぜ由奈《ゆな》が勝ち誇るのかは分からないが、少なくとも言っていることは正しかったらしい。

アリエルのノートに描《か》かれていた内容は、大きく分けて二種類。

ひとつは、一見して文章のようにも見える、横描《が》きの図形の羅列。

解読どころか、地球上に似た言語が存在するのか否《いな》かすら、忍《しのぶ》には分からなかった。

「エルフ文字ってところですかね。なんて描《か》いてあるんですか？」

「何故《なぜ》俺に聞く」

「アリエルが解説してくれても、私が意味分からないんで」

「道理だな。だが俺の中にも、解読へ役立ちそうな知識はない」

「暗号解読とか好きそうな性格してるくせに、いきなり諦《あきら》めないでくださいよ」

「……まあ確かに、そうした謎《なぞ》というか、ミステリアスなものに興味は惹《ひ》かれる。有名なところではファイストスの円盤や、ヴォイニッチ手稿の話などは、目にしたとき心が躍った」

「ああ、そういう話はいいです。長くなりそうですし興味もないんで」

「……」

あんまりである。

忍は感情を見せない仏頂面《ぶっちょうづら》のまま、次のページを捲《めく》った。

するとアリエルが、食い気味に忍の傍《かたわ》らへ擦り寄ってくる。

「アリエル！」

最初は照れ臭かったのだろうが、一度見せてしまえば、もう吹っ切れたのだろう。

アリエルが、秘蔵のコレクションを見せびらかす小学生のような、どこか自慢げな笑顔で、指をさしその存在をアピールした。

ノートに描かれた大まかなこと、ふたつ目。

「これ、ハンバーグの絵ですか？」

「おそらくはな」

ページには、忍が前に作ってやった、牛肉１００パーセントのハンバーグが描かれていた。

驚くべきは、その完成度。

見事な筆致と陰影のつけ方などにより、鉛筆一本で描かれたとはとても信じられない、まるでモノクロ写真と見まごうほどに写実的で、情感漂うハンバーグが再現されていたのだ。

「アリエル、絵が上手なんですね」

「そのようだな」

読み進めていくと、イラストは数ページに一回くらいの頻度で描かれていると分かる。

モチーフとして最も多いのは、忍が食べさせた食事の数々。

時系列順でなかったり、かなり前のものが唐突に描かれていたりするので、そのときそのときに食べたいものを描いているのかもしれなかった。

かわいい。

そして抱き合う徹平《てっぺい》と早織《さおり》に、仏頂面《ぶっちょうづら》で見守る忍《しのぶ》とダルそうな由奈《ゆな》の姿。

「スキナンダヨ」

「アリエル。それはダメ」

「ウー?」

「絶対ダメ。忘れなさい」

無理もないといえば無理もないのだが、この件に関しては厳しい由奈。

若月《わかつき》一家の茶番に付き合わされた心的外傷《トラウマ》が、存外深く残っているのだろう。

ふたりのやり取りを尻目《しりめ》に、忍は黙々と知恵の歯車を回転させる。

「……アリエルは、俺たちの観察記録を作っているのだろうか」

「もうちょっと可愛《かわい》い言い方できないんですか?」

「絵日記レベルの描《か》き込みではない。言葉が通じないとはいえ、アリエルの知性に鑑《かんが》みれば、観察記録という言葉を当てたほうが、常識的に考えて適切だろう」

「その常識、この世界で話すと軽く引かれるんで、あんまり人に話さないほうがいいですよ」

「アリエル」

由奈とアリエルが、したり顔で視線を交わした。

言葉が通じないという前提条件は同じはずなのに、忍にだけアウェイ感が生じがちなのは、やはり彼の頭の中が異世界だからだろうか。

「それはともかく、ノートって別の奴《やつ》もあるんですか？」

「ああ。今まで描《か》き溜《た》めていたものは、アリエルも取り出せるテレビ台の下に保管してある」

「じゃ、それも見たいです。もしかしたら、何か面白いコトが描《か》いてあるかも」

「俺は構わないが、いいのか」

「ええ。おやつのスコーンもご馳走《ちそう》になる約束しましたし、確認の手間賃として、お夕飯にお寿司《すし》を要求する予定ですので」

暮れも押し迫ったこの時期に、泊まりどころか寿司まで握らせようとしていた由奈である。

なんならいっそ、今回の訪問の目的自体が、寿司の食べ納めだった可能性すら存在する。

「店屋物では、許されんのだろうな」

「ええ。区役所福祉生活課支援第一係長、中田《なかた》忍の握り寿司が食べたいですね」

「分かった。君の要望に従おう」

「ありがとうございます」

「しかし、後悔するなよ」

「はい。私からお願いしたお寿司ですし、多少のお粗相には目を瞑《つむ》りますよ」

「ありがたいが、そういう話ではない」

言って忍は、テレビ台の前へとへしゃがみ込んだ。

そして少し後、歩き辛《づら》そうに〝荷物〟を抱《かか》えながら、由奈《ゆな》の前へ戻ってくる。

「……え」

ドサッ

忍《しのぶ》は、抱え持っていた約四十冊分の大学ノートを、ダイニングテーブルの上に広げた。

「……忍センパイ、これって」

「今日までアリエルが描《か》き記したノートだ。一日一冊以上のペースで使っているな」

「カキカキ」

いつ覚えたのか、アリエルが得意げに空中へ何かを描き付けつつ、カキカキ言っていた。

かわいい。

「俺はスコーンの準備がある。興味深い記述があったら、後で教えてくれ」

してやったり、という風でもなく。

忍は必要なことだけを言い残し、ひとりキッチンへと向かう。

「ユナ、カキカキ?」

「……うん、まあね」

一から十まで自分で言い出したことなので、今更《いまさら》引くわけにもいかない。

由奈は緩慢な動きで、高さ20センチを超えるであろうノートの山に手を掛けるのだった。

小一時間後。

「……ふむ」

現代日本人の約半数はスコーンを誤解している、というのは、確信に近い忍の見解である。

本来スコーンとは、小指ぐらいの長さでさくさくした何かに塩っぽい味を纏《まと》わせて食べるスナックではなく、スコットランド発祥の、小麦粉と牛乳、バターなどを混ぜた生地をオーブンでこんがりサクッと焼き上げる、甘くて手軽で小洒落《こじゃれ》たおやつのことだ。

もともと忍はどちらのスコーンにも興味はなかったが、いざ由奈に求められ、レシピを調べて作ってみると、思ったよりも簡単に、それなりのクオリティのものが出来上がった。

――これならば、アリエルにも常食させられるか。

レパートリーが増えたことを純粋に喜び、忍はスコーンをダイニングへと運ぶのだった。

「流石《さすが》だな、一ノ瀬《いちのせ》君」

「大したことじゃないでふ」

「モフモフ」

ぐったりとした様子で、アリエルとスコーンの食べさせ合いっこを始めた由奈が答える。

別に、女同士でのみだりにみだらを演出する予定なわけではなく、ぱさぱさした食べ物をのどに詰まらせると危険なので、由奈が適量を取り分けてやっているだけだ。

となると、由奈《ゆな》側に食べさせて貰《もら》う必要はないが、同調行動の弊害というか、単に仲良しが進展した結果なので、別にうるさく考えることでもあるまい。

というか、なんでもかんでも根拠となる理屈を求める姿勢はシノブ脳の初期症状なので、時にはふわっと流す寛容さを、人生の中盤戦までには身に付けておくべきである。

話を戻す。

「謙遜《けんそん》することはないだろう」

スコーンが完成するまでの間に、由奈はアリエルノートの可読性を大幅に向上させていた。

人類が理解できるイラスト部分に比重を置き、重要度順、時系列順に確認できるよう、色、大きさ、貼《は》り方を調整した付箋《ふせん》で分別している。

「忍《しのぶ》センパイ、その言い方は嫌味《いやみ》っぽいですよ」

「何故《なぜ》だろうか」

「雑多な資料の効率的なまとめ方なんて、教えてくれたのは忍センパイじゃないですか。そういうの、自画自賛って言《い》うんですけど、ご存じありませんか」

「与えられた知識を活かし、自らの技量としたのは君の力量だ。称《たた》えられるべきは君だろう」

「ああもういいです止《や》めてください。分かりました。はい。凄《すご》いのは私。はいはいはいはい」

「ムグ、ムググー」

珍しく、由奈が忍にも分かるほど分かりやすく照れていた。

そして、許容量以上のスコーンを押し込まれ、アリエルが苦しそうだった。

無理もないだろう。

粉っぽいスコーンを喉《のど》の奥に押し込まれたら、異世界エルフも苦しいに違いない。

ではなくて。

たとえ一ノ瀬《いちのせ》由奈でも、自分の不出来な頃《ころ》を知る者に、成長を褒められたら恥ずかしい。

忍も由奈を辱《はずかし》めるつもりはないので、気遣いがてらに話題を移す。

「ともあれ、君の働きに感謝する。概要を聞きたいが、まずアリエルを解放してやってくれ」

「え……あっ、あーあーあーあー。ごめんねアリエル」

「クフッ、カホッ、ンフッ、フー、フー……」

由奈が我に返ったことで、どうにか命を取り留めたアリエル。

少し苦しそうに、けれど由奈を責めることなく、傍《かたわ》らの水をこくこく飲み干すのであった。

由奈もその様子を確認し、いくらか安心した表情で、ノートを捲《めく》り始める。

「……ぱっと見、それこそ研究日誌や普通の日記っていうより、思ったことをつらつら描《か》いてる感じですね。その合間に絵が入るんですけど、時系列はばらばらです。たとえば」

軽く手を払ってスコーンの粉を落とし、由奈は〝38〟の付箋を貼ったノートを開く。

「これはリバーシですよね。クリスマスパーティでやったっていう」

「ああ。この特徴的な盤面には見覚えがある」

忍《しのぶ》がクリスマスパーティの際、アリエルと対戦に興じた、リバーシのイラストである。

必殺の異世界エルフ十七連撃により、真っ白になった盤面が描《か》かれていた。

「で、少し後に来てるのがこれです」

「ふむ」

光の綿毛で輝く布団を被《かぶ》り、寝心地を試す忍の姿であった。

掛け布団から出ている顔のパーツだけで忍と理解させる描画力は、やはり凄《すさ》まじい。

「クリスマス前の出来事が、クリスマス後に来てますから、時系列順じゃないですよね」

「そのようだな」

言いながらノートを並べ替えていた忍は、ふと気付く。

「一ノ瀬《いちのせ》君、ノートが足りないようだが」

「え、そうですか?」

「ああ。黄色いノートと、紫のノートが一冊ずつ足りない」

「勘違いじゃないですか?」

「五冊セットのノートを、赤、青、黄色、緑、紫の順で与えている。抜けはないはずだ」

真剣な仏頂面《ぶっちょうづら》で、どっぷりと考え込んでしまう忍。

その様子を見て、由奈《ゆな》が諦《あきら》めたように溜息《ためいき》を吐《つ》いた。

「……忍センパイですもんね。見逃してくれるはずもないか」

「ふむ」

由奈は席を立ち、自らの鞄《かばん》から黄色と紫のノートを一冊ずつ出して、テーブルに並べる。

一方アリエルは、随分と憔悴《しょうすい》した様子で、由奈に取り縋《すが》ろうとしていた。

「いいの、アリエル。秘密って言ったけど、隠し切れそうにないから」

「ユナ……」

「説明して貰《もら》えるか、一ノ瀬君」

「……」

由奈は諦観《ていかん》じみた憂《うれ》い顔で、ダイニングテーブルに目を落とす。

「……この前お風呂《ふろ》に入ったときの、私とアリエルの姿を描いた絵が載《の》っていまして」

「ふむ」

「非常にクオリティが高かったので、アリエルに言い聞かせて隠すことにしたんですけど」

「……」

「……見ます？」

「見せたいのか」

「馬鹿《ばか》じゃないですか」

「ならば見ない」

「いいんですか？」

「何が」

「……いえ、なんでもありません」

その微妙な空気を割り裂くように、

「シノブー」

〝秘密〟の縛りから解放されたアリエルが、自信作の載《の》ったノートを開き、忍《しのぶ》に迫る。

刹那《せつな》、一ノ瀬《いちのせ》由奈《ゆな》は音もなく背後からアリエルに迫り、後方から抱き付いてバランスを崩させ、その一瞬でノートを奪い取った。

しかし。

「一ノ瀬君」

「今、何か見ましたか?」

「すまない」

嘘《うそ》は苦手な、中田《なかた》忍であった。

◇◆◇◆◇◆◇

「上手に描《か》くものですね」

「そうだな」

はっきり言ってしまえば、お風呂《ふろ》イラストの騒ぎをなかったことにしたいがため、忍と由奈はアリエルに自由なお絵描きをさせ、自分たちは無益な雑談で時間を潰《つぶ》していた。

アリエルが描いているのは、皿にみっつほど残っていた、四角い形のスコーン。

マットな質感と不定形の曲線を、アリエルはいとも容易《たやす》く紙の上に再現する。

「ラフっぽいとはいえ、一発描きでこのクオリティって凄《すご》くないですか」

「エルフに属するものならば、手先も器用なのだろう」

「……そういえば、ちょっと思ったんですけど」

「ああ」

「アリエルって、本当に〝エルフ〟なんでしょうか」

「さあな」

「なんですかその雑な返し。革靴に歯磨き粉でツヤ出ししますよ」

両足にミントの香りを纏《まと》わされかけた忍は、仏頂面《ぶっちょうづら》のまま由奈に向き直る。

「逆に問うが、一ノ瀬君の考える〝本当のエルフ〟とは、一体なんだ」

「耳が長い。あと、色白で金髪で、魔法を使うってところでしょうか」

「ならばアリエルは、まぎれもない〝本当のエルフ〟ではないのか」

「そうですね……いや、そういう話じゃないんですよ」

「ふむ」

「忍《しのぶ》センパイは最初から、アリエルのことを〝異世界エルフ〟だって認識してましたよね。それって、ちょっと不思議じゃないですか？」

確かに、石橋を叩《たた》いて叩いて叩き壊した後、結局別の道を通って目的地に行くタイプの中田《なかた》忍が、最初からアリエルを〝異世界エルフ〟と断じたのは、傍《はた》から見れば妙な話である。

ただ、主観的に経緯を自覚している忍からすれば、それほど不思議な話でもない。

「昔、義光《よしみつ》と飲みの席で話をした記憶が、意識下に残っていたのだろう」

「義光サンと、ですか」

「ああ。その際『もし目の前に、異世界から可愛《かわい》いエルフが召喚されてきたら』という話題が出たんだ。仮に一ノ瀬《いちのせ》君なら、どうした」

「信頼できる上司の家に運びます」

「そうか」

忍の心中に少なからぬ疑念が湧《わ》いたものの、当日由奈《ゆな》は忍と一緒に残業していたし、発見時に確認したとおり、侵入の跡は一切なかったので、辛《から》くも容疑者から外れた由奈であった。

「義光に問われたとき、俺は『冷凍して、できれば宇宙、無理なら南極に捨てる』と答えた」

「あー、それでバチが当たったんですね」

「現実は厳しい。せめて液体窒素で冷凍し、知床岬《しれとこみさき》から海底に棄《す》てたかったんだが」

「シレトコミサキ」

「大丈夫だよ、アリエル。いざとなったら私が、忍センパイを代わりに沈めてやるから」

知床岬から船を出しオホーツク海まで進めば、水深３０００メートルの海盆があるらしい。

埃魔法《ほこりまほう》の存在が明らかになった今、異世界エルフを封じるのにオホーツクの海底では力不足かもしれないが、中田忍を永久に封印するならば十分であろう。

「止《や》めてくれないか。流石《さすが》に俺も死ぬ」

「同じことしようとしてたのは、どこの誰《だれ》ですか」

「俺は地球の未来を考えて、その選択を視野へ入れたに過ぎない」

「地球の未来のためとか言いだしたら、忍センパイを排斥したほうがいくらも幸せですよ。そんなんだから、世界から争いが消えないんです」

「ふむ」

己の存在と世界平和の関係性を、いまいち理解できない忍であった。

「話は戻るんですが、結局アリエルは『流れで〝異世界エルフ〟って呼んでるけど、実はよく分からない謎《なぞ》の異世界生物らしき何か』ってことでいいんですよね？」

「そうなるな。必要なら、今からでも呼び方を変えるか」

「一応確認しますね。なんて？」

「ＵＭＡ《ユーマ》」

「は？」

「Unidentified Mysterious Animal。謎《なぞ》の未確認生物という意味だ」

急なネイティブ発音に、アリエルが目を丸くしていた。

「忍《しのぶ》センパイ、そういうの好きそうですもんね。だからアリエルの面倒見てるんですか？」

「冗談でも止《よ》してくれ」

「すみません。UMAよりは異世界エルフのが可愛《かわい》いし、呼び方は今のままにしましょうか」

「ああ。俺としても、今更《いまさら》切り替えようとは思わん」

「でもできれば、ちゃんとした出自は知っておきたいと思いませんか」

「勿論《もちろん》だ。しかし、そんなことが可能なのか」

「確証はないんですけどね」

由奈《ゆな》が忍を見上げ、悪戯《いたずら》っぽい笑《え》みを浮かべた。

最近、由奈のこんな表情を見ることが、随分多くなったような気がする忍である。

「ちょっと面白そうなコト、閃《ひらめ》いちゃったんです」


小一時間後。

『必要な準備を済ませてくる』と出掛けた由奈は、小洒落《こじゃれ》た感じの紙袋を片手に戻ってきた。

「オカエリナサイ、ユナ!!」

「はいはい、ただいまアリエル」

　自然な流れで中田家《なかた》の住人扱いされた由奈は、喜色満面で抱き付きに来るアリエルを前後左右にいなしつつ、忍にレシートを押し付け、紙袋の中身をローテーブルへと取り出す。

「ほう」

「ウー？」

　平たい直方体をした、金属製のケース。

　由奈が上部二箇所の〝ＰＵＳＨ〟表示を軽く押し、その蓋《ふた》を開けば。

「……ホォー!!」

　グラデーションに整然と並んだ、三十六の彩り。

　古式ゆかしい佇《たたず》まいの、色鉛筆であった。

「ユ、ユナ、ユナ、ユユユユナユナ！！！　シノブ！！！！」

　由奈は微笑《ほほえ》みながら色鉛筆を、忍は仏頂面《ぶっちょうづら》でノートを差し出し。

　それぞれもう片方の手で、〝ＧＯ〟《してもよい》を司るアリエルちゃんマークを掲げる。

「ファアアアアアアアアアアア！！！！」

　フォォォオオォオォオオォオオン！！！！

　アリエルは全身から謎の気体を巻き上げるや否《いな》や、両手に一本ずつ色鉛筆を構え、数本を謎の揚力で浮かせて、一気呵成《かせい》にノートへ叩《たた》き込み始めた。

「念動力《テレキネシス》の類《たぐ》い……いや、運動エネルギーを備えた埃《ほこり》を操る応用だろうか」

「分析は後にしましょう。それより、なんか白い紙いっぱいありませんか」

「ただのA4コピー用紙なら、一束用意できるが」

「それです。今すぐ出してください」

忍《しのぶ》から紙束を受け取った由奈《ゆな》は、六枚のコピー用紙をテープで貼《は》り合わせる。

「ごめんアリエル、ちょっといい？」

「フォオオオオオ……ホ？」

アリエルの注意を引いた由奈は、過去のアリエルノートたちを手早く開いて、アリエルが印象的だったであろういくつかのイベントを、時系列順に並べて見せた。


微笑《ほほえ》みながら胸板を揉《も》まれる忍。

豆腐カレー。

ひどい顔で水を噴き出す忍。

仏頂面《ぶっちょうづら》で腕枕《うでまくら》をする忍。

昆虫図鑑。

光の綿毛に囲まれつつ、ペットボトルを差し出す忍。

由奈に見守られ、光の布団に潜り込む忍。

抱き合う徹平《てっぺい》と早織《さおり》。

クリスマスじみた装飾に囲まれ、リバーシに興ずる忍。

「私が言えた義理じゃないですけど、まあ滑稽《こっけい》ですね」

「どのケースも、俺なりに力を尽くした、俺に取りうるベターな選択だったと断ずる」

「否定も肯定もやめておきます」

「そうか」

由奈が忍の苦心を思い追及を止《や》めたのか、あまり余計なことを言って由奈とお風呂《ふろ》と裸体の絵がない事実を指摘されたくなかったのかは、定かでない。

「さ、アリエル。こういう風にお絵描《か》きできるかな」

「カキカキ」

「うん、そうそう」

「アリエル、よろしく頼む」

「カキカキ!!」

由奈の意を汲《く》んだアリエルは、六枚貼り付けた白紙のコピー用紙を受け取り、猛然と色鉛筆を操って、右から左へと時間が流れるよう、イベントを時系列順に描き連ねてゆく。

「この絵巻を描かせることが、一ノ瀬《いちのせ》君の言う『ちょっと面白そうなコト』なのか」

「まだ途中ですよ。忍センパイも、なんとなく予想はついてるんでしょう?」

「まあな」

「だったら、完成までゆっくりしましょうよ」

由奈《ゆな》は殊更《ことさら》に余裕ぶって、残りのスコーンをひと口齧《かじ》るのであった。

「ん。美味《おい》し」

◇◆◇◆◇◆◇

「なかなか壮観な絵巻に仕上がったな」

「私には、ファミレスのメニューか何かにしか見えませんが」

「カキカキ！」

若干呆《あき》れ顔の人類を尻目《しりめ》に、アリエルはとても満足げであった。

由奈は絵巻を描《か》かせる際、右から左に向けて時系列が進むよう、アリエルを誘導した。裏を返せば、絵巻を右に延ばせば延ばすほど、アリエルは自らの過去を絵に描くだろう。そうして絵巻を延ばし続ければ、この世界に来たときのアリエルの姿、果てはアリエルがここに来る前の異世界の状況、いっそ異世界エルフのルーツまでを探れるかもしれない。

だが、選者たるアリエルのセンス、いや食欲が炸裂《さくれつ》したために、描かれる要素が毎日の食事と寿司《すし》図鑑のものに偏《かたよ》りまくったため、紙面のほとんどが食べ物に覆われてしまっていた。

中でも目を引いたのは、絵巻の始点である右端、その一番上に描かれていたもの。

「……これ、なんなんでしょうね？」


〝それ〟は、奇妙な紋様であった。

喩えるなら、雑に描き写した指紋、ちょっとした迷路、複雑な苗字の印影というところか。

どことなく血管めいた、淡泊な不気味さを感じさせる、正体不明の〝それ〟。


「俺にも分からん」

言葉のとおり、少なくとも忍《しのぶ》の知識の中に、このような紋様が描かれる資料や絵画などは存在しなかったし、どこをどう調べれば近づけるのかすら、皆目見当がつかなかった。


「アリエルを発見したとき、床に描かれていた魔法陣とか？」

「アリエルの存在以外、不審な痕跡《こんせき》は見つからなかった。無論、こんな紋様も見ていない」

「でも、忍センパイん家《ち》のイベントと並列に描かれています。地球の話じゃないですか？」

「さてな……この紋様そのものが、異世界から地球へ繋《つな》がる出口と考えたらどうだ」

「さっき、紋様なんて見てないって言ってましたよね」

「見ていないが、転移自体は俺の帰宅より前に終わっていて、転移後暫《しばら》くしてから俺がアリエルを見つけたとすれば、紋様を見落とした理屈は通るんじゃないか」

「じゃあ忍センパイはこの紋様を、異世界転移用の魔法陣だって考えてるんですか？」

「違うな。少しいいか」

「えっ。嫌《いや》です」

忍《しのぶ》の知恵が回転モードになり、長い長い説明を発する構えになったことを敏感に察知し、反射的に拒否する由奈《ゆな》。

「嫌がっていては、話が進まないだろう」

「分かってますけど。せめて内容を簡潔に、絞って話して貰《もら》えませんか」

「……」

どことなく不満げな忍であった。

「……俺は埃魔法《ほこりまほう》を、異世界エルフが生存のため当たり前に利用する、いわば本能的な優生特徴だと考えている。だとすれば、使用に特別な儀式や手続きを経ると考えるのは不合理だ」

「本能で扱う埃魔法を使うために、魔法陣が必要になるのはおかしい、ってことですか」

「そうだ。あるいは、埃魔法に利用されるエネルギーの方向性や効果を増幅する意味合いで、この魔法陣じみた紋様が使われる可能性もあるにはあるが、そうした仕方の埃魔法は、アリエルが先天的に使える埃魔法とは別物として考えるべきだろう」

「そっちは何魔法にするんですか」

「高等魔法」

「……あ、はい」

「何も言わないのか」

「まあ、無難なんじゃないですか」

何故《なぜ》か、罵倒《ばとう》されるよりも悲しい気分になった忍である。

「整理しますね。

アリエルが先天的に使える魔法は、埃魔法。

魔法陣や複雑な手続きで絶大な効果を得る、高等魔法。

そのうちのひとつに分類されるであろう、転移魔法。

絵巻に描《か》いてある魔法陣は、おそらく転移魔法に関連するものである、と」

「そうだろうな。そしてアリエル自身は、転移魔法を扱えない可能性が高いと推察する」

「何故です？」

「アリエルが転移魔法を自由に使えるなら、とっくに元の世界へ帰っているだろう」

「まあ、そうですね。仮に使えたとしても、特別な準備や材料が必要なのかもしれません」

「ああ。だがこの方向性で考えると、ひとつの厄介な可能性が浮上する」

「『地球へアリエルを送った転移魔法の使い手が、アリエルとは別に存在する可能性』ですね」

「うむ」

考えるまでもない。

少なくとも、忍と由奈の目に映るアリエルは、まるでなんの目的もないかのように日々を過ごし、忍《しのぶ》のご飯を食べ、図鑑を読み、忍を抱いて寝る、悠々自適の生活を送っている。

アリエル自身が転移魔法を使ったのであれば、この生活自体が目的なのかもしれないと推察することもできるのだが。

アリエル自身が転移魔法を扱えないとしたら、転移魔法を扱う何者かが、なんらかの目的を持って、この世界へアリエルを転移させたことになる。

「……勇者パーティのエルフが、魔王に記憶を消されて異世界に飛ばされてきたとか」

「一ノ瀬《いちのせ》君は、随分とファンタジーゲームが好きらしいな」

「忍センパイ？　帰りますよ？」

「……」

由奈《ゆな》の両親は由奈の帰省を心待ちにしているだろうし、早めに帰省してくれたら寿司《すし》を握らずに済むな、と一瞬思ったものの、そういうズルは主義に反する忍である。

「すまない。失言だった」

「ほんとですよ、全くもう」

言いながら由奈は、アリエルが描《か》き上げた絵巻の右側に、新しいＡ４用紙を貼り付ける。

「……ふむ」

絵巻の右端を転移直後の記憶と仮定すれば、さらに右側に紙を足してやれば、新たに描かれるのは転移前の記憶であろう。

ファンタジーゲームのことばかり考えてはいない、これが一ノ瀬由奈の実力であった。

「さ、アリエル。カキカキしてくれる?」

言って、なんの気なしに由奈が、アリエルのほうを向くと。

「……」

アリエルが俯《うつむ》いて、黙りこくっていた。

転移当時の如《ごと》き無表情で、瞬きもせず、意思のない眼差《まなざ》しをフローリングに滑らせていた。

流石《さすが》の由奈も動揺し、故《ゆえ》にこそ忍は冷静たらんと努める。

仕方あるまい。

ここ最近のアリエルは、遊んでやれば随分楽しそうにするし、美味《おい》しいものを食べれば嬉《うれ》しそうにフォーフォーするし、いっそ少し構ってやるだけでも大喜び。

こんなに寂しそうで、辛《つら》そうで、苦しそうな表情など、見せることはなかったはずなのに。

「……ユナ」

「え……」

アリエルは由奈の手から紙束を取り、絵巻の右側に貼《は》り付けた。

テープを使った様子はないので、埃魔法《ほこりまほう》を応用したのだろう。

これで〝魔法陣〟の右側に、白紙のＡ４用紙が二枚繋《つな》がったことになる。

だが、アリエルの手は止まらない。


一枚。

二枚。

三枚、四枚、五枚。

ダイニングテーブルからはみ出しても、アリエルは紙を増やし続ける。

無表情に、一心不乱に、さらに右へ右へと、白紙の絵巻を伸ばしていく。

十枚。

二十枚。

三十枚。

「ウー」

端が壁に着いてなお、アリエルは紙を貼《は》り続けようとしたが、手元のＡ４用紙が尽きた。

そこで諦《あきら》めたのか、アリエルは床に這《は》いつくばり、三十四枚目の右端に何かを描《か》き入れる。

何本もの色鉛筆ではなく、ただ一本の黒い鉛筆を握りしめた、その右手だけで。

「……忍《しのぶ》センパイ、これ」

「……」

描かれたのは、転移してきた当時のエルフ服を着て座り込む、アリエルの姿だけだった。

そしてアリエルは、鉛筆を握りしめたまま、俯《うつむ》いてしまう。

もう、描き足すものはないとばかりに、手を止めてしまう。

「……どういう、ことなんでしょう」

「……」

「……アリエル、これで終わり？　もう少し」

「一ノ瀬《いちのせ》君」

「っ」

「止《や》めておけ」

「……でも」

「いいんだ。もう止めよう」

そして忍は、俯くアリエルのそばに歩み寄り。

そっと、鉛筆を持つアリエルの手を、握ってやる。

「ありがとう、アリエル。もう十分だ」

「……アリガトウ、シノブ？」

「ああ、ありがとう」

「……アリエル」

三十四枚分、あるいはさらに延ばされるはずだった、空白の時間。

降って湧《わ》いた不条理と不可解を前に、忍《しのぶ》は知恵の歯車を回転させんとして、

「……」

暫《しば》し、その動きを止める。

忍の眼前には、膝《ひざ》をつき項垂《うなだ》れる異世界エルフ、アリエル。

この事態を招く一因となった自分自身を責めているであろう、一ノ瀬由奈《いちのせゆな》。

そして彼は、中田《なかた》忍であった。

合理主義と堅固な論理を矜持《きょうじ》に、人らしい優しさを己の罪と負う、中田忍であった。

――不確かで冷たい考察など、夜に俺ひとりがやれば良い。

――今ここで、俺が為《な》すべきことは。

「すまない一ノ瀬君。寝室で、二時間ほどアリエルの相手をしていてくれるか」

「えっ」

「訳は後で話す。今はただ、時間が惜しい」

「あ……わ、分かりました」

困惑しつつも、いや困惑しているからこそか、由奈は指示を素直に受け入れた。


そして。

中田忍が、動く。

◇◆◇◆◇◆◇

二時間後。

『一ノ瀬君。アリエルを連れて来てくれ』

寝室の扉越しに、くぐもった忍の声が響いた。

「……呼んでるよ。行こ、アリエル」

「……ハイ」

時刻はもう、あるいはまだ、夕方過ぎ。

ふたりでベッドへ横になろうが、到底眠れるはずもない。

「……」

励ましの言葉も、慰めの言葉も、心の内で力を失い、喉《のど》の先まで届かない。

アリエルを傷つけ、忍にフォローさせた自らの失態が、由奈の心を昏《くら》く苛《さいな》んでいた。

そして、左手でアリエルの手を引きながら、リビングダイニングへの扉を開いた由奈は。

「……は?」

驚愕《きょうがく》し、戦慄《せんりつ》し、そして硬直した。

「へい、らっしゃい」

中田忍《なかたしのぶ》がそこにいた。

威勢の良い台詞《せりふ》とは裏腹の、感情の浮かばない仏頂面《ぶっちょうづら》、平坦過ぎる声の調子。

青いラインの通った真っ白な和帽子に、両襟《えり》がぴんと張った和風の調理衣。

ダイニングテーブル上には、酢飯《シャリ》の入った寿司桶《すしおけ》と各種ネタ、無駄に本格的な寿司下駄。

何も知らない一般人が見れば、飛ぶ鳥を落とす勢いで台頭する、野心溢《あふ》るる新進気鋭の実力派若手寿司職人と信じてしまうに違いない。

こんなときのために買い込んでおいた、寿司屋なりきりグッズである。

『型より入りて型より出《い》ずる』、中田忍の本領発揮であった。

「……あ、あの、忍センパ」

「へい、らっしゃい」

「ヘラッシャイ！！！！」

未《いま》だ現実を受け入れられない人類《ゆな》とは対照的に、異世界エルフ《アリエル》は大興奮である。

寿司図鑑の予習が効いているのか、敏速に自分の席へと移動し、目の前に寿司下駄をひとつ引き寄せて、キラッキラした眼差《まなざ》しで忍を見上げつつ、全身から謎《なぞ》の気体を噴いている。

「お客さん、ネタに被《かぶ》ってしまうので、噴くのは勘弁して貰《もら》えませんか」

「ハイ」

シュウゥゥゥウン
なんと、謎《なぞ》の気体が止まった。

やはり随意に出し止めできるのではないか、と忍《しのぶ》が思ったかどうかは定かでないが、今の忍は完璧《かんぺき》な寿司《すし》職人を自己演出しているので、細かいことには拘《こだわ》らず酢飯《シャリ》を手に取る。

「……」

流れるような手つき、とはとても言えない、不格好でぎこちない手つき。

ネットや書籍で技術を学び、スーパーの鮮魚売り場で懇意にしている親方から、口頭で小手先のコツを聞いて、夜《よ》な夜《よ》な練習していただけにしては、健闘しているほうだろうが。

「ヘラッシャイ、ヘラッシャイ、ヘラッシャイ……」

「お客さん」

「ハムッ」

宥《なだ》めるような忍の声色《こわいろ》に、口を閉じるどころか、思わず両手で塞《ふさ》いでしまうアリエル。

かわいい。

先程までの、暗く落ち込んだ不安な様子は、もうどこにも見て取れない。

「……」

握り型は、酢飯《シャリ》を綺麗《きれい》な楕円《だえん》に握る〝俵《たわら》の型〟と、酢飯《シャリ》を船底の形に握り美しさを魅せる〝地紙の型〟があると言うが、忍には握りの区別を付けられるほどの技量がない。

己の限界と真摯《しんし》に向き合い、型崩れせず、かと言って口に入れればほろりと解けるような、ギリギリの力加減のみを意識して、それらしき形になるよう握ってゆく。

「お客さん、サーモンはお好きですか」

「サーモ……？」

「シャケです」

「シャケ！！！！」

頷《うなず》いた忍は、先程スーパーで仕入れた、アトランティックサーモンの刺身を手に取る。

そして酢飯《シャリ》と合わせ握り込み、アリエルの前の寿司下駄へと載《の》せた。

「フォッ……」

「お客さん、手を洗って頂けますか」

「ハイ！」

タタタタタッ　ばしゃばしゃ　ぷしゅぷしゅ　シャー
洗面所に駆けて行ったアリエルを見て、我に返った由奈《ゆな》が、空いている椅子《いす》に腰掛ける。

「お客さ……一ノ瀬《いちのせ》君」

「……私にはおかまいなく。そのまま続けてください」

「へい、らっしゃい」

「……」

　タタタタタッ　トスッ
「アリエル!!!!!!!」

物凄《ものすご》い勢いで戻ってきたアリエル。

タイミングを見計らい、忍《しの》ぶはふたつ目のサーモン握りを寿司《すし》下駄に載《の》せる。

そして軽く手を拭《ぬぐ》い、アリエルの前に醤油《しょうゆ》皿を差し出し、アリエルちゃんマークを掲げた。

アリエルの瞳《ひとみ》の輝きが、いよいよ最高潮に達する。

「イラ……イヤ……イカ……イタ……イタダキマス!!!」

完璧《かんぺき》な食前の挨拶《あいさつ》を済ませ、アリエルは傍《かたわ》らの箸でなく、ぐっと右手を突き上げた。

問題あるまい。

寿司図鑑には図解付きで寿司の食べ方が載っていたし、そのために手も洗わせたのだ。

「……」

アリエルは恐る恐る、しかし待ちきれない手つきで、親指と薬指を酢飯《シャリ》に添え、人差し指と中指でネタを押さえ、先端に軽く醤油を付けて、口へと運ぶ。

「……」

「……どうだ、アリエル」

「……」

反応がない。

急造寿司職人中田《なかた》忍も、思わず素に戻ってしまうほど反応がない。

やはり、格好だけ整えた素人《しろうと》の握りでは、異世界エルフも満足できなかったのだろうか。

忍が知恵の歯車を回そうとした矢先、アリエルがふたつ目の握りを手に取った。

そこで忍は、ようやくアリエルの異変に気付く。

アリエルは小刻みに体を震わせながら、深い息を吐いている。

そして、ふたつ目の握りを、ゆっくりと口内に収めて。

「……ホワァ」

焦点が合っているんだか合っていないんだか分からない瞳で、あさってのほうを見上げながら、寿司下駄の上に手を彷徨《さまよ》わせるアリエル。

「忍センパイ」

「ああ」

急ぎみっつ目の握りを仕立て、アリエルの手元に置いてやると、夢見心地で口へと運び。

「ホワァ……」

ついには傍目《はため》にも分かる、蕩《とろ》けた表情。

初めての同衾《どうきん》の夜がそうだったように、アリエルはあまりにも大きな喜びの感情を発露すると、逆にオーバーなリアクションを取らなくなると分かっている。

よって、今のところ地球上で一番異世界エルフに詳しい人類であろう中田忍《なかたしのぶ》が予想するところ、アリエルは初めて食べるサーモン寿司《ずし》に、大変満足したのだろう。

「良かったですね、忍センパイ」

「そうだな」

「何がそうだなですかバーカ。裏切り者。ブルータス。明智光秀《あけちみつひで》。今すぐ敦盛《あつもり》舞わせますよ」

織田信長《おだのぶなが》が家臣の明智光秀に謀反《むほん》を起こされた際、信長は燃え盛る本能寺《ほんのうじ》の中で〝敦盛〟という舞を踊り、その最期を迎えたと伝えられている。

つまり敦盛は今この状況となんら関係なく、では何故《なぜ》話題に出たのかと言えば、アリエルが元気を取り戻したので安心し、悪態を吐《つ》く余裕が戻った由奈《ゆな》の、単なる照れ隠しであった。

「悪いが敦盛を舞う知識はないし、なんの裏切りを責められているのかも分からない」

「アリエルにお寿司握ったじゃないですか。お願いしたのは私なのに」

「……確かにそうだな。それはすまない」

「謝らなくていいんで、私にもお寿司握ってください」

「へい、らっしゃい」

「それはいいんで。普通に握ってください」

「……分かった。何を握ればいい」

「全部です。サーモン以外、全部握ってください」

拗《す》ねたような口ぶりで、微笑《ほほえ》む由奈。

その様子を見た忍も、普段の仏頂面《ぶっちょうづら》を崩し、薄く微笑んだ。

「いいだろう」

「……シノブー」

「へい、らっしゃい」

忍は再び職人となり、次の握りの仕込みに入る。

苦労はしたが、挑んだだけの価値は感じられた。

目の前で落ち込んでいたひとりの女性といちエルフを、笑顔にすることができたのだから。

別に、不自然なことでもないだろう。

公称機械生命体、無感動の化け物《ばけもの》、中田忍にも、そのくらいの甲斐性《かいしょう》は存在するのだ。

第十六話　エルフと試合終了

忍《しのぶ》が寿司《すし》を握ったその日の夜、つまり十二月二十九日、午後十一時二十分。
急遽《きゆうきよ》開催に至った緊急グループトーク会議は、開始から既《すで》に五十分が経過していた。

【グループトーク《打ち合わせ一二二九二三三〇～》】

忍：改めて現状を整理するが、皆準備はいいか
義光《よしみつ》：うん（、'ω'）
由奈《ゆな》：はい
徹平《てっぺい》：オッケー

少しの間。

忍：不可解な点こそ多いものの、現状はそう複雑でもない
忍：本日、俺と一ノ瀬《いちのせ》君により、アリエルへ過去のイラストを描《か》かせたところ

忍：地球文化に馴染《なじ》まない、謎《なぞ》の紋様が描かれていることを発見した
忍：便宜上この紋様を〝魔法陣〟と呼称する
忍：諸々《もろもろ》の経緯から、アリエルには〝魔法陣〟についての詳しい説明を求められない
忍：ただ、先程徹平が報《しら》せてくれた、〝魔法陣〟とほぼ同様の紋様が、ここ一ヶ月の間
忍：市内のそこここに落書きされている、という情報との関連性は、討議すべきだろう
忍：落書きの情報はＳＮＳを中心に伝播《でんぱ》しており、犯人像こそ一切掴《つか》めてはいないが
忍：暮れも押し迫るこの時期になお、まだ広く拡散し続けている点
忍：その現場も市内というより、俺の住所周辺に集中している点が特異だ
忍：ここまでは、皆の認識を共有できていると考えていいか
義光：大丈夫だと思う(^_-)-☆
義光：あとは、僕もネットで調べてみたけど、広場の地面とか、道路にチョークとか
義光：描く道具も描く場所もバラバラだね(._.)
義光：数も多くて、確認できるだけで二十個以上はあったよ(・∀・;)
由奈：私もタイムラインを掘り起こしたら、ちらほら画像が上がってました
由奈：最近あんまり確認できてなかったのと、流れ早過ぎて気付くのが遅れた感じです
由奈：すみませんでした
由奈：一応気付いた点としては、古いものほど精度が高いというか

由奈《ゆな》：アリエルの描《か》いた原画に近いものが多い印象です
徹平《てっぺい》：話題になるにつれて、模倣《もほう》犯みてえなヤツが増えてるんじゃねえかな
徹平：ちなみに俺が調べた限り、一番古い発見報告は、十二月入る直前のヤツだ
忍《しのぶ》：俺がアリエルを発見した時期と、おおむね一致しているな
徹平：じゃあもう決まりだろ
由奈：決まり？
義光《よしみつ》：何が？　＞徹平
徹平：だから、二人目の異世界エルフだよ

少しの間。

忍　：何故《なぜ》そう考える
徹平：だって、その〝魔法陣〟とかいうのが異世界のアレなら
徹平：十二月入る前時点で、〝魔法陣〟を描けたのはアリエルちゃんだけだろ
徹平：アリエルちゃんが外行ってないなら、他に異世界エルフがいるしかねーじゃん

また、少しの間。

義光：徹平にしてはまともな意見だけど、こんなことする理由は分からないね
由奈：地球の道具である、チョークとかを使ってるのも変ですね
由奈：アリエルと同じ異世界エルフなら、埃魔法《ほこりまほう》を使うんじゃないですか
徹平：まあ、細かいことは見つけてからでいいじゃん
徹平：いつから探すんだよ。今なら俺も帰省の予定、変えるかズラすかできるけど
忍　：いつから、とは
徹平：だから、その二人目の異世界エルフちゃんを保護するんだろ
徹平：いつから作業を始めるんだよ、って聞いてんだけど
忍　：それは誤解だ
徹平：誤解？
忍　：二人目の異世界エルフが存在する可能性については、俺も考えた
忍　：だが俺に、二人目の異世界エルフを保護するつもりはない
徹平：は？
忍　：折角の機会だ。これも皆に共有したい
忍　：今後、アリエル以外の異世界エルフに対して、俺は一切関わりを持たない
忍　：皆も思うところはあろうが、俺と同じように、一切の関わりを断ってくれ

かなりの間。

徹平《てっぺい》：悪いノブ
忍《しのぶ》　：どうした
徹平：俺は馬鹿《ばか》だからさ
徹平：もしかしたら思い違いかもしれないいんだけど
徹平：ノブは二人目の異世界エルフちゃんのこと、見殺しにするっつってんの？
忍　：そうだ
義光《よしみつ》：そういう表現止《や》めなよ　＼／忍
由奈《ゆな》：徹平さんの気持ち考えてください
由奈：わざわざ誤解されるような伝え方、する必要ありませんよね
忍　：虚飾を重ねてこそ、伝わる意思は歪《ゆが》むだろう
忍　：俺は二人目の異世界エルフを見殺しにするし、それを皆にも強制する
忍　：結論は変わらん。むしろ正しく伝わった分、僥倖《ぎょうこう》とすら言っていい
徹平：待てよノブ
忍　：今度はなんだ

徹平：全然伝わってねえから。ちゃんとした理由で説明してくれよ
徹平：それこそ一方的な誤解で、お前のこと怒ったり、憎んだりしたくねえから
忍　：そうか
徹平：だっておかしいだろ、ノブが自分で言ったんだぞ
徹平：国や他所《よそ》の人間に渡れば、異世界エルフは何をされるか分かんねえって
徹平：っていうかいっそ、絶対ろくな目に遭《あ》わねえって
徹平：だから犯罪者になる覚悟で、アリエルちゃんの面倒見てるんだって
忍　：そのとおりだ
徹平：だったらどうして
徹平：たすけてやろうとすらしないんだよ

少しの間。

忍　：助けられないからだ
徹平：助けられない？
忍　：俺がアリエルを保護できていること自体、いくつもの偶然が重なった故《ゆえ》の奇跡だ
忍　：最初は保護など考えず、液体窒素で凍らせ、宇宙に棄《す》てるべきとすら考えていた

義光《よしみつ》：それは地球の未来のためだったでしょ。今言う必要はないじゃない
由奈《ゆな》：義光さん
由奈：最後まで聞きましょう
義光：ごめん
忍《しのぶ》：異世界存在に対し、なんら備えを持たない地球人類が、異世界存在と向き合う上で
忍：その程度の覚悟は最初から必要だったと、俺は今でも信じている
徹平《てっぺい》：異世界エルフの常在菌が危ないかもって話だろ。その辺は俺も理解してるよ
徹平：でもアリエルちゃんとは上手《うま》くやれてる。同じようにもできるはずだ
忍：アリエルはアリエル、他の異世界エルフは他の異世界エルフだろう
忍：疫学的な問題を含め、アリエルと同等に安全かどうかを測る術《すべ》はない
忍：二人目の異世界エルフが、人類に対して友好的とも限らん
徹平：〝魔法陣〟が出始めて一ヶ月くらい経《た》つけど、殺人事件が増えたって話はないだろ
徹平：多分友好的な奴《やつ》なんじゃねえの？
忍：あるいはな。異世界へ帰る手段を持ったアリエルの仲間が
忍：アリエルに呼びかけるべく〝魔法陣〟を描《か》き、存在をアピールしている可能性もある
徹平：だったら、なおさら接触すべきだろ
忍：別のパターンは考えたか、徹平

徹平：別？
忍　：二人目の異世界エルフが、アリエルを討つべくやってきた追跡者である可能性だ
忍　：人類相手どころか、異世界エルフ同士での衝突が起こる可能性を、考えたか

少しの間。

徹平：考えてねえけど、そんなん会ってみなきゃ分かんねえだろ
忍　：そのとおりだ。会ってみなければ分からない
忍　：だが、会ってしまえばもう遅い
忍　：どのみち、俺の手元にいるアリエルを危険に晒《さら》してまで
忍　：新たな異世界エルフに手を差し伸べるつもりはない
徹平：だから、二人目は見殺しにするってか
忍　：そうだとも言えるし、そうではないとも言える
徹平：回りくどい言い方やめろ
徹平：頼むから今は、俺に分かる言葉を使ってくれ
忍　：いいだろう
忍　：俺は、あの〝魔法陣〟を描いたのが、異世界エルフでない可能性をも疑っている

徹平《てっぺい》：は？
忍《しのぶ》：人類の中に、異世界エルフを狙う存在がいる可能性を、俺は否定し切れない

かなりの間。

忍：仮に、俺たちが知らないだけで、この地球上には異世界エルフの存在を認識していて
忍：機会があれば捕獲し研究することを目論《もくろ》む、悪の秘密結社が存在するとしよう
忍：この〝魔法陣〟騒動はSNSで広く波及した、公に認知されている情報だ
忍：もし異世界エルフを狙っている組織があれば、当然把握しているだろう
忍：秘密結社の者が転移だけを認知し、異世界エルフを発見できていない場合
忍：異世界エルフにのみ通じる符丁で、アリエルを炙《あぶ》り出そうとしていたら、どうだ
忍：一般市民にとっては迷惑な悪戯《いたずら》、単なる怪奇現象で見過ごされるだろうが
忍：異世界エルフ自身、あるいは異世界エルフに関わりのある俺たちのような者は
忍：この〝魔法陣〟を意味あるものと知り、行動を起こしてしまう可能性がある
義光《よしみつ》：深入りしようとすれば、異世界エルフの関係者だってバレちゃうってこと？
忍：端的に言えばそうだ
忍：所詮《しょせん》一般市民でしかない俺の、俺たちの強みはただひとつ

忍：目立たない、知られていないということだけだ
忍：もし知られてしまえば、国家レベルの組織や大企業の研究部を持ち出すまでもない
忍：十人かそこらの半グレ集団にすら、いいように制圧されてしまうだろう
忍：そうなれば、すべて終わりだ
由奈《ゆな》：まあ、考え過ぎのような気はしますけどね
由奈：それこそ漫画やアニメじゃないんだから、異世界エルフを狙う悪の秘密結社って
忍：同じことだ。存在しなければそれでいい
忍：だが存在したならば、知った時点でもう遅い
忍：だから俺は、アリエル以外の異世界エルフへ干渉しないし、皆にもそれを強要する
忍：以上が理由だ。異論はあるか、徹平

◇◆◇◆◇◆◇

忍：呼びつけておいて悪いが、今夜はこれで失礼する
忍：皆、よろしく頼む
義光：うん
由奈：はい

徹平《てっぺい》：あいよ

【中田忍《なかたしのぶ》　さんがログアウトしました】

徹平：なあヨッシー、一ノ瀬《いちのせ》さん
義光《よしみつ》：うん？（?_?）
由奈《ゆな》：なんでしょう
徹平：俺、カッコ悪過ぎ？
義光：かっこいいし、正しいと思うよ
由奈：『だったら俺が全部面倒見てやるよ、お前らなんてもう知らねえ。死ね』
由奈：とか言い出したら最悪でしたけどね
由奈：綺麗《きれい》な引き際だったと思います
義光：っていうか、徹平だって忍の性格知ってるくせに、なんであんなこと聞いたのさ
徹平：そんなん、俺が納得するために決まってんだろ
徹平：ノブは自分の理屈で、自分の心を捻《ね》じ伏せられんのかもしれねえけど
徹平：俺はそんなに頭回んねえし、聞き分けも良くねえんだよ
義光：どうだろ。忍も自分で納得できてないから、あんな言い方するんじゃない？

徹平：ヨッシーまで翻訳要りそうな喋《しゃべ》り方すんの、やめてくれよ
義光：要らないでしょ翻訳（＝_＝）
徹平：要るわ。結局どういうことだよ
義光：本当は助けてあげたいのに、助けられない自分に罪悪感を覚えてるから
義光：わざと自分を悪者にする、強い言い方をしてるんじゃないかってコト
徹平：ああ、それなら分かってた。すげえノブらしい感じだよな
由奈：分かった上で、あんな風に追い詰めたってことですか？
徹平：そうだよ
徹平：半端な同情で気持ち変えるようじゃ、後から絶対後悔すんだろ
徹平：俺だって、ノブだってさ

◇◆◇◆◇◆◇

忍はスマートフォンの画面を閉じ、溜息《ためいき》を吐《つ》いて、暗い天井を見上げた。

客間の和室、敷かれた布団の上、傍《かたわ》らにはアリエルが抱き付いている。

『絵の件で落ち込ませちゃったのは私だから、忍センパイがケアしてあげてください』と由奈が言うので、普段のベッドを由奈ひとりで使わせ、和室にアリエルを移動させたのだ。

アリエルは耳で目を塞《ふさ》ぐ熟睡の姿勢を取り、忍《しのぶ》の胴体へギュッと抱き付いている。

それは忍が、間近にアリエルの体温を感じながら、他の異世界エルフを見殺しにする決断を協力者たちに伝えていた、ということでもある。

中田《なかた》忍を知る者は、既《すで》にお分かりのことだろう。

たとえそんな状況であろうと、中田忍は冷静に、冷酷かつ正しい決断を下せる男であり。

その事実へ何も感じずにいられるほど、頑丈な心の持ち主でもなかった。

「……シノブ?」

ふと。

顔を向ければ、アリエルが目を覚ましていた。

畳まれていた耳もぴんと開き、闇《やみ》の中でもきらめく碧眼《へきがん》が、じっと忍を見つめている。

「すまんな。起こしてしまったか」

「……」

アリエルは、応《こた》えない。

微動だにせず、ただじっと、忍の瞳《ひとみ》を見つめている。

その奥底を、見透かそうとでもするかのように。

「明日は普段どおり四時に起きる。お前を起こすのも普段の時間だ。早く寝なさい」

「……」

「分からんのか」

「……」

「アリエル」

「……」

ただ、じっと。

アリエルの碧眼は、忍の瞳を見つめている。

「……」

「……シノブ」

「……」

「……」

「……強情な奴《やつ》だ」

溜息《ためいき》の白旗。

先に折れて見せたのは、忍であった。

「〝憐憫《れんびん》〟だ」

「レンビン？」

「憐《あわ》れみ、不憫《ふびん》に感じることをいう。その程度の感傷は俺とて抱く」

「レンビ……シー」

「憐憫《れんびん》」

「……シー」

しかし、異世界エルフの碧眼《へきがん》は、忍《しのぶ》を捉《とら》えて離さない。

言葉よりもずっと強い、その確たる意志が。

忍の瞳《ひとみ》の奥底を、しっかりと見つめている。

「……」

「……」

「納得いかんか」

「ハイ」

「……」

忍は知恵の歯車を回転させたが、すぐに自ら止めてしまった。

素直に己の心情を表すほか、アリエルを納得させる方法など、思い付きそうになかった。

「〝悲しい〟とでも、言わせたいのか」

「……〝カナシイ〟」

　トスッ

「うおっ」

刹那《せつな》の出来事。

アリエルは一瞬忍を解放するや、首元を抱き寄せ、その豊満な乳房に忍の顔を埋めた。

「いきなり何を……」

「シノブ、カナシイ」

「……なんだと?」

「ポンポン」

言いながら、アリエルは忍の後頭部に掌《てのひら》を添え、幼子《おさなご》にするように、優しく頭を撫《な》でる。

普段の同衾《どうきん》ほど強く抱かれてはいないので、抜けようとすれば抜けられるだろう。

しかし。

「シノブ、ポンポン」

「なんのつもりだ、アリエル」

「ポンポン、ポンポン」

悲しみと、慰め。

それが元々異世界エルフに備わっていた概念なのか、あるいは由奈《ゆな》あたりが教え込んだものなのか、忍には理解が及ばない。

それでも今、忍に取れる行動は、ひどく限られていた。

「……アリエル」

「ウー?」

「せめて、スマートフォンを片付けさせてくれ」

「アイ」

アリエルが忍《しのぶ》を解放したので、忍は充電器にスマートフォンを収め、再び布団に戻る。

そしてすぐさま、アリエルに抱きしめられた。

「ポンポン、ポンポンポン」

アリエルの掌《てのひら》越しに伝わる、労《いたわ》りの情動。

自分がそれを享受《きょうじゅ》すべき立場にないと承知しながら、忍はアリエルに身を預ける。

罪悪感をひた隠し、アリエルを満足させることこそ贖《あがな》いだと、信じるが故《ゆえ》に。

「……」

アリエルの体温に包まれてなお、忍は瞼《まぶた》を閉じられずにいた。

◇◆◇◆◇◆◇

明けて十二月三十日、午前八時二十七分。

予定どおり生活リズムの回復を図るべく、早朝から活動を開始した忍は、調べ物や細かな家事、アリエルとのコミュニケーションレッスンなど、ひととおりの日課を終えていた。

コッ　コッ　コッ

鶏卵を割るに当たり、キッチン台の角は攻撃力が高く効率的であるものの、衝撃が強過ぎて破片を内側に食い込ませる危険性が高い。

清潔な平面へ繰り返し接触させ、罅《ひび》を広げて慎重に割るのが基本であり、確実であった。

「……」

ふわっとしたオムレツに仕上げるべく、牛乳を少し足して、卵液をよく混ぜる。

ふと目を上げれば、定位置に腰掛け、普段どおり忍《しのぶ》をじっと見つめるアリエルの姿。

どことなく、物憂げな雰囲気を纏《まと》っているように見えるのは。

——一ノ瀬《いちのせ》君が起きてこないので、退屈しているのだろうか。

自分自身すら騙《だま》せない誤魔化しを心の中に浮かべ、忍は小さく自嘲《じちょう》する。

とはいえ、そろそろ由奈《ゆな》を起こさねば、帰省にも差し障ることだろう。

由奈がひとり眠る寝室になど、入るどころか近づくことすら許されないと考えられる、限定的常識人の中田《なかた》忍が、電話で由奈を起こすべく、スマートフォンを手に取ったところで。

カチッ
リビングダイニングのアナログ時計の針が、午前八時三十分を差し。

ブブッ
忍のスマートフォンが、着信を報《しら》せるべく鳴動する。

「……」

表示された電話番号を一瞥《いちべつ》し、忍は仏頂面《ぶっちょうづら》のまま、スマートフォンを耳に当てた。

「おはようございます、課長」

『おはよう中田君。休みの朝にすまないね』

声の主は区役所福祉生活課長、その人であった。

午前八時三十分を待って電話を掛けてきたのは、課長ならではの気遣いであろう。

念のため確認しておくと、流石《さすが》気遣いのできる幹部クラスは始業時間に近い午前八時三十分まで電話を掛けて来ないいんだなあすごいなあという話ではなく、午前八時三十分まで電話を掛けずに待ちましたよという姿勢を見せたほうが忍の機嫌を損ねないだろう、と正しく想像できているのがすごいなあという話である。

「こちらは問題ありません。緊急のご用件でしょうか」

『そうなる。〝落書き問題〟の話なんだが、中田君は把握しているかな』

「寡聞《かぶん》にして存じません。ご教示頂けますか」

忍の脳裏には当然、例の魔法陣の件が浮かんでいたが、『落書き＝魔法陣とは限らない』というギリギリの欺瞞《ぎまん》により、どうにか自分を納得させていた。

『市内のそこここに、気味の悪い図形を描《か》き込まれる悪戯《いたずら》が頻発しているらしい。私も聞かされたばかりなんだが、SNSやインターネットでは随分話題になっているようだ』

「非行少年の愚挙か、特異な思想信条の持ち主が為《な》す奇行か。どのみち警察の領分でしょう」

『私もそう思う。ただこの問題に関しては、少し風向きがおかしくなっていてね』

「風向き、ですか」

『暮れも押し迫って、目ぼしい報道材料も少なくなる時期だ。こんなローカルニュースが、昨日の夕方のニュースで全国報道されたらしい』

驚愕《きょうがく》に目を見開く忍《しのぶ》。

当然だろう。

この情報化社会で公務所を真に揺らすのは、市民の声はもとより、マスコミの報道である。どこどこ県で不正受給があった、どこどこ市で職員が懲戒になった、などとちょろっと報道されるだけで、一切関係ない別の公務所にも、結構な量の苦情電話が掛かってくるのだ。

報道のされ方にもよるが、変に行政の手抜きを論《あげつら》う内容だったなら、一体どうなることか。

『その中で、市長がインタビューに答えたらしい。「警察と行政が連携して、全力で問題の解決に取り組んでいく」とコメントしたようだ』

左手で目頭《めがしら》を押さえる忍。

仕方あるまい。

区役所で一番偉いのは区長であり、区長を任命するのが市長である。

区に予算を下ろすのも、業務を監督するのも市であり、区に対して市はとっても偉い。

いかに魔法陣の件、もとい〝落書き問題〟が下らないもので、解決は警察の領分だとか、今が十二月三十日だとか、どう考えても福祉生活課の仕事ではないだろうと言い訳しても、市長が全力でやると言ってしまったのだから、無関係な顔をしてはいられない。

なんと言っても、公務員である。

公務員に与えられた職責は、自らの担当業務を的確にこなすこと、だけではなく、国民市民の幸福に資するすべての公益活動に、その身を差し出すことである。

ならばどうすべきかと言えば、やれと言われたことを、そのようにやる以外方法はない。

窓口業務担当者でも食品衛生関係担当者でも、ふれあい祭りを盛り上げるためマスコットくんの着ぐるみでラインダンスを踊ってね、と下命《かめい》されたなら、応じざるを得ないのだ。

ちなみに市長自身は、この程度の問題であれば後始末を下々《しもじも》に任せ、普通に休みを取る。

『早速昨晩のうちに会議が招集され、発生場所を最も多く管轄する区役所を中心に、自治会との調整が組まれた。結果、各自治会の歳末防犯パトロールに相乗りする形で、大々的な官民合同歳末防犯パトロールの体裁を組むことにより、世論の批判を躱《かわ》す方向性が固まった』

忍の背筋が、言い知れぬ感触でざわつく。

市長の鶴《つる》の一声で、区民の防犯パトロールに、区役所職員が参加することになりました。

休日出勤を求められる管轄の区役所職員には気の毒だが、ここまではよくある話だ。

だがそれだけでは、福祉生活課長がわざわざ、忍へ連絡してきた理由にならない。

「……当課にも、何か影響があるのでしょうか」

『そこなんだよ』

電話越しに聞こえる、課長の溜息《ためいき》。

『招集段階で、当該区役所におけるインフルエンザの集団感染《クラスター》が発覚してね。職員の四割程度が自覚症状を訴えており、残りの職員も自宅や帰省先での待機を命じられている』

忍《しのぶ》は答えず、息を呑《の》む。

今ここで口を開いたら、動揺を隠し切る自信がない。

『急遽《きゆうきよ》他の区役所へ応援要請を回しているようだが、帰省に旅行に慌ただしいこの時期だ。思うように人手が集まらず、巡り巡って当課にも要請が回ってきた、という訳だ』

忍の知恵の歯車が、高速で回転する。

グループトークの前から、いやグループトークの後も、忍は眠らずに考え続けていた。

返す返すも、中田《なかた》忍に打てる手立ては、打つべき手立てはひとつもない。

やむを得ないことだろう。

二人目の異世界エルフを発見できたとして、忍の手元で保護できる保証はない。

異世界エルフを狙う者に忍の存在が知られた場合、アリエルの安全すら脅かされる。

故《ゆえ》に一切の手出しをせず、黙って見過ごすことだけが、一般人、中田忍の正解だった。

だが。

公務員、中田忍が往くならば。

私人としての思想や属性を、すべて公務に覆い隠した上で、魔法陣事件に干渉できる。

そうすれば、〝救ってやる〟などという、烏滸《おこ》がましい理想までは叶《かな》わずとも。

二人目の異世界エルフの扱われ方を見て、行政の出方を窺《うかが》うことができる。

あるいは、少しでも良い形で行政や世論の手に渡るよう、働きかけることができる。

『公務の一環』という安全な立場から、悪の秘密結社の存在を暴《あば》くチャンスも期待できる。

「……」

もちろん、一抹の不自然さも感じてはいる。

異世界エルフをアリエルとして迎えたときから、ずっと心に引っかかっていた、何か大きな力に踊らされているような、言葉にできない不快感。

誂《あつら》えたかのように巡った好機は、果たして偶然によるものか。

——今更《いまさら》だろう。

——これが仕組まれた道ならば、跡形もなく踏み荒らすまで。

「その話、私がお請けしましょう」

迷えども、迷いなく。

彼は、中田忍であった。

『大丈夫なのかい、中田君』

「発生地付近に私の住所がありますし、帰省などの予定も申告していない以上、私がお請けしない理由はありません」

『しかし……いや、これは卑怯《ひきょう》な言い方か。私もそれを期待して、君に連絡したというのに』

「構いません。詳細は市から降りてきますか」

『遅くとも午後イチで連絡があるはずだ。それまでに支援第一係のほうから、何人か見繕っておいて貰《もら》えるかな』

「私ひとりの人柱《ひとばしら》では、足りませんか」

『どのみち人手は足りていないだろうし、各方面に貸しを作っておく良い機会だからね。君にも他の従事者にも、相応の見返りが付くよう配慮するつもりだ』

「恐れ入ります」

配慮と言っても保護受給者が減るわけではないので、特に休みが増えるという話ではないし、営利企業ではないので、その分手当や残業代が出るという話でもない。

せいぜい別の予定外勤務から優先的に外して貰える程度の話だろうが、突然なんの見返りもなしに年末勤務を被《かぶ》せられるよりは、いくらかマシであろう。


そして、少し後。

一ノ瀬由奈《いちのせゆな》が起き出してくると、リビングダイニングに奇妙な光景が広がっていた。

「ああ……すまない……午後改めて連絡……現地に……動きやすい格好で……」

愛用のシステム手帳を広げ、スマートフォンを片手に仕事モードの中田忍《なかたしのぶ》と。

「ユ……ユナ、ユナー」

収まらぬ動揺と、心からの安堵《あんど》を浮かべ由奈に抱き付く、異世界エルフ《アリエル》。

「……ごめん、何かあったの？」

「ウー」

アリエルはとてとて駆けだし、ダイニングテーブル上の〝止〟マークを拾い上げる。

そして、由奈へと向き直り。

「シノブ、カナシイ、シノブ、カナシイ」

〝止〟マーク、ぶんぶんぶん。

「シノブ、シノブ」

〝止〟マークをテーブル上に置き、再びとてとて駆けだして、由奈に抱き付く。

「アリエル」

そしてこの、やり遂げた感溢《あふ》れる上目遣い。

かわいい。

無粋にも解説を挟むなら『消沈した様子だった忍が、なんらかのきっかけで落ち込むのを〝止〟めた様子で、どうやら元気になったらしい』と、由奈に伝えたかったのである。

「……」

もちろん由奈《ゆな》には三分の一も伝わらなかったが、はっきり告げればそれこそアリエルがカナシイ感じになってしまうだろうと理解していた。

故《ゆえ》に。

「何があったか知らないけど、とりあえず心配ないんじゃない？」

「シンパイ……」

「大丈夫だよ。だって」

「忍《しのぶ》センパイ、すっごく嬉《うれ》しい顔してる」

「……ウレシー」

アリエルと由奈の視線の先では、普段どおりに仏頂面《ぶっちょうづら》の忍が、事務作業を進めていた。

◇◆◇◆◇◆◇

【グループトーク《打ち合わせ一二三〇〇九三八～》】

忍　：すまない徹平《てっぺい》

忍：偉そうに御託を並べておいて、結局いの一番に俺が関わる結果になった
徹平：気にすんなってｗｗｗ
徹平：逆だったらともかく、助けないはずが助けることになったんだから
徹平：謝られる必要なくね？？
忍：助けると決めたわけではない
忍：関わることになっただけだ
徹平：へいへい、了解了解ｗ
忍：ともあれ、状況が変わったのは事実だ
忍：俺が公務員として携われる、今晩の勤務中に
忍：〝魔法陣〟問題に関する周辺情報を、できるだけ仔細《しさい》に把握しておきたい
義光《よしみつ》：それが異世界エルフにしろ、人間の手によるものだったにしろ、ってこと？
忍：そうなる
忍：異世界エルフによるものならば、安全な位置から顛末《てんまつ》を見届けられるし
忍：人間の手によるものならば、これ以上関わる必要がないと線引きできる
忍：あらゆる側面から考えて、この好機を逃すわけにはいかない
義光：メリットは大きいってことだね（。-_-。）
義光：でも、僕はあまり賛成できないよ

忍《しのぶ》：何故《なぜ》だろうか
義光《よしみつ》：そりゃ、忍のことだから
義光：情に迷って判断を誤ることは、良くも悪くもないと思うんだけどさ
義光：もし目の前で、二人目の異世界エルフちゃんを見殺しにする結果になったとして
義光：その後の忍は、どんな気持ちでアリエルちゃんの前に立つの？
忍：特に何もない
忍：必要なことを、必要なように済ませるだけだろう
義光：本気でそう言える？
忍：無論だ
忍：そのときの自分が手を尽くした上での結果ならば、後悔のしようもあるまい

少しの間。

義光：そっか（=_=）
義光：それもまた、忍らしいかな（>_-）-☆
由奈《ゆな》：やっぱりわたしもいきます
忍：ありがたいが、アリエルのことで君の家族関係を波立たせるのは本意ではない

忍　：こちらは、俺ひとり居ればどうとでもなる。君は家族に元気な顔を見せてやれ
由奈：帰省の予定なんて、簡単にずらせます
由奈：もう一年以上帰ってないんだし、今更《いまさら》急いだって同じですよ
忍　：加えて、君の帰省は県外旅行予定として、既《すで》に区役所側も把握している
忍　：片付けねばならない残務どころか、本来担当業務ですらないこの仕事のために
忍　：君がわざわざ帰省をずらすなど、いかにも不自然だろう
由奈：そんなこと、言ってる場合じゃないでしょう
忍　：敵が区役所内に通じていないとも限らん
忍　：君が予定どおり実家に帰ることこそ、最も俺への助けになる
由奈：またそうやって自分ひとりで
徹平《てっぺい》：一ノ瀬《いちのせ》さん、ノブん家《ち》いるんだろ。直接話したら？

かなりの間。

義光：……話してるのかな（、・ε・）
徹平：俺トイレ
義光：いってら～（＾＾）ノ

さらに、かなりの間。

由奈《ゆな》：分かりました
由奈：今日の夕方以降のことは、忍《しのぶ》センパイにお任せします
由奈：準備くらいは、手伝わせてくださいね
徹平《てっぺい》：俺も日暮れまでくらいは動けるぞ
徹平：どうせ高速混むから、夜狙って出るつもりだったしな
義光《よしみつ》：僕は元々なんの予定もないから、割と自由に動けるよ
忍　：年の瀬の忙しいところ、本当にすまない
忍　：だが俺ひとりでは、到底手が回り切らんし、他に頼れる当てもない
忍　：皆、悪いが力を貸して貰《もら》えるか
由奈：ええ
義光：分かった
徹平：任せろ

第十七話　エルフと延長戦

十二月三十日、午後六時五十八分、中田《なかた》忍邸のリビングダイニング。

「……よし」

準備は、十分過ぎるほどに整えた。

現場作業用品店《ワークマン》で買い揃《そろ》えた強力な懐中電灯や歩き易い靴、防寒具などは言うに及ばず。

義光と由奈が収集したデータを含めた、現時点で分かっている魔法陣騒動についての各種情報資料と地図に加え、忍自身がまとめた、アリエルのノートに描《か》かれたエルフ文字等々。

特に保秘を要する情報は、星愛姫《ティアラ》行きつけの駄菓子屋で仕入れた、水に溶けるスパイごっこ用のメモ帳に記してあり、懐に忍ばせた水袋で即座に溶かせるよう仕込みが済んでいる。

――いい大人が、とんだ悪ふざけだな。

忍は自嘲《じちょう》するが、すべて必要なものだと考えていたし、状況次第ではこれでも足りまい。

本当は武器のひとつでも持っておきたい場面であり、スタンガンなりサバイバルナイフなりを用意する案も検討されたが、銃刀法違反で捕まっては本末転倒なので止《や》めた。

後は対超常的存在への噛《か》ませ犬として定番の、警察官《ニューナンブ》の拳銃の活躍に期待するほかない。

「シノブ、シノブ」

「すまんな。俺はこれから出掛ける」

「デカケル……？」

「仕事だ」

「ハゥ」

普段なら帰宅する時間から外出せんとする忍《しのぶ》を見て、アリエルはやはり不安げだ。

先に食事と歯磨き、着替えまで済ませたものの、なかなかベッドへ入ってくれそうにない。

「心配するな。必ず帰る」

「シノブ……」

まるで戦場に旅立つ恋人同士の別れの挨拶《あいさつ》だが、忍がこれから向かうのは住宅街の防犯パトロールだし、遅くとも午前一時過ぎには解散の予定である。

それでも忍の決意と覚悟は、固く重い。

あの魔法陣は、誰《だれ》が描《か》いたかはともかく、間違いなく異世界エルフに関わる何かだ。

そこへ敢《あ》えて踏み入る危険性を、忍は十分以上に承知していた。

だからこそ。

「アリエル、ベッドに入るんだ。先に大人しく寝ていなさい」

「オトマリ！」

「今日はだめだ。先に寝ていろ」

「……ハイ」

弱々しい返事とともに、とてとてベッドに入るアリエル。

ばさりと布団を被《かぶ》ったが、顔だけはじっと忍のことを見つめている。

かわいいが、どこかせつない。

「それでいい。おやすみ、アリエル」

「オヤスミ、シノブ」

そして明かりを消した忍は、振り返ることなく、閉ざされた寝室を後にする。

扉の隙間《すきま》から埃魔法《ほこりまほう》の明かりが漏《も》れていたかは、定かではない。

◇◆◇◆◇◆◇

真夜中と呼ぶにはまだ早い、闇《やみ》に包まれた寒空の中。

連合町内会の運動会にも使われる、地区の中で最も広いグラウンドには、俄《にわ》かに規模の大きくなった、官民合同歳末防犯パトロールへ参加する面々が集《つど》っている。

その数は数十人をゆうに超え、数百人に届いていた。

ただ、警察や消防、消防団に加え、招集された市内各区役所からの派遣職員、そして各自治会からパトロールへ参加する有志の住民は、示し合わせたかのように気の抜けた顔つきで、各々《おのおの》反射ベストを羽織ったり、赤く光る棒を持ったりしてのっぺり立ち尽くしている。

その中に立つ、気の弱い変質者なら脱衣前でも土下座させられそうな覇気《はき》を纏《まと》う男。

取りまとめの市役所職員との打ち合わせを済ませた、我らが中田忍《なかたしのぶ》であった。

「……ナカチョ……っごい目立つ……」

「……んだか、怒って……んか……」

「……カチョーは……んな感じで……さ、呼んで……」

「あ、は……な、な、中田係長ーっ!!」

「む」

視線を向ければ、人波に紛れそうな、忍の見知った女性職員がふたり。

区役所福祉生活課支援第一係員、初見小夜子《はつみさよこ》と堀内茜《ほりうちあかね》であった。

小夜子は背中までの髪をざっくりと編み、こなれた山ガール系のアウトドアファッションを纏った、人懐っこい笑顔が可愛《かわい》い由奈《ゆな》の同僚兼友人……と解説するより、下世話な台詞《せりふ》回しで忍の物真似《まね》をするのが得意な〝お調子者〟と表現したほうが、しっくり来るだろうか。

一方茜は、ほわほわへアスタイルの上からニット帽を被《かぶ》り、機能性を重視したと言えば聞こえの良い、とにかく暖かそうなダウンジャケットとマフラーを身に着けている。

どのみち、中田忍がビジュアル的、あるいはファッション的要素を評価のテーブルに上げることはもちろんなく、考えたことといえば、出勤してくれたことへの謝意と『ちゃんと暖かそ

うな格好をしているな』という防寒対策の評価ぐらいであった。

「急な出勤に応じて貰《もら》い、すまなかった。防寒対策も整えているようで何よりだ」

なんなら本当に、そう言ってしまうのであった。

「大丈夫ですよー。中田《なかた》係長ならご存じでしょうけど、私実家都内なんで、年始にちょろっと帰るだけのつもりでしたから、ぜんぜんいいかなってー」

「わ、私は実家住まいで、予定もありませんでしたから……だいじょうぶ、です」

ただ、忍《しのぶ》の抱いた感謝ばかりは、強《あなが》ち的外れなものでもない。

なんと言っても仕事納め後、十二月三十日である。

誰《だれ》もが仕事など入れたくはないだろうし、なんなら特に用事がなかったとしても用事を創《つく》って逃げだしたくなるだろうし、それを非難する権利は忍にも区役所にもない。

忍の威迫に圧され、やむなく予定を潰《つぶ》そうとした係員もいたが、そうした手合いは忍のほうから断りを入れ、本来の予定の順守を優先させた。

なんらかの打算によってでも、新人なりの青い使命感によってでも、自主的にこの場へ現れてくれたこと、それだけでも本当に有難い話なのであった。

「課長からも、相応の見返りを考える旨言質《むねげんち》を取っている。俺のほうでも配慮はしよう」

「承知しました。よろしくお願いしまーす」

「あ、よ、よろしくお願い致します……？」

忍から差し出された、区役所職員識別用の腕章を受け取りつつ、訳知り顔でサバサバと切り返す小夜子《さよこ》に対し、未《いま》だ戸惑った様子の茜《あかね》。

情緒的メンタルケアが期待できない系上司の忍はさておき、ある程度勤務経験を重ねており、人並みに空気の読める先輩である小夜子は、さりげなくフォローを入れる。

「堀内《ほりうち》さんは、今年の春採用だもんね。こういう勤務初めてだっけ？」

「あ、はい……すみません」

「別にすみませんじゃないけど、一回も当たってないのはラッキーだったかもね。ヨソの区役所管内はそうそうなくても、ウチの区役所周りだったら、結構手伝わされるコトあるよ」

「民生委員との連携を図るなり、協力団体との接点を確保するなりに際し効率の良いイベントなので、応援要請は積極的に拾っている。じきに君も従事することになるだろう」

「しょ、承知しましたっ！」

「うむ」

ひとつ頷《うなず》き、忍は腕時計に目を落とす。

時刻は既《すで》に、午後八時五十分を回っていた。

「あ、あの、中田係長」

茜はまだ落ち着かない様子で、しきりに周囲を見回している。

公務中の中田忍は職位相応の倫理観を持つちゃんとした社会人男性なので、無遠慮無神経に

『なんだトイレか』などと聞いたりせず、ワンクッション置いた質問をまず投げた。

「どうした」

「準備、遅れてるんでしょうか」

「何故《なぜ》そう考える」

「え……合同パトロールって、午後九時から日付変わるまで……でしたよね」

「そのとおりだ」

「だってまだオリエンテーションも、資料の配布や班分けとか、コース説明とかも……これだけの人数を動かすのに、みんなばらばらで、なんの準備もできてないっていうか……」

「……ふむ」

「……あー」

忍《しのぶ》は思案顔で顎《あご》に指を当て、小夜子《さよこ》はどこか後ろめたそうに、視線を宙へ彷徨《さまよ》わせた。

「えっと……私、何か失礼なことを……？」

「うーん……まあ、始まったら分かるよ、たぶん」

曖昧《あいまい》な小夜子の物言いに、茜《あかね》が言葉を重ねかけた瞬間。

「それじゃ、点呼とりまーす。――自治会の皆さーん」

「「「「はぁーい」」」」

人の好さそうな警察官の呼びかけに合わせ、辺りに響く呑気《のんき》な爺婆《じじばば》の声。

「──自治会の皆さんはこちらでーす、こちらにどうぞー」

「──自治会、──自治会の皆さんはこちらに集合してくださーい」

「「「「はーい」」」」

　ゾロ　ゾロ　ゾロ　ゾロ　ゾロ　ゾロ
　奇妙な光景だった。

　広いグラウンドのそここで、集合の号令が下されるや否《いな》や、無秩序にふらふらしていた大量の参加者たちは、各々《おのおの》が属する集団の集合地点を正しく聞き分け、移動してゆく。

「これ、って」

　──カクテル・パーティ効果。

　──ヒトは雑然と音の入り乱れる空間でも、己の聞くべき音を聞く能力を備えている。

　心に浮かんだ雑学を披露したくてたまらない忍であったが、係長としての責務を遂行するに当たり、あまりみっともない真似《まね》はできないので、業務中は可能な限り自制していた。

「私たちよりずっと慣れてるんだよ。特に自治会の皆さんはね」

　小夜子のコメントは的を射ていた。

　忍すら生まれていない頃《ころ》から自治会活動に参加しているベテラン住民さえいる中で、やれ班分けがどうだ、コースがどうだなどと、役所ごときが口出しをする余地などない。

　強《し》いて言うなら分を弁《わきま》え、黙って付き従うことこそ、区役所職員が為《な》すべき責務であった。

「俺たちも行こう。いくら仕事がなかろうと、そこにいないでは立つ瀬すらない」

「はいー」

「あ、はいっ」

忍《しのぶ》の導きにより、担当の自治会メンバーの下《もと》へと集合する三人。

茜《あかね》はそこで、さらに信じ難い光景を目にする。

「集合ありがとうございまーす。それでは出発前に、記念写真を撮影しましょう」

「「「「はーい」」」」

自治会メンバーの若手筆頭といった感じの、四十代後半くらいの男性の呼びかけに応じ、手慣れた様子で整列を始める、数十人くらいの自治会メンバーと警察官、消防士、消防団員。

忍たちもその中に紛れ、なんとなく三列に整列した。

「撮りまーす。はい……ハイッ、ありがとうございましたー」

ガヤガヤ　ガヤガヤ　ガヤガヤ　ガヤガヤ
写真を撮り終えるや、三割ほどの自治会メンバーが反射ベストを脱ぎ、赤く光る棒と併せて別の自治会メンバーに渡し、三々五々にどこかへと散っていった。

残った集団は、先導の若手筆頭に導かれ、ぞろぞろと住宅街のほうへ向けて歩き始める。

「えっ……は、初見《はつみ》さん、初見さん」

「どしたの、堀内《ほりうち》さん」

「あの、結構な数の方々が、何も持たずに別のほうへ向かわれた感じなんですが」

「ああ、まあ……仕方ないよね。年末だし、みんな忙しいもん」

「……帰っちゃったってことですか!?　まだパトロール始まってないのに!?」

呆《あき》れと怒りを隠そうともせず、大声を上げてしまう茜。

仕方あるまい。

堀内茜は元々、不正受給者の武藤達之《むとうたつゆき》を親身に救わんとした、根っからの善人なのだ。

こんなグダグダパトロールの現実を直視して、黙っていられるはずもなかった。

「堀内君、声が大きいぞ」

「でも」

「君はこの集団における異分子だ。その本質を知るまでは、口を噤《つぐ》んで周りを見るといい」

「……分かりました」

流石《さすが》の茜もやや憮然《ぶぜん》とした様子ではあるが、帰宅者が余らせていった反射ベストと光る棒をお借りして、ダウンジャケットの上から羽織るのであった。

パトロールを開始して一時間。

茜の我慢が、ついに限界へ達した。

ご老人への配慮か、時速2キロメートルくらいでのんびり進みながら、時々思い出したように拍子木を鳴らしたり、肩から掛けるタイプの凄《すご》くうるさいメガホンで『戸締まりに注意しましょう』『火の用心』『よいお年を』などと喧伝《けんでん》し続ける、官民合同パトロール軍団。

やる気満々の茜《あかね》は、先頭の次ぐらいの位置でキビキビ歩いていたが、振り向く度に少しずつ参加者が減っていると、気付いてしまったのだ。

「おう、じゃ俺んちここなんで、これで」

「今日は飲んでかねえのかい」

「もう暮れだからよ。今から飲んでたら肝臓もたねぇわ」

「違《ち》げぇねえ。ガッハッハ」

「ワッハッハ」

茜が人数減少のメカニズムを解き明かしたとき、参加者はもう半分以下まで減っていた。

おまけに、パトロール軍団が歩くルートは明かりの多い広い道路ばかりで、落書き事件が発生したような小道や広場などには、一切立ち寄ろうとしない。

さらに大所帯である上、拍子木の音やメガホンの声も存在感を放ちまくっているので、犯人が進路上にいたとしても、とっとと逃げられてしまうだけだろう。

自治会員へ食って掛かりそうな茜に小夜子《さよこ》が駆け寄り、耳元でひそひそ囁《ささや》く。

「堀内《ほりうち》さん、そんなカリカリしてちゃダメだよ」

「だってこんなの……子供の遊びじゃないですか」

「子供の遊びとはご挨拶《あいさつ》だな」

忍《しのぶ》も茜の逆側に付き、さりげなく集団の傍《そば》から茜を離し、最後尾へと誘導する。

茜の表情は、普段の穏和でおどおどした態度からは信じられないほど、不満げであった。

「……中田《なかた》係長は、なんとも思われないんですか」

「良く統制された、理想的な防犯パトロールと感じているが」

「だけど、こんな調子で歩き続けたって、なんの意味もないと思います」

「意味も意義も存在する。だからこそ君たちを呼んだ」

「あ、中田係長！　私！　私は分かってますから！　はい！」

余分な被弾を避けるべく、小夜子が迅速《じんそく》に自己保身へと走った。

「いいだろう。それでは君から、堀内君に指導して貰《もら》えるか」

「あ、はい……」

躱《かわ》した先で被弾する、初見《はつみ》小夜子であった。

「……えっとね、ぶっちゃけ、こんなパトロールで犯人捕まえるとか、正直絶対無理なのよ」

「そんな……!!」

「逆に、素人《しろうと》が人数出せば犯罪解決するんなら、警察とか要らなくない？」

「……まあ、それは、そうかもしれませんけど……」

実際毎朝毎晩、すべての国民市民がパトロールへ従事するようになれば、日本から犯罪は根絶できるのかもしれないが、国民それぞれに生活がある以上、実現は不可能である。

形ばかりの理想論を脇《わき》に棄《す》て、現実と向き合うことこそ、善き大人への第一歩と言えよう。

「自治会パトロールは、犯人を捕まえるのが目的じゃなくてさ。パトロールへ参加してない人たちに『この地区はこれだけ防犯意識が高いんだよ』って訴える、広報活動が目的なの」

「……はあ」

「泥棒や、それこそ落書き犯だって、同じ犯罪やるなら防犯意識が低い場所でやるでしょ？参加者に歩くのも精一杯なお年寄りとかがいる中で、安全かつ確実に、地域全体の防犯意識を高揚させるなら、このくらいの温度感が一番……でしたよね、中田《なかた》係長？」

「ああ。たとえ形骸《けいがい》的なものであろうと、実施すること自体に一定の意義はある」

言葉を引き継いだ忍《しのぶ》を見上げ、小夜子《さよこ》は誇らしげに笑《え》みを浮かべる。

それが窮地を切り抜けた安堵《あんど》からのものか、はたまた別の感情からのものなのか、察する者はいなかったし、興味を抱いている者もいなかった。

ただ、それを真正面から向けられた、堀内茜《ほりうちあかね》だけは。

「……中田係長」

「なんだろうか」

「そのお話は、中田係長自身のお考えとも、同じなんでしょうか」

「……」

忍は少し考えて、茜に向き直る。

まさにその瞬間、先導の自治会員若手筆頭が歩みを止め、振り返った。

「はいっ、ではこの地点で、本日のパトロールは中締めとさせて頂きます」

「えっ」

茜が驚愕《きょうがく》する。

仕方あるまい。

茜の知る〝中締め〟とは、宴会、特に一次会を終える際、とりあえず公のところは締めますよ、あとはみんな適当に飲みに行ったりしてね、という意味で使われる単語である。

なぜ官民合同の防犯パトロールに中締めが必要なのか、茜はとっさに理解できない。

ただ、目の前にはこの自治会のものと思《おぼ》しき大きめの自治会館があり、中には明かりが点《つ》いていて、奥に並べられた長机にはデリバリーのオードブルやら寿司《すし》やら乾き物やら瓶ビールやらが、所狭しとセッティングされている。

間違いなく、自治会員たちによる自治会員たちのための、反省慰労会会場であった。

そうだとすれば、午後十時過ぎの中締めも頷《うなず》ける話であろう。

何しろ十二月も末の冬空の下、午前〇時までパトロールした後に冷たいビールなんて飲みたくないし、十二月三十一日に朝帰りなどすれば揉《も》める家庭も出ることだろうし、それこそ帰り道に凍死者が出たらどうするのか。

十時過ぎから二時間一本勝負、あくまで活動時間内に宴会、もとい今年の反省慰労会を済ませることは、多角的な視点から地域社会の平穏を保つ最適解なのだ。

文句を言ってはいけない。

このパトロールの核たる参加者は、純然たる善意で年末の貴重な時間を使い、実質上のボランティアとしてこの場に居てくださっている、地元の有志の皆様なのだ。

それこそ名前を加えてくれただけで御《おん》の字のところ、途中宴会でサボりを入れたからと言って、仕事で来ている公務員たちに口を挟む資格などありはしない。

「それではぁ、区内の安全を祈願して、三本締めで締めさせていただきます。イヨーッ」

パパパン！　パパパン！　パパパン！　パン！　『『ヨッ！』』

パパパン！　パパパン！　パパパン！　パン！　『『ホッ！』』

パパパン！　パパパン！　パパパン！　パンッッ!!

「はい、お疲れさまでしたー。防犯グッズについては、自治会館の玄関で回収しまーす」

自治会員たちは手慣れた様子で敏速に機材を片付け、自治会館へ吸い込まれてゆく。

そして他の公務員たちも、とっとと流れ解散してゆくのだった。

「管轄外の慰労会など、参加しても居辛《いづら》いだけだろう。一応勤務時間中扱いとなるので、どこか開いている店で時間を潰《つぶ》すなり、事故を起こさんよう注意して帰宅なりするといい」

「じゃ、じゃーぁ、中田《なかた》係長、せっかくなので、一緒にご飯でも……」

「気を遣わせてすまんな、初見《はつみ》君」

忍《しのぶ》は小夜子《さよこ》に答えず、普段と変わらぬ仏頂面《ぶっちょうづら》で五千円札を差し出した。

「少ないが、ふたりで食事でもするといい」

「……ありがとうございます」

どこか遠慮をしているようにも見える態度で、小夜子は札を受け取った。

しかし茜《あかね》には、未《いま》だ事態が呑《の》み込めない。

「中田係長は、どうなされるんですか」

「気にしなくていい。俺にはまだ、果たすべき業務が残っている」

「えっ」

言葉の意味を測りかねている茜へ、忍がしかと向き合った。

「堀内《ほりうち》君。君は先程、俺たちの話が俺の本心と同じかと聞いたな」

「は、はい」

「そんな訳がないだろう。議会報告のための形骸《けいがい》的なパトロール計画、やる気の感じられない深夜漫歩、すべき勤務の時間を誤魔化して飲み食い、大騒ぎ。こんな不愉快な話があるか」

淡々と、しかし力強く。

粘度の低いマウナ・ケア山の溶岩の如《ごと》き忍の静かな情熱が、茜の喉元《のどもと》をひりひり灼《や》いた。

「後のパトロールは俺が引き継ぐ。君たちはあまり遅くならんようにな」

勢いに呑《の》まれた茜《あかね》が、何か答えを返す間《ま》もなく。

忍《しのぶ》は踵《きびす》を返し、ひとり住宅街の闇《やみ》へと消えた。

気まずい沈黙を破るように、小夜子《さよこ》が努めて明るく呟《つぶや》く。

「……ナカチョー、いつもああなんだよね」

「いつも、ですか？」

「周りに文句言わない代わりに、自分は絶対手ぇ抜かないの。パトロール解散した後に、タバコ吸ってる高校生捕まえて警察呼んで、大騒ぎになったりとかさ」

「ええ……」

驚愕《きょうがく》とも呆《あき》れともつかない、茜の微妙なうめき声を聞き、小夜子は満足そうに頷《うなず》いた。

「まあ、せっかくだから何か食べてこうよ。お金も貰《もら》っちゃったし」

「でも、中田《なかた》係長をおひとりで行かせるわけには」

「『有難いが、これは俺の独断専行だ。俺には君を付き合わせる資格が、君には自らの責任を自らで負うだけの職位が欠けている。いずれまた、別の形で助けを貰えるか』」

まるで見てきたかのような、初見《はつみ》小夜子渾身《こんしん》の物真似《まね》であった。

この後も襲い掛かる小夜子の物真似シリーズに、茜の腹筋が堪《た》えられたかは、定かでない。

◇◆◇◆◇◆◇

十二月三十日、午後十時五十七分。

冷え込み深まる中、人気《ひとけ》のない路地裏で、スマートフォンを耳に当て歩く地方公務員。

言うまでもなく、我らが中田忍であった。

『じゃあ、今はひとりで行動できてるんだ』

通話先の相手は、自宅でサポート体制を整え待機中の、直樹義光《なおきよしみつ》である。

若月《わかつき》一家は早織《さおり》の実家がある高知に移動中、由奈《ゆな》は自分の実家がある静岡に帰省中だが、これはふたりが薄情なのではなく『周囲に不審を抱かせないよう、予定どおり行動して欲しい』という忍たっての願いの結果であることを、由奈と徹平《てっぺい》の名誉のため付け加えておく。

「ああ。あと一時間程度の間、俺は公務員としてパトロールを続けられる」

『いや……なんて言えばいいか分かんないけど、そんなんでいいの？』

「少なくとも福祉生活課《うちかちょう》の職員には、いつものことだと鼻で笑われるだろう」

『だからそっちの話だよ』

「そっちとは」

『区役所職員も自治会の人も、パトロールにやる気なさ過ぎじゃない？』

「『社会の仕組みが厳しいのは、個人のズルを計算に入れてるから』だと話したのは、義光だったろう。あらゆる組織は個人の集まりである以上、その軛《くびき》から逃れられない」

『それとこれとは別であって欲しかったよ……』

呆《あき》れ返った様子の義光《よしみつ》だが、これは仕方のないことだろう。

忍《しのぶ》たち以外の人間、というか、異世界エルフのことを知らない大部分の人間にとっては、落書き事件などただの『歳末に世間を騒がせる、迷惑な子供の悪戯《いたずら》か何か』であり、それに合わせて急遽《きゅうきょ》組み上げられた官民合同パトロールなど『後からうるさく言われないようにやっておく、対外的な施策のひとつ』に過ぎない。

言い換えれば『こんなパトロールごっこにマジになっちゃってどうするの』という態度こそ、このパトロールに携わる大多数の人間の意思を語る言葉、そのものなのだ。

皮肉にも今回は、そんな世論の姿勢こそ、忍の理想的な単独行動を助けた形になるのだが。

『なんか、もう帰っちゃえば?』

「どうした、急に」

『だってもうグダグダじゃない。二人目の異世界エルフも、きっとねぐらに帰ってるよ』

「グダグダなのは俺たちだけだ。昨日まで毎日魔法陣を描《か》いていた犯人が、たかが防犯パトロールを警戒して作業を止《や》めるとは思えん」

『まあね。それで、当てはあるの?』

「少し心許《こころもと》ないがな。考えをまとめたいので、そのまま聞いてくれないか」

『分かった』

「まず、落書きの魔法陣についてだが、これは転移のために描かれたものではないと考える」

『のっけから奇抜だね。アリエルちゃんが転移してきたときの紋様がこれらしい、って話だから、今回こんなに揉《も》めてるんじゃないの？』

「表現が難しいな。魔法陣そのものは転移に関係しているのだろうが、街に描かれている落書きのような魔法陣は、転移とは別の目的で残されていると、俺は考えている」

『どうして？』

「これだけ魔法陣が目立っているのに、他の何かに関する目撃談が見当たらないからだ」

『はあ』

「落書きを繰り返す犯人が〝魔法陣＝異世界から何かを転移させる手段〟として描いているなら、少なくとも同数の異世界エルフ、あるいは別の何かが地球上に顕現しているはずだ」

『転移してくるそばから、身を隠している可能性は？』

「ならば魔法陣のほうも、マンホールの中や人里離れた山の中など、人目につかん場所に描くのが合理的だろう。転移を目的として、俺の家の周辺、言い換えれば人口密集地たる住宅街で魔法陣を描き続けるメリットが、俺からすれば見当たらない」

『確かにね。仮に何か事情があって、やむを得ず目立つ場所に描くしかなかったとしても、転移が済んだ後に消すとか、消えるように細工するとか、隠したいならそうするよね』

「ああ。故《ゆえ》に俺は、魔法陣が〝目立つ〟ことに意味があるのだろうと推認した」

『前に説明してた、悪の秘密結社が異世界エルフ関係者を炙《あぶ》り出す罠《わな》、って話？』

「それも推測のひとつに過ぎず、それが俺の悩みどころでもある。義光《よしみつ》、地図を出せるか」

『あ、うん』

スマートフォンの向こうから、がさがさと音が聞こえてくる。

忍《しのぶ》も街灯の下へ移動し、魔法陣の目撃地点をまとめた地図を広げた。

「恐らく犯人は、一連の魔法陣を通じて、誰《だれ》かに何かを伝えるつもりだ」

『魔法陣を、分かる人にだけ分かる符丁として使おうとしてるってこと？』

「ああ。この場合の〝分かる人〟とは異世界エルフ、またはその情報を知る者だな。ただ、それが悪意的な罠なのか、他の意図を含ませた連絡手段なのか、俺にも判断がつかない」

『だったら、魔法陣に埃魔法《ほこりまほう》的な何かが込められてて、異世界エルフが触ったら何か起こる、っていう可能性もあるのかな』

「なかなかファンタジーな考え方をするな、義光」

『冗談のつもりじゃないよ。そういう紋様なんでしょ、これは』

「まあな。だが俺の話はまだ終わっていない」

『え？』

「義光、まずは最初の魔法陣が見つかった場所に、点を打ってくれるか」

『うん』

「次にそこから、十二月七日に発見された魔法陣の所まで、直線を伸ばして欲しい」

『うん……あ』

「順不同に、十二月二日から十二月六日分までの魔法陣が線上へ現れただろう」

『日付が順不同になるのは、描いてから見つかるまでに掛かった時間の差？』

「そうだろうな。本来の作成日からすれば、最初の魔法陣から順に進んでいくのだろう。その調子で、発生地点を結び続けてくれるか」

『うん……あれ、けっこう線上から外れちゃう魔法陣が出てくるけど』

「徹平《てっぺい》も推測していたが、時期が過ぎるにつれ、模倣《もほう》犯のものが混じってくるのだろう。画像を見比べて、稚拙《ちせつ》な出来の魔法陣はノイズとして無視してくれ」

『分かった……あー、これって、あー』

義光のほうでも、忍と同じ結論にたどり着いたらしい。

忍の手元の地図には、書きかけの五芒星《ごぼうせい》が出来上がっていた。

二人目の異世界エルフを見殺しにすると皆に伝え、アリエルに慰められた後、どうしても眠れずに夜通し調べた成果である秘密を、忍は墓まで持っていくつもりでいる。

『なんか、ずいぶんこれ……その、なんだろうね？』

「馬鹿《ばか》馬鹿しくはあるが、そう馬鹿にしたものでもないだろう。連絡手段のない相手に何かを伝えようとするなら、単純な手法ほど間違いが少ない」

『にしたって、五芒星《ごぼうせい》はないでしょ。っていうか、異世界にも五芒星ってあるの？』

「さあな。こうして地図上に浮かび上がっているのだから、少なくともこの魔法陣を描《か》いた者は、五芒星を理解しているに違いない」

『結局、直接聞いてみないと分かんないってことだね。これが忍《しのぶ》の言ってた当て？』

「そうだ。これが見当違いなら、俺にはもう手が残っていない」

『そのときは、すっぱり諦《あきら》めよう』

「随分と及び腰だな、義光《よしみつ》」

『最初から言ってるでしょ。僕は忍に悲しんで欲しくないんだよ』

「俺は大丈夫だと言っただろう」

『耐えられることと、何も感じないことは、イコールじゃないと思うから』

「そうか」

『忍は何も感じないの？』

「……いや」

『なら、心配したっていいでしょ』

「好きにしてくれ」

『うん、そうする』

落書き魔法陣の犯人は、その軌跡で五芒星を描こうとしている。

裏を返せば、五芒星の軌跡に先回りすれば、追跡者は犯人へと先回りできるだろう。

あるいはそれが、追跡者を炙《あぶ》り出す犯人の目的だったとしても、今の忍は公務中である。

犯人の正体と目的を見定める好機は、今この時にしか存在しないのだ。

◇◆◇◆◇◆◇

その公園は広かった。

忍がひとり立っている、キックベースがやれそうな広場の脇《わき》には、鬱蒼《うっそう》と茂る雑木林《ぞうきばやし》と木製の急な階段があり、ここを上り切れば、見晴らしの良いもうひとつの広場へと出られる。

時刻は既《すで》に、午後十一時四十五分を回っている。

今までの出現傾向と周囲の立地、実際の人通りなどを観察し、他の候補地を潰《つぶ》してきた。

合同パトロールの公式終結時間である午前〇時までに回れる場所は、ここが最後だ。

「義光」

『なあに、忍』

「ここで電話を切る。二時間経《た》って音沙汰《おとさた》がなければ、俺の家へ可能な限りマスコミを呼ぶなり、動画配信を活用するなりして、アリエルの存在を世界中に発信してくれ」

『え、こんな場面で冗談やめてよ』

「俺は本気だ。国や社会の暗部に弄《もてあそ》ばせるぐらいなら、世論の目へ晒《さら》したほうがいくらかマシだ。尊厳はともかく、命の安全は保障されるだろう」

『残った僕たちで、アリエルちゃんを保護し続ける方法もあるよ』

「駄目だ。主犯として追われるリスクを、他の誰《だれ》にも負わせたくない」

『知らないよ。忍《しのぶ》がどうにかなっちゃうんなら、後のことは僕たちの勝手でしょ』

「真剣な話なんだ」

『僕だって真剣だよ』

「義光《よしみつ》」

『何さ』

「逃げ道の言い訳を作ろうとしてくれているなら、それは誤った優しさだ。止《や》めて欲しい」

『……どうして、そんな風に考えるの?』

「お前が俺のことを、本気で困らせるわけがないからだ」

『……』

「断言する。仮に俺が二人目の異世界エルフと邂逅《かいこう》し、なんの手出しもできず最悪の結末を迎えさせたとしても、何もせずここから立ち去るほうが、俺にとって大きな後悔が残る」

『……わかった。もし忍に何かあったら、アリエルちゃんのことは任せて。なるべく忍の意に沿うようやっておくよ』

「ありがとう、義光」

『どういたしまして、忍。また後でね』

「ああ」

◇◆◇◆◇◆◇

生い茂る草木の間を抜け、明かりもつけずに忍は歩く。

階段を使って上れば早いが、上に誰かがいた場合、一発でばれてしまうのは明らかだった。


——分け入っても分け入っても青い山、か。


雑学というか、急に心に浮かんだ、昔教科書で読んだ有名な俳句である。

当時はなんの感慨も湧《わ》かなかったが、こうまで心に残るのが、歴史に名を刻む所以《ゆえん》なのか。


季節は冬。

空は快晴、覗《のぞ》くは星空、そして吹きすさぶ冷たい風。

草木の青は宵闇《よいやみ》に溶け、境界をなくしたような青い闇が、忍《しのぶ》の前に昏《くら》く広がっている。

恐怖はない。

されど青い闇は、忍に何も語らない。

だから忍は、闇に分け入るその間、自らの心と向かい合うことしかできない。


――本当に、これで良かったのか。

――俺はまた、何か間違えているのではないか。


中田《なかた》忍は、いつでも自信に満ち溢《あふ》れているように見える。

だがその自信は、自らが常に正しいと考える、愚かな思い込みとは一線を画す。

それは、たとえ間違った道を歩んだとしても後悔しないくらいの、入念な予測と検討を重ねた上で物事を選び取る故《ゆえ》に、後から迷うことがないだけだ。

さらに言えば、これまでの忍は、仮にその選択が誤っていたとしても、それはそれで仕方のないことだと考えていた。

何かを選ぶとき、忍は常にひとりだった。

義光《よしみつ》や徹平《てっぺい》でさえ、その決断の外にいた。

故に成功も失敗も、すべてを自分の中で受け止められた。
自分の中で受け止めてしまえば、そこには悩みも苦しみも後悔もない。
誰《だれ》かに重荷を背負わせるより、忍にとっては、そのほうがずっと楽だった。

だが、今はどうだ。

未《いま》だまともに会話もできない、庇護《ひご》すべき異世界エルフが忍を頼り、忍の傍《そば》にいる。
その危険性を省みず、忍を支えてくれる者がいる。
皆、忍を信じている。
不器用に不格好に、最後まで間違わず足掻《あが》こうとする忍のことを、認めてくれている。
今こうして歩みを進めている、忍自身の判断は、本当に正しかったのか。
考えたなら、果てのない泥沼だ。
忍は進む。
青い山に、青い闇に、分け入って進む。

第十八話　エルフと月下の攻防

十二月三十日、午後十一時五十五分。

青い闇《やみ》の果てへ辿《たど》り着いた忍《しのぶ》は、薄く砂の敷かれた高台の広場を覗《のぞ》き見る。

満月から三歩手前と言ったところの月明かりは、思うほど明るく地上を照らしていない。

うすぼんやりとした街灯が灯っていなければ、あるいは何も見えなかったかもしれない。

だが、木枯らしに揺れる木々の合間から、忍は確かに見た。


頼りない月光。

うすぼんやりとした街灯。

輝きが照らす、広場の地面に彫られた、アリエルノートの魔法陣。

そして。

傍《かたわ》らに立つ、小柄な人影を。


忍は息を呑《の》み、暗闇《くらやみ》の向こう側へ目を凝らす。

忍のいる木陰からでは、金髪に隠されたその顔は見えない。

しかし忍は、この時点で確信していた。

――アリエルを〝女性型の異世界エルフ〟と定義するならば。

――あの人影も、女性型だ。

――しかも、かなり胸元が豊満な。

誤解しないで頂きたい。

中田《なかた》忍は、真面目《まじめ》な地方公務員なのだ。

今も、必要十分以上に職務を遂行しようと躍起になっている最中だし、その崇高《すうこう》なる精神の内には、いささかの疚《やま》しさも存在していない。

ただ、謎《なぞ》の異世界エルフを観察するには、街灯と月明かりの光量が少しばかり足りておらず、見ている角度もいまいちなので、顔つきや服装といった一般的な外形特徴を確認できないため、夜闇《よやみ》の縁に却《かえ》って映える、豊満な胸部からその特質を推認したに過ぎない。

「……」

少しでも情報を得ようと、忍はさらに目を凝らす。

謎の異世界エルフは魔法陣の前に立ち、何かを呟《つぶや》きながら、祈りを捧げるように両手を大きく広げたり、両手を天に掲げたり、ゆっくりと下げたりしているようだった。

その動きに合わせ、手を上げたところでおっぱいがドゥルン、下がったところでドゥルン、とにかくドゥルンドゥルン揺れている。

見覚えのある、その重量感。

月明かりに揺らめく、流れるような金髪と、長い耳。

忍《しのぶ》には、心当たりがあった。

〝異世界エルフ〟。

邂逅《かいこう》したあの日、忍の掌《てのひら》に収まった、いや収まりきらなかったアリエルの双丘と比して、勝るとも劣らないご立派が、暴《あば》れ回っているのだ。

しかも、アリエルノートに描《か》かれていた魔法陣の前で。

これが異世界エルフでなくて、なんだと言うのか。

「……」

知恵の歯車が回転する。

進むべきか、退《ひ》くべきか。

素直に考えれば、進み出て保護を申し出るか、せめて対話を図るべきだろう。

そのために忍は、危険性を理解しながらも、公務員として異世界エルフを探すことに決め、ここへ立っているのだから。

だがここで、忍の致命的な準備不足が発覚する。

『追跡中、謎《なぞ》の秘密結社に襲撃を受け、拉致《らち》監禁の憂き目に遭《あ》う』などの不都合な事態ばかり警戒していた忍は『二人目の異世界エルフを安全な位置から一方的に発見し、リアクションのイニシアチブを取れる』などという、都合の良過ぎる状況を想定していなかった。

別の表現をするならば、忍は二人目の異世界エルフを発見した際、どのようにコミュニケーションを取れば良いのかを、さっぱり考えていなかったのである。

間違っても、またおっぱいを揉《も》むわけにはいかない。

かと言って、アリエルに異世界エルフ語の挨拶《あいさつ》を習ってきたわけでもない。

そして、相手はまる一ヶ月にわたり、人目を躱《かわ》しながら街中に魔法陣を描き回り続けたと思われる、謎の異世界エルフ。

人間に対する警戒心は相当なものだろうし、ちょっと姿を見せただけで、野良猫のようにぴょんぴょこ逃げられてしまう可能性が極めて高い。

あるいは、付近に相手方の関係者が潜《ひそ》んでいて、のこのこ出て行けば狩られてしまう可能性なども考え始めれば、忍に打てる手は限られてくる。

ならば、どうすべきか。

知恵の歯車の回転が、ぐいぐいと加速する最中。

更に信じられない出来事が、忍の眼前で展開する。

改めて明らかにすると、ここは人口密集地のど真ん中にある、大きめの公園であった。

昼間は子供たちや近所の奥様方などでにぎわい、少しぐらい遅い時間なら、市民ランナーがジョギングなどに利用している、人気スポットである。

そして、こんな深夜帯でも。


普通に、ご老人が飼い犬を散歩させたりするらしい。


木陰に隠れた忍《しのぶ》の眼前で。

儀式らしきアクションに没頭する謎《なぞ》の異世界エルフの背後を、大きめのコーギーを連れたお爺《じい》さんが、とことこと通過していた。


忍はあまりのことに、声も出せず動けない。

謎の異世界エルフは、ただただ両手の上げ下げに集中している様子。

お爺さんはすべての事象に気付かぬ様子で、星空を見上げながらふらふらと歩いている。

このとき、最初に状況を把握し正しい行動を取ったのは、大きめのコーギーであった。

「ワンッ！　ワンワンワンッ!!　ワンワンッ！！！」

大きめのコーギーは、主人と自身を守るため、自らの散歩コースに突如現れた、奇妙な動作で立ち尽くす不審者に、信じられないくらい吠《ほ》えた。

「！！！！！！」

そしていきなり吠えられた謎の異世界エルフは、当然のごとく盛大にビビって、せっかく描《か》いた魔法陣を踏み荒らしながら、走って逃げだそうとする。

――いかん。

コーギーの吠え声で、忍はようやく我に返った。

――考えろ。

――考えろ。

――考えろ考えろ、考えろ！

青い闇《やみ》から飛び出し、全力で駆けだす忍。

立ち止まっている暇などない。

やり方はともかく、忍自身が為《な》すべきことは、分かっている。

ただこうなってしまった以上、そのための手段はひどく限られていて。

だからこそ逆に、忍は自分がどうすれば良いのか、はっきりと理解できた。

「ちっ……!!」

忍は全力で走りながら、懐からスパイごっこ用のメモ帳を取り出し、アリエルノートから写し取ったエルフ文字のページを掲げた。

そして、走り去る謎の異世界エルフの背中に向かって、あらんかぎりの声で、叫ぶ！

「ボベャルカッアッツロヌ！！！」


アリエルが自己紹介で告げた、異世界エルフ語である。

忍《しのぶ》は今でも、一字一句間違えずに、正しく記憶していた。


「!?」


前を走る謎《なぞ》の異世界エルフの肩が、少し跳ねた気がする。

——反応あり。


「ボベャルカッアッツロヌ、ボベャルカッアッツロヌ、ボベャルカッアッツロヌ!!」

「ワンワンッ！　ワンワンワンッ!!　ワンワンワンワンッ！！！」

大きめのコーギーが、突然現れた新たな不審者に、物凄《ものすご》い勢いで吠《ほ》えていた。

「ほれ、ペス。行くぞ、行くぞ」

「ワウワウワウ、グルルルルゥ」

ただ、お爺《じい》さんは騒ぎなどどこ吹く風で、そのまま歩き去ろうとしていた。

これは別に、驚くような話でもない。

ある程度以上のご老輩まで行くと、この程度の騒ぎでは動じたりしないものである。

どのみち、三十二歳社会人男性なりの運動能力しか持たない忍に、立ち去ろうとするお爺さんと大きめのコーギーにまで注意を払い続ける余裕はなかった。

「ボベャルカッアッツロヌ、ボベャルカッアッツロヌ、ボベャルカッアッツロヌ」

忍の足は大して速くなかったが、謎の異世界エルフはもっとトロかった。

大声を上げながら走る忍の速度でも、案外すぐに追いつくことができ、忍はメモを持っていない左手で、謎の異世界エルフの左腕を掴《つか》んだ。

近付いて分かったことだが、謎の異世界エルフはアリエルと同じ、レースカーテンのようなふわりとした白い布に身を包んでいる。

アリエルのものとは違う質感ながらも、長い耳。

流れるような金髪は、一ヶ月の放浪生活のせいか、アリエルのそれよりくすんで見えた。

身長はアリエルよりもかなり低い感じで、忍の胸あたりまでしかなく、怯《おび》えるというよりも、驚き戸惑った様子で忍を見上げている。

そして、驚いたせいか走ったせいかは分からないが、豊満な乳房が苦しげに上下しているのは、布の上からでもよく分かった。

「……ボベャル、カッアッツロヌ」

忍は息を切らしながら、繰り返す。

しかし、謎の異世界エルフからの反応はない。

「ボベャルカッアッツロヌ」

続けて、右手に持っていたエルフ文字の写しを、謎《なぞ》の異世界エルフに掲げる。
「……!!!!!!」
謎の異世界エルフの表情が、驚愕《きょうがく》に固まった。
——やはりか。
描かれた魔法陣。
極めて前衛的《アバンギャルド》な服装。
長い耳、流れる金髪、豊満な乳房。
そしてエルフ文字に対する、明らかな反応。
確信を持った忍《しのぶ》の口から、自然と言葉がこぼれた。

「お前が、二人目の異世界エルフだな」

別に、謎の異世界エルフへ聞かせたかったわけではない。
散々悩み、驚かされ、考えさせられ、慌ててのたうち回った忍が、ようやく辿《たど》り着いた結論を前に、つい言葉にしてしまった、独り言のような呟《つぶや》き。

それだけだった。

そのはずだった。

それで、済むはずだったのに。

忍の言葉を聞いた謎の異世界エルフは、忍の瞳《ひとみ》をまっすぐ見据えて、言った。

「今、〝エルフ〟って言いましたよね？」


完璧《かんぺき》過ぎるまでに完璧な、日本語のイントネーション。

想定外の事態に、知恵の歯車の回転が限界を超え、忍の体感時間を極限まで引き伸ばす。

薄暗い公園の広場においても、流石《さすが》に間近で向かい合えば、相手の姿がはっきり見える。

神秘的と言うにはレースカーテンに近過ぎる、白いドレスのような布。

くすんだ金髪は、よくよく確認すればウィッグで、端から茶色がかった黒髪が覗いていた。

長い耳だって、お粗末なものだ。

見た感じ、握って手を離すとでっかくなっちゃうパーティグッズを加工したものだろう。

豊満な胸元だけは本物らしいが、人類にだって豊かな乳房の持ち主はいくらでも存在する。

以上の判断材料により、忍《しのぶ》は自らの致命的な判断ミスを悟った。

──彼女は、謎《なぞ》の異世界エルフなどではない。

──ただのコスプレ女だ。


絶望的な事実を前にしてなお、忍の心は折れなかった。

すぐさま気構えを立て直し、流れるように次の行動へ移る。

「すみませんお兄さん、今〝エルフ〟って」

「すまない。人違いだった」

「えっ」

完璧《かんぺき》な切り返し。

虚を突かれた謎の異世界エルフ、もといコスプレ女が動きを止めたその一瞬で、忍は彼女の左腕を離し、くるりと反転。

そのまま、全力で駆けだした。

「あ、ちょ、ちょっと待ってください！」

「待たない」

呼び掛けには律儀《りちぎ》に答えた忍も、言葉どおり立ち止まったりはしない。

コスプレ女も後を追うが、元々忍のほうが速かっただけに、瞬く間に距離が離れていく。はずだったのだが。

「待って、くださいって……ばっ！」

コスプレ女が叫んだ直後。

グシュッ

鈍い衝撃が、忍の後頭部を襲う。

たまらずバランスを崩し、忍は派手に倒れ込む。

「あ、やだ、当たっちゃった。やば」

背後から聞こえる、コスプレ女の声。

思っていたよりも、かなり近い。

忍はすぐさま立ち上がるため、右手を地面についたところで、そこに必ずあるべきものが、失われている事実を悟る。

「……やっぱり。これ、エルフ文字……」

はっとして顔を上げた先には、地面から忍のメモを拾い上げる、コスプレ女の姿。

――この女は!!

反射的に飛びかかろうとする忍だったが、脳を揺らされたせいか、膝《ひざ》に力が入らない。

後頭部を押さえ、よろめきながら立ち上がる最中、視界の端に、角がひしゃげた５００ミリリットルのコーヒー牛乳パックが映る。

忍《しのぶ》の後頭部を襲ったのは、どうやらこれらしい。

体中の血液が、かっと沸騰する。

「すごい、こんなにいっぱい……」

立ち上がった忍に、コスプレ女が気付いた様子はない。

忍は半ば本能的な動きで、コーヒー牛乳のパックを拾い上げる。

そして注ぎ口の窪《くぼ》みに指をかけ、力任せに大きくこじ開けた。

ほぼ同時に、コスプレ女が起き上がった忍へ振り返る。

「あ、すみませんお兄さん。頭、大丈夫ですか?」

コスプレ女の言葉を、耳から脳まで届かせず。

忍は勢い任せに、コーヒー牛乳をコスプレ女へぶっかけた。

「っきゃあ!!」

どこから持ってきたコーヒー牛乳なのかは知らないが、触った感じはよく冷えていたので、この寒空の下で被《かぶ》ったら、それはそれは冷たいだろう。

たまらず身を屈《かが》めたコスプレ女の手元から、メモ帳を奪い取ろうとする忍。

コスプレ女もメモ帳を握りしめ抵抗したので、コーヒー牛乳にまみれ、二人の手で捏《こ》ね回されたスパイごっこ用特殊ペーパーは、溶けてできそこないの茶粥《ちゃがゆ》のようなカスになった。

当然、文字などもう読めない。

「やだもう、なんなんですかいきなり……ああ！　エルフ文字が消えちゃってる!!」

——目標完遂。

となればこれ以上、もたつくわけにはいかない。

忍はこの場を離れるため、なんとか立ち上がろうとして、

「待ってください！」

コーヒー牛乳まみれのコスプレ女に正面から抱き付かれ、再び尻《しり》もちを突く。

コーヒー牛乳特有の、甘ったるく香ばしい匂《にお》いが忍の脳内を掻《か》き乱し、後からどんどん強くなる後頭部の痛みも手伝い、とっさにコスプレ女を振り払えない。

ちなみに、忍とコスプレ女の身長差もあり、ちょうど忍の腹筋にコスプレ女の豊満なおっぱいがぐいぐいと押し付けられている形だが、今の忍にとってはどうでもいいことだったし、仮に冷静なときだったとしても、特に何も感じないだろう。

何せこの男は、中田《なかた》忍なのである。

「あの文字のこと、ご存じなんですよね」

「知らない」

「とぼけないでください。〝二、人目の異世界エ、ル、フ〟って言いましたよね」

「言っていない」

「魔法陣のこと分かってたから、この場所に来たんじゃないんですか」

「分からない」

区役所福祉生活課支援第一係長中田忍《なかたしのぶ》、一世一代の大嘘《うそ》であったが、残念ながらコスプレ女には一切信用して貰《もら》えない様子である。

「離してくれ」

「嫌《いや》です」

「人違いだった」

「何と間違うって言うんですか」

「このことは生涯誰《だれ》にも話さない。無事に帰してくれ」

「なんですかそれ、ひとを悪の組織の手先みたいに」

「違うのか」

「違いますけど」

「うん？」

「え？」

忍としては、追及を逃れるためにそれらしい言葉を並べ立てていただけであり、片やコスプレ女はといえば、目撃者を消そうとする悪の秘密結社の怪人みたいな言われ方をしたので、つい言い返してしまっただけなのだが。

懸念事項をドンピシャに突かれた忍がふと落ち着きを取り戻し、まさかこんな言葉で落ち着かれると思わなかったコスプレ女もまた、騒ぐのを止《や》める。

「……分かった、突然すまなかった。落ち着いて話をしよう」

「……あ、はい、分かりました」

「まずは、抱き付くのを止めて貰えるか」

「それは無理です。また逃げられちゃったら、私は追い付けないので」

「ふむ」

忍は普段どおりの仏頂面《ぶっちょうづら》で、眼下のコスプレ女を確認する。

先程揉《も》み合いになったせいか、ウィッグも耳も取れて失《な》くなっていた。

そうして改めて見るコスプレ女の素顔は、豊満な身体《からだ》の印象とは真逆で、思った以上にあどけない、可愛《かわい》らしさを感じさせるものだった。

髪の毛が濡《ぬ》れ雑巾状態だったり、目元や眉《まゆ》などの垢抜《あかぬ》けない野暮ったさが気になるものの、少し整えれば可愛らしくなるであろう素地が見え隠れしている。

また、極めてレースカーテンに近い粗雑なつくりのドレスは、無残なほどに着乱れていた。

詳しく言うと、ご立派な胸元は乱れに乱れ、腰回りの生地は骨盤辺りまで捲《まく》れ上がり、首元から脇《わき》から太ももから何から、もうチラチラチラチラ中身が見えまくっていた。

加えて、既《すで》にお伝えしているとおり、上から下までコーヒー牛乳まみれである。

どんなプレイをした結果こんな状況が生まれたのか、第三者には想像もつかないであろう。

そんな少女の痴態に、忍《しのぶ》は一切興味を向けず、目をしっかりと見据えて語り掛ける。

「君は学生か」

「あー……はい、まあ、十六です」

「そうか」

中田《なかた》忍は、誠実な大人である。

若月星愛姫《わかつきティアラ》の一件からもはっきりしているとおり、子供相手であろうが一切容赦はない。

だがそれは、たとえ子供相手でも大人と同様、あるいはそれ以上に真摯《しんし》に向き合おうとする姿勢の副産物であり、存在を見下したり、人間性をぞんざいに扱うこととは繋《つな》がらない。

ましてや、その場しのぎの嘘《うそ》で誤魔化すなど。

「ひとりの大人として約束する。きちんと話がつくまで、君に対し不誠実な行動は取らない」

「もっと具体的に約束してください」

「君が誠実である限り、俺は君から逃げない」

「絶対ですか?」

「そういう不確かな言葉は、極力使わないようにしている」

「……分かりました。誠実に振る舞うよう、お約束します」

コスプレ女改め、コスプレ少女は、おずおずと忍から両手を離して立ち上がる。

忍《しのぶ》もゆっくりと立ち上がり、その場でコスプレ少女に背を向ける。

「ちょ、待ってくださいっ」

「まずはそこらの茂みの中で、服装を直してくるといい。酷《ひど》い格好になっているぞ」

「えっ？」

コスプレ少女は、しばし沈黙。

背を向けた以上、忍の側からは見えないが、羞恥《しゅうち》と警戒心の間で逡巡《しゅんじゅん》しているのだろう。

「今第三者が通りすがったら、俺が性犯罪者として捕まるのは自明だろう。第一、逃げるつもりならこんな問答はせず、とっくに逃げていると思わないか」

「……確かに」

「まずは服装を直してくれ。それが誠実な態度というものだ」

これが、寒空の下で女子高生に冷えっ冷えのコーヒー牛乳をぶっかけ、所持品を奪うために襲い掛かった男の台詞《せりふ》である。

やはり中田《なかた》忍を、単純に誠実な正義の男として括るのは、無理があることだと言えよう。

「どうせなら、着替えてしまうのもひとつの選択だ。普通の服は持ってきているのだろう」

「……確かにありますけど。どうして、そこまで」

「分かるさ。そんな寒そうな格好で街中を歩けば、不審者そのものだからな」

背を向けているので分からないが、コスプレ少女のムッとした様子が伝わってくる。

それでもまあ、理屈では忍の言うとおりなので、特に何か言い返してくる様子はない。

「……じゃあ、ちょっと着替えてきますから、ここで待っててくださいね」

「ああ」

「警察に通報とかも止《や》めて欲しいです」

「そんなことをしても、現状不利なのはむしろ俺だ。意味のないことはしない」

「……こっち見ちゃだめですよ?」

「分かった」

「撮影もしないでくださいね」

「それは承服しかねる」

「え?」

「後頭部の傷の具合を確認したい。スマートフォンの撮影等に関する使用は許可して欲しい」

「あ……分かりました。すみません、痛みますよね」

「大丈夫だ。いいから着替えを済ませてきてくれ」

「……はい」

背後から足音が聞こえ、段々と遠ざかり、コスプレ少女の気配が感じられなくなったところで、忍はどっかりと地面に座り込む。

そして、未《いま》だ朦朧《もうろう》とした意識の中、後頭部をスマートフォンのライトで照らし、動画撮影。

見たところ血は出ていないし、目立った傷もできていない。

恐らくは、軽い脳震盪《のうしんとう》であろう。

このまま少し休んでいれば、そのうち回復するはずだ。


冷静になり、時間を与えられた忍《しのぶ》に襲い掛かるのは。

ひどく大きくて、どうしようもないほどに強い、脱力感であった。

――どうやら俺は、また失敗したらしい。

公務員としてこっそり魔法陣事件の真相を暴《あば》くはずが、いつの間にか、異世界エルフの情報を握っているらしい謎《なぞ》のコスプレ少女と、腹の探り合いをすることになったこの状況。

アリエルにも、協力してくれた義光《よしみつ》たちにも、もはや申し訳が立たない。

――スマートフォンの撮影〝等〟に関する使用は、許可を得ていたはずだな。

かなり卑怯《ひきょう》で強引な解釈だが、アリエルのことをコスプレ少女に説明するわけにもいかないので、致し方あるまい。

忍はウェブカメラ視聴アプリを起動させ、自宅内の様子を確認する。

そうせずには、いられなかった。

「……」

リビングには誰《だれ》もいない。

当然だろう。

忍はアリエルをベッドへ寝かしつけてから、防犯パトロールへ出掛けたのだから。

言いつけが守られていて良かったという安心と、理由の分からない少しの寂しさを感じながら、忍がアプリを閉じようとしたその刹那《せつな》。

「――ッ!!」

危うく声を上げそうになる忍。


よくよく見れば、寝室の扉が、５センチくらい開いている。

そして、そのわずかな隙間《すきま》から。

寝室中に振りまかれていると思われる、光の綿毛。

その光を下から浴びたアリエルが、心配そうに寝室の外を窺《うかが》っている状況が見えた。

なんというか、単純に、物凄《ものすご》く怖い絵面《えづら》である。

「……」

あの絵面のまま、アリエルを一晩中立たせておくわけにもいくまい。

絵面の衝撃と、なんやかんやの心の乱れにより、後頭部の痛みが吹っ飛んでしまった忍は、一刻も早く少女を躱《かわ》し、安全に帰宅すべき状況を、改めて認識するのであった。

そして、十数分後。

「……本当に、待っててくれたんですね」

「振り向いてもいいか」

「はい、どうぞ」

律儀《りちぎ》な忍《しのぶ》は、しっかり許可を得てから振り向く。

そこには、ベージュ色のダッフルコートを羽織り、その下へ緑色に白色二本線のジャージを着たコスプレ少女が立っていた。

肩には和太鼓のゲームキャラを模したドラムバッグを掛けていて、私服がダサいと評判の中《な》田《か》忍《た》から見ても分かるほど、とにかく凄《すご》くドンダサい。

おまけにフレーム幅が割り箸ぐらいある、どでかい黒縁眼鏡《めがね》を掛けたものだから、僅《わず》かに滲《にじ》んでいた可愛《かわい》らしい印象が微塵《みじん》もなくなっている。

「コンタクトレンズでも付けていたのか」

「あ、いえ。これダテなんです」

「何故《なぜ》そんな真似《まね》を」

「普段から掛けてるんで、ないと落ち着かないんですよね」

「普段から」

――こんなことなら、着替えさせないほうがマシだったかもしれない。

だがよく考えると、強姦《ごうかん》寸前か直後のような格好でいられるよりは、ドンダサいジャージのほうがまだマシには決まっているので、忍は口出しすることを止《や》めた。

「なんで、逃げたり覗《のぞ》いたりしなかったんですか？」

「して欲しかったのか」

「そんな訳ないじゃないですか」

——そういえば一ノ瀬《いちのせ》君も、似たような話で腹を立てていたな。

忍の記憶にも新しい、アリエルノートの入浴絵を見る見ないで由奈《ゆな》と口論した件である。

忍の周りには何故か、して欲しくないことを何故しなかったのか問い詰めてくる人間が、よく集まる傾向にあるのかもしれない。

流行《はや》りなのか、世の中の動きがそうなのか、忍には分からない。

忍だから分からない、とも言えよう。

「しないと言ったからしない。何かおかしいか」

「おかしいです。普通しますよ」

「そうか」

おかしいだの普通じゃないだの、変わっているだの異常だのとは言われ慣れているので、今《いま》更《さら》問答するつもりはないし、倫理的に考えて覗きをやりたがる人間は普通におかしい。

それよりも忍は、さっさと帰りたかった。

「手短に済ませたい。何を話せば帰して貰《もら》える」

「え？　えっと、ちょっと待ってください」

「あまり待ちたくはないな。寒いし人目もあることだ。繰り返すが、手短に済ませたい」

何せ十二月三十日、いや時刻を見れば、もう明けて大晦日《おおみそか》の午前〇時過ぎである。

昨晩から夜通し魔法陣の考察を行い、防犯パトロールの頃《ころ》から寒い屋外で歩き詰め、なおかつコーヒー牛乳の飛沫《ひまつ》を少なからず食らっている忍《しのぶ》は、本当に寒い思いをしている。

また、午前〇時を過ぎているということは、忍が公務員としての勤務を終えていることになり、今はただの私人として、見知らぬ未成年少女とともに深夜徘徊《はいかい》していることになる。

未成年者を正当な理由なく深夜に連れまわす行為は、県の青少年保護育成条例違反に該当することを、忍は職務上十分に承知していた。

いくら面識のない少女だと言い訳したところで、間違いなくこれは事案になるし、忍が当事者として巻き込まれる未来は目に見えている。

さらに言えば、そろそろ義光《よしみつ》に連絡を取らなければ、忍の自宅にマスコミが殺到する。

あらゆる観点から検討した結果、本当に忍は帰りたかったのだ。

「でも、待ってください。私のほうも、聞きたいことや話したいことがいっぱいあり過ぎて困ってるんです。突然こんなことになるなんて思わなかったし」

「俺の知ったことではない。交渉は決裂だな」

子供相手でも誠実だが、その代わり一切容赦はしない。

かくも猟奇《りょうき》的な行動原理の、中田《なかた》忍であった。

「だ、だったら私からは、お兄さんに対価を示します」

「ふむ」

実のところ忍は、この少女とまともな情報交換をする気はなかった。

これは相手が子供だからどうという話ではなく、少女の前でうっかり二人目の異世界エルフだとか口走った状況を踏まえ、忍と異世界エルフの関係を晒《さら》して無理に情報を引き出すデメリットより、適当に話を済ませて危険を減らすメリットのほうが大きいと考えたためだ。

だったら、なんの話もせず逃げたほうがよっぽど安全なのだが、彼は中田忍であった。

一度逃げないと約束した以上、あくまで誠実に話を済ませた後でなければ、少女と別れられなかったのである。

そんな訳で、少女が理屈に合わない駄々をこねるようならば、誠実さを裏切られたとして強引に帰るつもりだった忍だが、存外に理知的な提案を持ち掛けられたことで、もう少しだけ少女の話を聞く気になった。

逆に言えば、それだけだ。

「私は、お兄さんのメモに書いてあった文字に関する、ある程度の情報と資料を持っています。お兄さんが私の要求に応じてくださるなら、それを対価としてお兄さんに提供します」

「聞かなかったことにしよう」

「え？」

「俺は、自分がその文字に興味があるか否《いな》か、それすら君に答えたくない。よって君の提案する対価は、俺にとってなんの価値もない。故《ゆえ》に、俺を引き留める対価とはならない」

「馬鹿《ばか》にしないでください。興味ないわけないじゃないですか。それくらい分かりますよ。興味がないならなんで、あんなに必死な形相でメモを掲げながら、私に迫ってきたんですか」

「寒さで奇行に走ってしまった。メモとやらも溶けてなくなったし、追及は最早《もはや》無意味だ」

忍《しのぶ》の言葉には、一切の嘘《うそ》がない。

奇行に走ったのは寒さからというか、突然のコーギーに煽《あお》られての結果のような気もするが、それはあくまで認識の相違であり、一応嘘にはならないだろう。

「〝二人目の異世界エルフ〟って、言ってたじゃないですか」

「そうだったか。よく覚えていない」

「お兄さんはこの日本にエルフがいることについて、何か知っているんですよね？」

「知らない。帰っていいか」

「お兄さんは私を待っていました。お兄さんも私に何かの利用価値を感じているはずです」

「俺は、俺自身の生き方という価値を摩耗《まもう》させないために、君との約束を守ったに過ぎない。君個人にはなんの興味もないし、特に価値を感じているということもない」

次々に話の腰を折られ、少女が言葉に詰まる。

とどめが価値を否定された部分なのか、興味を否定された部分なのかは定かではないが、どちらにしろ中田《なかた》忍は残虐であった。

「……」

「話は終わりか」

言葉に詰まり俯《うつむ》いた少女を見て、忍は、懐の財布からハンカチに挟んで一万円札を取り出し、水袋の水をかけ、一度ぐしゃぐしゃにしてから伸ばした。

少女が紙幣を警察に持ち込んだとしても、指紋はそれなりに検出されにくくなるだろう。

「コーヒー牛乳をかけたのは悪かった。クリーニング代のつもりで取っておいてくれ」

そう言って差し出しても、少女が反応しないので、強引に肩と鞄《かばん》の紐《ひも》の間へ挟む。

少女は抵抗らしい抵抗もせず俯いたままで、忍からはその表情が見えない。

気の毒と見る目もあろうが、忍も後頭部にコーヒー牛乳を食らっているし、少女は考えるまでもなく連続魔法陣事件の犯人である。

なんの咎《とが》めもなしに解放することで、手打ちと考えて貰《もら》うほかない。

忍はそのまま少女に背を向け、歩き始める。

「それでは失礼する。帰り道には気を付けろ」

「待ってください」

忍《しのぶ》は止まらず、振り返らず、歩き続ける。

「……待ってくださいっ！」

背中に感じる、やわらかな衝撃。

間違いなく、乳房が当たっていた。

「駄々を捏《こ》ねるだけの人間と、話をするつもりはない」

「違います。ちゃんと対価が用意できます」

「くどい。君に用意できる対価など存在しない」

「あります」

「そんなものが……」

「……私自身」

少女の腕に、力が籠《こ》もる。

少女の豊満な胸元が、忍の背中に押し付けられる。

「私の身体《からだ》、好きにしてください。えっちなことでも、なんでもしますから、だから」


「黙れ」

冷酷な拒絶。

少女は忍に抱き付いた姿勢のまま、瞬間的に身を縮める。

「離せ」

「や……」

「離せ！」

忍が力任せに少女の腕を引き剝《は》がし、拘束から脱した。

少女はそのまま、地面に倒れ込んでしまう。

それを助け起こそうとすらせず、忍は淡々と、しかし熱量の籠った言葉を叩《たた》きつける。

「自らの人間性を切り売りして求めるべきものなど、この世界にはひとつだって存在しない。仮にそうすることで望みのものが手に入ったとして、後に残るのは自分ではない。今までの自分より小さくなった、薄汚い残りカスだ」

言うまでもないだろう。

中田《なかた》忍は、激怒していた。

相手も状況も忘れ、捨て鉢な少女の生き方に、怒りを燃やしていた。

仕方あるまい。

中田忍は、こういう男なのだ。

「エルフだかなんだか知らないが、そんな追い方しかできないのなら、もう諦《あきら》めろ。ましてや身体を好きにしろなどと、よくも誠実を謳《うた》えたものだ。その下劣な手管でどれだけの無法を通してきたのかは知らんが、俺に通用すると考えるな。俺は君を軽蔑《けいべつ》する。恥を知れ」

少女は地面に突っ伏したまま、立ち上がらない。

立ち上がろうとしない。

一瞬、口答えする気力もなくしたのかと考えたが。

少女はその姿勢のまま、消え入るような声で、言った。

「……だったら」

少女は力なく身体《からだ》を起こし、膝《ひざ》立ちのまま忍《しのぶ》を見上げる。

怒り冷めやらぬまま視線を落とした忍は、そこで初めて少女の変化に気付く。


「だったら、どうすれば良かったんですか」


少女は、泣いていた。

少女自身は、気付いていないようにも見えた。

それほど静かに、けれど確かに、少女は泣いていた。

「知らない男の人にお願いすること自体怖いし、えっちなことなんて嫌《や》に決まってます。身体なんて、差し出したかったワケないじゃないですか。

こんな身体に、こんなやり方になんて、絶対頼りたくなんてなかったんです。

でもそうしないとお兄さん、いなくなっちゃうじゃないですか。

私は本気なんです。

私にはもう、エルフしかいないんです。

夜中に出歩いて、寒くて恥ずかしいカッコして、毎晩毎晩ヘンな魔法陣描《か》いて。

馬鹿《ばか》みたいなメッセージ性出したりして、それでも追いかけたかったんです。

それでも、会いたかったんです。

私のちょっとぐらい、ううん。

全部を賭《か》けていいくらい、会いたかったんです。

私にとっては、それだけの価値があったんです。

駄目だって言うなら、薄汚いって言うなら、軽蔑するって言うなら、教えてくださいよ。

わ、私は、わたしは、わたしはっ」


「どうすれば良かったたって言うんですかっ!!」


忍が答えを口にする前に、少女は再び地面へ崩れ落ちる。

「うぐっ、ぐうっ、えっ、うえぅっ、えっ、うううっ」

そのまま涙を、ぼろぼろ流し。

恥ずかしげもなく、ひどい嗚咽《おえつ》を漏《も》らし。

少女はただ、泣き続ける。

そして、少女の慟哭《どうこく》を聞いた忍《しのぶ》は、無感動に少女を見下ろしていた。

怒りは失《う》せ、さりとて憐憫《れんびん》や同情の色を浮かべるでもなく、ただ淡々と。

仕方のないことだ。

彼は、中田《なかた》忍なのである。

そして、彼は中田忍なので。

たとえどんな形であろうと、必死に教えを乞《こ》う者へ、真摯《しんし》に応《こた》えずにはいられない。

「俺に君の気持ちなど分からんし、理解する必要も感じない。当然君の理念に共感もしない。

だがひとりの大人として、俺は君に道を示そう」

実際問題、少女は忍の言葉など、聞ける精神状態ではないだろう。

現に少女は嗚咽を漏らし、うずくまったままで、忍の言葉に応える様子はない。

「欲しいものをただ欲しがっていれば、いつか手に入れられると思っているなら、それは大きな誤りだ。本当に欲しいものがあるならば、それに沿う形で力を尽くさねば、君の手は永遠にそこまで届かないだろう」

少女はうずくまったまま、答えない。

「たとえば交渉だ。目的のためならなりふり構わない、言い方を変えれば不安定な相手と、対等の交渉を考える者はいない。いつこちらの考えを離れ、訳の分からない行動をするやもしれん相手に、大事なチップを賭《か》けられないからだ」

「……」

「まずは、相手をテーブルに着かせることを考えろ。相手の求める対価を積むばかりが道ではない。手持ちの対価が少ないのなら、自分の中にある別の価値を示せ。誠実さだろうが、行動力だろうが、なんでも構わん。強く自分を語れる言葉で、相手の興味を引けばいい。それが回り道になったとしても、上手《うま》くいかなかったとしても、そうした努力を怠らない姿勢こそが、真に力を尽くすということではないのか」

少女はうずくまったまま、顔を上げない。

嗚咽はいつの間にか、止まっていた。

「俺からは以上だ。君からは何かあるか」

忍は相変わらずの仏頂面《ぶっちょうづら》で、地面に這《は》いつくばる少女を見下ろしている。

少女は、少しだけ身じろぎをして。

流した涙を拭《ぬぐ》うこともせず、ゆっくりと顔を上げ、忍に正対する。

「……お兄さん」

「なんだ」

「私は貴方《あなた》が、なんらかの理由でエルフの存在を確信している、特別な人だと考えています」

「そうか」

「そして私は、お兄さんのメモに書いてあった文字に関する、ある程度の情報と資料を持っています。私はその一部、あるいは全部を、お兄さんに提供できます」

「その提案は対価にならんと、既《すで》に伝えているはずだが」

「これは対価じゃありません」

「……ほう」

「見返りは一切求めません。受け取ってください。私からの要望はそれだけです」

「理屈に合わんな。君になんのメリットがある」

「そうすることで私は、私の誠意をお兄さんに示すチャンスが得られます。特別な存在であるお兄さんと、このままお別れすることに比べたら、この上ないメリットです」

「俺がエルフとやらについて何か知っていたとしても、それを正直に話すとは限らない」

「情報も資料も、減るモノじゃないですから。悪くても利益ゼロ、良ければプラスなら、十分試す価値があります」

「随分身勝手な理屈だな。俺には君の話など無視して、立ち去る選択肢も残っているんだが」

「それだけは、ないと思っています」

少女が微笑《ほほえ》む。

涙で顔を真っ赤に腫《は》らしながら、本当に可笑《おか》しそうに、微笑む。

「だってお兄さん、約束したじゃないですか。私が誠実である限り、私からは逃げないって」

「俺はそんな風に言ったか」

「はい。私が着替えに行くとき、確かに言いました」

「たかが言質《げんち》だろう」

「〝げんち〟ってなんですか？」

「口約束だ」

「そうなんですか。でも、大丈夫です。お兄さんが約束を破らない人ってことは、もう十分分かってますから」

それだけ言って、少女はようやく、自分の頬《ほほ》に流れる涙を拭《ぬぐ》った。

これ以上話をする必要は、ないのだとばかりに。

「警察への通報を、ちらつかせたりはしないのか」

「え……っと、もしお兄さんが心配なら、今後一切警察を関わらせないと約束します」

「別に心配はしていないが、今の君にとっては、それも使えるカードのひとつだろう。何故《なぜ》話に出さなかったのか、気になってな」

「まあ、お兄さんならそのくらい、想定済みだろうと思いましたし。わざわざ言うのも、脅しみたいでやらしいじゃないですか」

「ふむ」

忍《しのぶ》はそのまま俯《うつむ》いて、長考の姿勢に入る。

義光《よしみつ》や由奈《ゆな》や徹平《てっぺい》ならば、放っておいてスマホいじりでも始めるところだが、初体験の少女は、突然黙り込んだ忍に若干戸惑う。

かといって、物凄《ものすご》く集中している様子なので、このまま放っておくのも、声を掛けるのも憚《はばか》られ、少女は暫《しば》し逡巡《しゅんじゅん》する。

遠くから様子を見て、近づいても反応がなく、目の前で手を振っても返事がないので、恐る恐る声をかけようとしたところで。

「分かった」

「ひッ」

突然顔を上げた忍に、少女が驚いてのけぞった。

「何をしている。移動するぞ」

「え？」

困惑する少女。

仕方あるまい。

忍本人ですら、自分の思考速度を制御しきれずに、時々暴走してしまうのだから。

「長い話になるのだろう。繰り返すが、ここは寒いし人目に付く。早急に移動したい」

「……わ、分かりました。自転車取ってくるので、ちょ、ちょっとだけ待っててください！」

ようやく忍の言葉を飲み込んだ少女は、慌てた様子で走りだす。


少女は忍の叱咤《しった》に応《こた》え、自らの誠実さと熱意によって忍を引き留め、テーブルに着かせた。

ならばそれを教え導いた自分は、最後まで付き合ってやるべきだろうと、忍は考えていた。

何しろ、この場面からの説教である。

余程生真面目《よほどきまじめ》で誠実な人間でなければ、聞き入れるどころか取り合いもしないことだろう。

そこを踏ん張って、正面から忍に向き合った少女を、忍は認めていた。

漠然と、ある意味で忍自身に似通っているとすら感じさせる、その頑固さとも言えるほどの生真面目さに、信用の余地を見出《みいだ》したのだ。

もちろん義光には怒られ、由奈には呆《あき》れられ、徹平にはあーやっぱり？　俺はそうなると思ってたよｗｗｗｗ　と笑われることだろう。

自らが庇護《ひご》する異世界エルフ、アリエルにも、無用の危険を招く未来があるかもしれない。

それでも、忍は自らがそうするべきだと考える、少女との対話を止《や》めないだろう。

戸惑っても、憤《いきどお》っても、呆れたところでも仕方がない。

中田《なかた》忍が中田忍として生きるということは、つまりそういうことなのだ。

第十九話　エルフと切れるいと

少女が会話に適した場所を知っていると言うので、連れ立って歩いている最中のこと。

「スマートフォンで通話してもいいか」

「え？　あ、はい。ご自由にどうぞ」

少女はいちいちそんなこと聞かなくても、という態度だったが、それでは忍《しのぶ》が納得しない。許可を得る側が納得いかないと言いだすのは、普通ならおかしな話であるところ、少女は早くも中田《なかた》忍の生態に順応し始めていたし、忍は中田忍なので、結果的に丸く収まった。

忍はスマートフォンを開いて、取り急ぎ義光《よしみつ》へメッセージを二通。


〝身の安全を証明するため、敢《あ》えて今から電話を掛ける〟

〝俺たちを特定可能な情報を一切口に出すな。背後関係を推認させる話も止《や》めてくれ〟

『(´ω`)ノ』


分かったんだか分かっていないんだか分からないが、多分分かっているのだろう。

忍は分かっている義光を信じ、画面を切り替えて電話を掛けた。

一応少女のほうを見ると、少し速度を上げ、電動自転車を押しながら忍の先を歩いている。

これもまた、少女なりのアピールなのかもしれない。


「俺だ」

『また何かやらかしたの？』

「そうなる。もう申し開きができんな」

『そっか。安全なの？』

「ああ、それは間違いない」

『ならいいけど。何かすべきことはある？』

「いや」

『分かった。待ってたほうがいい？』

「今日は休んでくれ。明朝以降、追って連絡する」

『うん。それじゃ、先に休ませて貰《もら》うね』


これで、異世界エルフの存在が全世界に発信される危機は去った。

後は不気味に立ち尽くすアリエルだが、あちらは飽きて寝てくれるよう祈るしかない。

「お話は終わりですか？」

「ああ。失礼した」

「大丈夫ですよ。何も聞きませんでしたから」

「流石《さすが》に白々しいぞ」

「そうですか？　じゃあ、相手は大切なお友達か、彼女さんですね？」

「何故《なぜ》そう思う」

「お兄さんの雰囲気が、なんだか……優しかったので」

「そうか」

——やはり俺には、嘘《うそ》や誤魔化しが向かないようだ。

反省した様子の忍《しのぶ》だが、これをきっかけに嘘や誤魔化しを鍛錬しようとは思うまい。できないことにできないと見切りをつけるのも、大人が持つべき才覚なのである。

話をするなら人目に付かず、安心できる場所がいいとリクエストしたのは忍である。

だから、小高い公園の広場から下って暫《しば》し。

この辺りでは最大規模の、複数路線が乗り入れ快速特急すら停車するターミナル駅の傍《そば》まで連れてこられるとは思わなかった。

「大丈夫なのか」

「何がです？」

「確かにカラオケルームやビジネスホテルならば、他の人間に訝《いぶか》しがられることなく話せるかもしれんが、このご時世だ。そこに交番もあることだし、店員に通報されでもすれば、俺も君も楽しい事態にはならんぞ」

「ああ、それなら心配要りません」

「ふむ」

「説明より、実際お見せしたほうが早いですかね……着きました、ここです」

「駅直結の、超高層マンションのエントランスに見えるが」

「はい。ここの３５０３号室が、私の自宅です」

「自宅」

忍は虚を突かれ、暫し硬直する。

「君は今日会ったばかりの、見知らぬ成人男性を自宅に招くのか」

「あ……誤解しないでください。いつもこんなことしてるわけじゃないです」

「では、たまにか」

「初めてです。本当です」

「ならば認識を改めろ。このような無防備かつ不謹慎な真似《まね》、一度としてやるべきではない」

「すみません。ただ、ちゃんとした理由もあるんです」

「聞こう」

一度言い出したら聞かないが、話をしようとすれば、聞く構えまでは見せてくれる。

複雑怪奇な中田忍《なかたしのぶ》の生態を、少女はこの僅《わず》かな時間で、さらに正しく把握し始めていた。

忍が漠然と感じたとおり、ふたりにはどこか似ている部分があるのかもしれない。

「お兄さんの言うように、普通のお店とかだと、警察に見つかって面倒なことになります。だけど私としては、お兄さんの気が変わっても困るので、一刻も早くお話ししたいんです。そしてお兄さんにお見せできる資料などは、すべて私の部屋に保管しています」

「……」

「公園での出来事を考えたら、少なくともお兄さんは、私に変なことをするような人じゃないと思います。それなら私の家に来て貰《もら》って話をするのが、一番合理的じゃないですか？」

検討するに、少女の話には整合性が認められる。

不安要素があるとするなら、中田忍が少女の思うような人間ではなかった場合なのだが。

少女はそれだけはないと確信していたし、忍もその確信を裏切るような人間ではなかった。

「しかし、ご両親が心配するんじゃないか」

「父は単身赴任中です。母はいません。他の家族もいません」

「そうか」

「大丈夫なら急ぎましょう。交番のお巡りさんに見つかったら、それこそ全部台無しです」

「そうだな」

少女の論理展開が大変忍好みだったので、忍は少女の申し出を受けることにした。

倫理よりも信義を優先する姿勢は、いかにも中田忍であると言えよう。


数十分後。

「ふー。お待たせしました」

少女の家のダイニングテーブルで待たされていた忍の前に、シャワーを済ませた少女が、真っ白にピンク線の新たなジャージを纏《まと》って現れた。

ジャージとはいえ、先程よりも綺麗《きれい》めのジャージであり、もしかするとこのジャージは少女にとって、保有するジャージの中でもフォーマルに位置するジャージなのかもしれない。

どのみち忍は中田忍なので、湯上がりの少女が何を着ていようと、正直どうでも良かった。

「お兄さんも浴びますか?」

「流石《さすが》にそこまで図々しくはなれない。着替えもないことだしな」

「そうですか。ところで、お兄さんも飲みます?」

並べられたカップに、少女が大きなパックからコーヒー牛乳を注ぎ入れ、忍に差し出す。

どうやらこの少女には、デリカシーというものが欠けているらしい。

「頂こう」

だが中田忍も、一応最低限の礼儀を身に付けた社会人である。

たとえそれが先刻、自身の後頭部を襲った凶器だったとしても、わざわざ自宅にまで上げ、もてなしてくれている少女の心遣いを無下《むげ》にはしない。

「良かった。私、コーヒー牛乳大好きなんですよ」

「そうだろうな」

言ったそばから放たれた、忍《しのぶ》のストレートな皮肉を意にも介さず、少女は一気にコーヒー牛乳を飲み干した。

「ふぅー」

そして口元を拭《ぬぐ》った後、震える手でカップを置き、探るような上目遣いで忍を見つめる。

肝の太く見える少女も、流石《さすが》に緊張しているらしい。

「改めまして、さっきは失礼しました。私は御《おん》の字の御に原っぱの原、環境の環で、御原環《みはらたまき》と言います。十六歳の高校一年生です。先程もお話ししましたけど、母はいません。父は製薬会社の研究主任で、単身赴任中です。年末年始も帰ってきませんから、安心してください」

何も安心できない、中田《なかた》忍である。

なぜこの少女は無防備にも、こんなにあっさりと個人情報を晒《さら》したがるのか。

親の教育不足か、それとも忍が誠意を示せと煽《あお》り過ぎたせいなのか。

あるいはこれが、未成年者がわざと大人を困らせ、自分がどこまで許されるのかを測る、試し行動という奴《やつ》なのだろうか。

忍が対応に苦慮し、黙って考え込んでいると。

「あ、お兄さんは別に名乗らなくていいんですよ。私が勝手に名乗っただけなので、そこまで求めません。ただ、お兄さんと呼び続けるのも不便なので、偽名でもいいから何か名乗って貰《もら》えると助かります」

――偽名か。

別にそのことで悩んでいた訳ではないのだが、名乗らずに済むならありがたい。

忍の知恵の歯車が、高速で回転する。

情報化社会である現代において、何も犯罪行為に使わないにしても、仮の名を考えるべき場面には度々遭遇することだろう。

忍自身にそんな経験はなかったものの、インターネットニュースのコラムか何かで、偽名を名乗る際、どのように名前を作るかというアンケートの結果を目にした経験がある。

結果は忍にとっても意外なもので、自分の名前の一部を残す、あるいは自分の名前から一部だけ変える者が多数派だった。

とっさに呼ばれた際反応できないとか、とっさに複雑なものが思いつかないとか、理由は色々あるのだろうが、忍からすれば、あまりに脇《わき》が甘いと言わざるを得ない。

何しろ仮の名前とは、継続的に吐き続ける嘘《うそ》である。

あらゆる隙《すき》を排し、綿密に十重二十重《とえはたえ》に、自らのプライバシーを守る壁として、クオリティを高める必要性が存在するのだ。

その必要性を勘案した上で、知恵の回転が辿《たど》り着いた結論は『敢《あ》えて認知度の高いフィクション作品からパーツを拝借し、繋《つな》ぎ合わせた偽名を名乗る』というものだった。

だが、フィクション作品の選定センスそのものから自身の情報を推察されるおそれを感知した忍《しのぶ》は、パーツ自体を環《たまき》の側から得れば良いと思い至る。

環から不審がられない程度に視線を散らし、リビングの視界内に発見した本棚から、適当な文庫本のタイトルをいくつか確認する。

最終的に選んだのは、雨風にマケズ一日四合玄米を食べるデクノボーになりたい作家の銀河系夢物語と、恥の多い生涯を送ったと自己申告した著者の自伝風問題作。

恐らくは父親の趣味なのだろうと考えつつ、ふたつの本の著者名を繋ぎ合わせて、忍は偽りの名を口にした。

「俺の名は宮沢治《みやざわおさむ》」

「え、今どきコナン君式命名法ですか。お兄さんって思ったより年上なんですか？」

ボコボコであった。

「まあ、突っ込むのは野暮ですよね。改めてよろしくお願いします、宮沢さん」

「ああ。よろしく頼む、御原《みはら》君」

「そろそろ、もう一杯どうですか」

「いや、大丈夫だ」

「まあまあ、そうおっしゃらず。買い置き、まだ沢山ありますので」

まだ半分も減っていないマグカップに、無理やりコーヒー牛乳を注ぎ入れる環。

先程からずっとこんな具合に、総量で考えれば1リットルは飲まされている忍である。

最初はおかしな薬でも混ぜられているのかと警戒したが、よく考えれば吸収の悪い牛乳類に薬を混ぜるのも非合理的な話だし、何より環自身が同じパックから忍の倍量をかぷかぷ飲み干しているものだから、訝《いぶか》しむより先に『飲まなければ』の精神が出てしまい、勧められるままに飲み続けていた。

「あの、それでなんですけど」

——ようやく本題か。

「どうでしょう。それを飲み切ったら、今日は帰って頂くというのは」

「いいのか」

「待ってください、ダメです」

「訳が分からん」

忍の素直過ぎる感想であった。

余計なことを言わずそのまま帰れば良かったのに、という突っ込みは、もはや的を射ていないというか、忍《しのぶ》から発想されることが期待できないので、いっそ思うだけ無駄である。

「目的のために俺に食い下がり、名前や住所まで晒《さら》したのだろう。今更《いまさら》俺を帰してどうする」

「はい、分かってるんです。分かってるんですけど、でも」

「どうした」

「えっと……」

俯《うつむ》く環《たまき》に、今にも食らいつきそうな忍。

状況と立場を考えれば、どう考えても逆になるべき話のはずなのだが、そうなっているのだから仕方なかった。

「……笑わないでくださいね？」

「約束しよう」

「……今更なんですけど、ほんとに」

「ああ」

「……恥ずかしくなってきちゃって」

「ふむ」

「ううう、すみませんすみませんすみません」

ついに環は、テーブルへと突っ伏してしまう。

そんな環を気遣うでもなく、忍はいつもどおり、言いたいことを言いたいように言う。

「何も気に病む必要はない。寒空の中、痴女めいた格好で毎晩毎晩密《ひそ》かに出歩き、魔法陣じみた落書きを描《か》いて回るより恥ずかしいことなどあるものか」

「言い方！　言い方酷過《ひど》ぎません⁉」

「今更怖気付《おじけづ》くからだ。腹を決めろ。こうなった以上、俺にも君にも引き返す道などない」

「うぅ……」

消沈する環。

忍はその横に置かれた、黄色く四角い金属の箱に目を留める。

離乳期の幼児も安心して食べられる、明治生まれの鎌倉《かまくら》銘菓〝鳩サブレー〟の角缶である。

中身の美味《おい》しさもさることながら、角缶の高耐久高密閉と絶妙なサイズ感はA４書類などを収めるのにぴったりで、そこそこ大切なものの保管箱として愛用する神奈川県民も多いのだ。

さておき、角缶のぴっちりした上蓋《ぶた》を開くと、分厚いスクラップブックが収まっていた。

「〝エルフ追跡レポート・ＡｃｔＩ《アクトワン》〟。なんだ、持ってきているじゃないか」

「ぎゃあああ止《や》めてくださ い見ないで！！！」

「君から始めた交渉だろう。断る」

体格の劣る環を適当にあしらいながら、忍はスクラップブックを開く。

最初のページには、ひと昔前のタッチで描かれた、白いドレスとささやかなティアラを身に纏《まと》い、銀色の剣を構える、耳の長い金髪女性の絵が貼《は》り付けられていた。

意地の悪いフィルタを通さず表現すれば、エルフの王女様の絵本の表紙である。

中性的で整った美しい顔立ち、すらりとしたボディラインと、勇ましく凛々《りり》しいその眼差《まなざ》しは、その高潔さだけで有象無象《うぞうむぞう》の魔物たちを平伏させてしまいそうだ。

——アリエルが痩《や》せても、こうはならんだろうな。

一切の悪意なく、実に失礼な想像をする忍《しのぶ》であった。

「……呆《あき》れてますか?」

「いや。綺麗《きれい》だと思って見ていた」

忍の言葉に嘘《うそ》はない。

アリエルの健康的で溌剌《はつらつ》とした美しさも尊いが、このエルフの凛《りん》とした美しさもまた尊い。

ちなみに忍は、エルフそのものを性の対象として見ていないので、アリエルのご立派な巨乳も、イラストのエルフのすらりとした美乳も、評価基準に含めてはいなかった。

「嘘です。絶対呆れてました」

「謙遜《けんそん》のつもりなら止《や》めておけ。この絵にも、この絵を綺麗だと感じた俺にも失礼だろう」

「……」

スクラップブックを奪おうとする環《たまき》の手から、力が抜ける。

「そんなキザっぽい台詞《せりふ》吐いて、恥ずかしくないんですか」

「思ったままを告げただけだ。何が恥ずかしいものか」

エルフのおうじょ
と
ほしのまほう
世界のファンタジー㉖

「……へんなの」

拗《す》ねたような口調だが、環《たまき》の声色《こわいろ》には、どこか嬉《うれ》しそうな響きが混じっていた。

「出版物のようにも見えるが、これが資料か」

「……いえ。これは私が昔好きだった、エルフの王女様が活躍する絵本の表紙です」

「なるほど。君のエルフ好きのルーツだな」

「はい」

先程よりも、いくらか堂々とした様子で頷《うなず》く環。

それを見た忍《しのぶ》は、無遠慮に環へスクラップブックを差し出す。

「え？」

「君が解説してくれ。いちいち出自を尋ねていては、内容が頭に入らない」

「……宮沢《みやざわ》さん」

「どうした」

「私、気を遣われてます？」

「仮にそう感じても、口に出すべきではないな。それが気を遣われる側の礼儀というものだ」

「それも、言っちゃダメな奴《やつ》じゃないんですか？」

「仕方あるまい。俺にはひとりの大人として君を教え導く義務がある」

「なんですかそれ。ほんと、変なの」

おかしそうに笑う環。

変だ異常だとは言われ慣れている忍も、こうした反応には馴染《なじ》みがないので、調子が狂う。

「分かりました。それじゃ、一緒に見て頂けますか？」

「ああ。よろしく頼む」


実際、環の〝研究〟は、大したものだった。

天から降りてくる、長い耳と白い肌の神を描《か》いた掛け軸の撮影画像。

平伏する人々に手を差し伸べる、長い耳と白い肌の神の手の先から、水が流れる絵の画像。

件《くだん》の魔法陣らしき紋様や、エルフ文字らしき図形の描かれた文献の画像が数点。

「そういえば君は、あの文字をエルフ文字と呼んでいたな。何故《なぜ》だ」

「？　エルフの書いた文字っぽいからエルフ文字、じゃおかしいですか？」

「妥当だな」

「はい」

歴史的価値のありそうな資料以外にも、長い耳と白い肌の神様が、地に両手を差し込むや否《いな》や、瞬く間に作物が実ったという、識者が記した書物の抜粋なども載《の》せられている。

それらすべてが、初めて見る人間にも分かり易いよう、環自身の言葉で注釈が書かれ、一冊のスクラップブックにまとめられていた。

「……」

異世界エルフらしき何かを載《の》せた資料が、掛け軸の時代から存在している事実。

驚愕《きょうがく》と動揺を表に出さないよう、忍《しのぶ》は努めて冷静に、言葉を絞り出した。

「この資料へ頻繁に出てくる、耳の長いお釈迦《しゃか》様のような奴《やつ》が、君の言うエルフなのか」

「はい。文献では〝耳神様《みみがみさま》〟って呼ばれてるみたいです」

「耳神様」

ドギツいネーミングセンスであった。

「あ、やっぱりダサいと思います？」

「無論だ」

「ですよね。エルフって呼んだほうが可愛《かわい》いですよ、絶対」

「問題は呼び方だけか」

「？　はい」

元々女子高生の言う〝可愛い〟については、忍に限らず成人男性にはおよそ理解の及ばない、不可思議な概念ではあるのだが。

この、指輪《ゆびわ》の物語よりは竹輪《ちくわ》の物語が似合いそうな、見事なアルカイック・スマイルを浮かべる〝耳神様〟とやらと、先程の凜々《りり》しいエルフの王女様を同一視して可愛いと言い放てる環《たまき》の感覚は、やはりどこか独特であった。

竹輪といえば、最近スーパーで売っている竹輪の穴に通りそうな竹は、逆に探すのが難しいんじゃないかと思考が逸《そ》れ始めたところで、ふと忍が気付く。

「資料が偏《かたよ》ってはいないか」

「そうですか？」

「そうだろう。どれもこれも日本のものばかりだ」

実際、そのとおりである。

一般的に考えれば、エルフといえば西洋のイメージが先行するのが当然なのだが、このスクラップブックには、最初の王女様以外、一般的な西洋風のエルフを想起させるものがない。

「それは私も不思議でした」

「君もか」

「はい。海外の文献もそれなりに調べたんですが、これだけ現実世界とリンクした、まとまりのある資料が残っているのは、日本だけ。しかも、私ん家《ち》の近所に集中しているんです」

「うん……うん？」

――今この少女は、とんでもないことを言わなかったか。

「〝耳神様〟の伝説は、俺たちが今いるこの地域から広がっていると？」

「広がっているって言えるほど、有名にはなってないんですけどね。本気で信じない限り、ただのおとぎ話ですから。お金と時間をかけて〝耳神様〟に関する文化を保全したり、まともに研究しようって研究者自体がいないんだと思います」

「ならばなぜ、君は興味を持ったんだ」

「……元々エルフは好きだったんですけど、本気で調べ始めたきっかけは、小学校の社会科見学で行った、地元の郷土資料館で見た掛け軸でした」

「この地域で生活し、郷土文化に興味を持ち、〝エルフ〟の存在を心から信じる者でもない限り、わざわざ調べようと考えんが故《ゆえ》に、今まで放置されてきたということか」

「そういうことです」

豊満な胸を更に張る環《たまき》。

ご立派であった。

「なるほどな……ああ、もう一点いいだろうか」

「はいはい、なんでしょう」

「この〝エルフ追跡レポート・ＡｃｔＩ《アクトワン》〟は、一見してまとまりも良いし、希少性も高い。出すところに出せば、それなりの評価が得られるだろう。君がこれの何を恥ずかしいと言うのか、俺には分からんのだが」

「……お世辞にしては、ちょっと臭過ぎません？」

「世辞なものか。俺が君に気を遣う必要など、どこにもないだろう」

「……そう、ですね。そうですよね」

「ああ」

環は結局忍《しのぶ》の質問に答えず、どこか晴れやかな表情で、忍の傍《そば》に座り直す。

忍はといえば、咎《とが》めるでもなく拒むでもなく、仏頂面《ぶっちょうづら》でそれを受け入れた。

時は真夜中。

楽しげな女子高生の笑い声と、無愛想な男の呟《つぶや》きは、朝まで途切れることはなかった。

わけでもなかった。

女子高生は少なくとも五回以上お手洗いに席を立ち、無愛想な男は二回トイレを借りた。

◇◆◇◆◇◆◇

「朝になっちゃいましたね」

「そのようだな」

環の呟きにつられ、忍が窓のほうを見ると、もう空が白み始めていた。

東を見れば朝日が昇っているのだろうが、環の家のバルコニーはどちらかと言えば南西向きなので、日の出の状況までは確認できない。

ついでに言えば、忍《しのぶ》もそれなりに眠かったので、たとえバルコニーが東向きだったとしても、太陽の存在になど注意を払わなかったであろう。

アリエルが現れた夜から朝にかけては元気だった忍だが、何しろ今回は事情が違う。

二人目の異世界エルフを見捨てると宣言した後も、寝ずに魔法陣の発生傾向を調べていた。

極寒の夜を、防犯パトロールで歩き通しだった。

加えて、御原環《みはらたまき》はどうやら普通の女子高生で、緊張を切らさず対峙《たいじ》すべき相手ではあるものの、悪意的な警戒を向けるほどの異質な存在ではない。

さらに、忍と環は存外馬が合ったので、研究をネタに朝まで盛り上がってしまい、疲れた。

規格外の意志の強さを持つ中田《なかた》忍でなければ、とっくに力尽きていたことだろう。

ちなみに環は、毎夜毎夜の魔法陣生活で体内時計が夜型に適応しているらしく、そろそろおねむの時間程度の眠気で済んでいるようである。

「少しお休みになりますか？　父の寝室で良ければお貸しできますよ」

「気持ちはありがたいが、俺もそろそろ戻らねばならん」

「……お帰りにならないと、マズい感じですか？」

「ああ」

万が一、アリエルが一晩中あの状態でいたとしたら、忍が帰るまでずっとあのままだろう。

アリエルは忍に当たり散らしたりはしないだろうが、忍側の心理的プレッシャーが大変なことになるので、今更《いまさら》ではあるものの、なるべく早く解決してやりたいのだった。

「……」

環は、先程までの楽しそうな笑顔を消し、少しだけ申し訳なさそうな表情をした後。

真剣な眼差《まなざ》しを、忍に向ける。

「宮沢《みやざわ》さん」

「どうした」

「私から宮沢さんにお見せできる資料は、あとひとつです。少しだけお時間、頂けますか？」

「無論だ」

コスプレ女としての出会いから、この瞬間までを通して、忍が理解したこと。

御原環は、少女らしい若さ危うさを内包しながらも、極めて理知的に物事を考えられる、ひとりの人間として信頼に足る存在である、という事実だ。

これまで環がスクラップブックを通じて見せた〝研究成果〟は、どれも高水準にまとめられた、素晴らしいものだった。

だがそれは、あくまで通常の学問としての優秀さ、素晴らしさを示しているに過ぎない。

言い換えれば、出来の良い資料と評価されるクオリティはあっても、〝エルフ〟の実在そのものを担保するような、衝撃的な事実を指摘するような内容は含まれていない。

にもかかわらず、あくまで理知的に研究成果を組み上げられる環が、たったこれだけの資料を基に〝エルフ〟の存在を確信し、かのような奇行に走るとは考えづらい。

だから忍《しのぶ》は、別の何かがあるのだろうと思っていた。

この理知的な環《たまき》を、ちょっと軸のずれたコスプレ少女に変えてしまうほどの、何かが。

「……分かりました」

要求どおり、忍を引き留めることに成功したはずなのに、環の表情は優れない。

「用意しますから、まずはこれを装着してください」

環が取り出したのは、使い捨てマスクとゴム手袋であった。

「こんなものが必要になるのか」

「はい。大丈夫だとは思うんですが、何かあったら宮沢《みやざわ》さんに悪いんで」

「ふむ」

忍の脳裏に、なぜかインターネットで調べた、知床岬《しれとこみさき》の画像検索結果が浮かぶ。

目を引いたのはヒグマが流れ着いたクジラの死体を引きちぎり喰《く》らう絵面《えづら》で、海辺にヒグマがいる衝撃、ヒグマがクジラを喰らう恐怖、中途半端な投棄ではこのように海岸へ戻ってきてしまうのかという絶望などがないまぜになり、強く忍の心に刻み込まれた。

要は忍が、初めて異世界エルフに遭遇した際、常在菌の心配をしたことを思い出したというだけの話なのだが、忍の脳内に近道はなく、ただ回り道のみが存在しているので、ひとつのことを思い出すにもえらく手間が掛かるのだった。

「じゃ、出しますね」

自身も使い捨てマスクとゴム手袋を装備した環が、冷凍庫から大きなジッパー付きビニール袋をひとつ取り出し、忍の前に示す。

ビニール袋の中には、２０センチ四方くらいの白っぽい何かが収められていた。

忍は、その白っぽい何かを、どこかで見たことがあると気付く。

――いや。

――だが、そんなはずは。

そして環はジッパーを開き、中のものをそっと引きずり出す。

ふわりと広がるその〝中身〟。

「……これが、最後の資料」

環は忍に向かって〝中身〟を広げる。

「〝エルフの羽衣《はごろも》〟です」

長さは2メートル、幅は1メートルくらいだろうか。

一見して真っ白の大きな布でしかないそれを、忍は驚愕《きょうがく》と緊張の面持《おもも》ちで見詰めていた。

「これが、理由か」

「はい」

余分な言葉は要らなかった。

繊維関係に特別な知識がない忍《しのぶ》の目にも、環《たまき》が示した〝エルフの羽衣《はごろも》〟は、アリエルのエルフ服と全く同じ素材で作られていると、ひと目で理解できた。

環の側でも、これを見せさえすれば、忍の反応を引き出せる自信があったのだろう。

ならば今更《いまさら》、知らないふりをして誤魔化す必要も、その理由も忍にはなかった。

「宮沢《みやざわ》さん」

「ああ」

「これは十一月のある夜に、とある場所で拾ったものです」

「拾った、とは」

「厳密には複雑な経緯があるんですけど、結論としては〝拾った〟で間違いありません」

忍の胸中に広がる違和感。

忍に誠実を誓う環が〝拾った〟というなら、それはたとえば他人の家に無理矢理忍び込んだなど、言葉以上の不誠実な行為を伴うものではあるまい。

だが、忍がアリエルを発見したのは、完全施錠された忍自身の居宅内である。

ましてや、今までの環の様子から考えれば、環は忍の住所はおろか、忍の存在そのものを昨晩知ったと考えて間違いないはずだ。

――ならば。

――何故《なぜ》こんなものが、ここに。

「それで、なんですけど」

「ん、ああ」

思考に没入しかけたところを、環の声で呼び戻される忍。

環の表情は、ますます暗くなっている。

「これを拾った場所や、その時の状況のお話をしたいんですけど。宮沢さんもお帰りのようですし、私も、そ、その、そろそろ眠くなっちゃって、ですね」

――なるほど。

忍は人間の感情に疎《うと》いものの、本質的には理知的な判断のできる、健全な社会人である。

ましてや相手が、交渉のなんたるかを教えてやり、一晩中楽しく語り明かした女子高生ならば、その意図くらいは理解できる。

即ち。

「宮沢さんが良ければなんですが、後日改めて、その場所までご案内するのはどうでしょう」

環は最後の切り札を使って、忍に駆け引きを申し入れているのだ。

忍に対しての誠実さを装ったまま、自然に次の約束を作れるよう、敢《あ》えて忍を釣りに来た。

――だからと言って。

──そんなに申し訳なさそうな顔をしなくても、いいだろうに。

気を遣われる側は、遣われたことに触れないのが礼儀だと教えたのは、他ならぬ忍《しのぶ》である。

ならば忍もまた、その理に従うべきだろう。

「有難い申し出だ。よろしく頼む」

「あ……ありがとうございます。じゃあ、早速明日にでも」

「悪いが、俺のほうにも時間が欲しい。ちょうど明日は元日だろう。一日空けて、一月二日の昼からにしては貰《もら》えないか」

忍の言葉を聞いて、環《たまき》の表情が引き締まる。

やはり環は聡《さと》い。

恐らく、気付いているのだろう。

一月二日、最後の切り札を使い切るそのときに、忍が環をどのように扱うのか。

空けられた一月一日は、忍がそれを検討するために、敢《あ》えて用意されたものなのだと。

だからこそ、環は。

「……はい、分かりました」

素直に、忍の言葉に従うのであった。

◇◆◇◆◇◆◇

「……」

地域最大のターミナル駅とはいえ、大晦日《おおみそか》の早朝である。

人もまばらなホームを進み、忍は車体の真っ赤な電車へと乗り込み、席に座った。

ほどなくして扉が閉まり、電車はゆるりと動きだす。

ドォ　レミファソラシドレェ　ェ　ェ　ェ　ェ

車体の床下から、歌うような磁励音が響く。

開発者の遊び心がノイズ音を音階に変えた、路線名物〝ドレミファインバータ〟である。

「……」

環の家から解放された、いや帰宅の途に就いた忍は、敢えて徒歩で帰らず、本来なら乗る必要のない電車に乗り込んだ。

夜通し話し込んだ末、環の人間性が信用に足るものだと感じた忍ではあったが、十代なりの唐突な叛意《はんい》により忍の家を突き止めるべく尾行を行う可能性、あるいは環を餌《えさ》にした悪の秘密結社《ひとく》が秘匿監視を行っている危険性に鑑《かんが》みて、敢えてデタラメに電車を乗り継ぎまくり、いるかもしれない追っ手を撒《ま》くことにしたのだった。

その時間を活用すべく、既《すで》に忍《しのぶ》は皆への招集を済ませ、グループトークを始めている。

【グループトーク《打ち合わせ一二三一〇七三七～》】

忍　：以上が、昨晩の顚末《てんまつ》のすべてだ
義光《よしみつ》：あぁー（≧◇≦）（≧◇≦）（≧◇≦）（≧◇≦）（≧◇≦）
義光：やっぱりひとりで行かせるんじゃなかった！！！！！
由奈《ゆな》：息をするようにハラスメント振り撒《ま》いてるくせに
由奈：女子高生相手にはお優しいんですね
由奈：気持ち悪い
徹平《てっぺい》：俺はそうなると思ってたよｗｗｗｗ
忍　：おおむね予想どおりの反応だが
忍　：徹平
徹平：あん？
忍　：お前はあの時点で、女子高生の存在を予見していたのか
徹平：それは知らんけど
徹平：ノブが一度関わり合いになった奴《やつ》を、ほっぽって帰るとか多分無理、とは思ってた

忍　：そうか
義光：そうかじゃないよ
義光：結局今回、よく分かんない女の子に秘密がバレちゃっただけじゃん！！！！！
忍　：そうでもないさ
義光：何が！？！？！？！？
忍　：まず、魔法陣騒動はこれで終結する。源泉を止めたからな
義光：どうでもいいでしょ、結局意味なんてなかったんだからさ（´-ω-`）
忍　：他にも収穫はあった
由奈：一番の成果は〝エルフの羽衣《はごろも》〟ですね
忍　：そうだ。あれは間違いなく、エルフ服と同一の素材で作られている
忍　：あれの出自を知ることで、得られる情報の貴重さは測り知れない
由奈：分かります
由奈：アリエルに関連しそうな物品が、忍センパイの家の外で見つかってる以上
由奈：アリエルがどこかを経由して忍センパイの家に現れた可能性か
由奈：アリエル以外の異世界存在がいる可能性の、どちらかが確かめられますよね
忍　：そこまで理解していながら、一ノ瀬《いちのせ》君は何故《なぜ》俺を蔑《さげす》み、否定する
由奈：否定はしてませんよ

由奈《ゆな》：収穫はあったわけで、悪い話じゃないとも思います
忍《しのぶ》：では、何故《なぜ》蔑《さげす》む
由奈：その日初めて知り合った、アリエルの服みたいな服着た巨乳の女子高生の家にいきなり上がり込んで、一晩明かしたんでしょう
忍　：ああ
由奈：気持ち悪いです
忍　：すまない
義光《よしみつ》：そういう問題じゃないでしょ∨一ノ瀬《いちのせ》さん
由奈：義光さんも巨乳女子高生の味方ですか
由奈：貧乳派のくせに
義光：違うよ！！！！！（T_T）
徹平《てっぺい》：いや、ヨッシーは貧乳派のムッツリだろ
忍　：そうだな
義光：違うのはそこじゃないよ
義光：って言うか止《や》めてよ一ノ瀬さんもいるのに
由奈：義光さんの性癖はともかく、女子高生と話をしたこと自体は、別に良くないですか？
義光：どうして！

由奈：忍センパイは、アリエルのすべてを背負ってます
由奈：アリエルはこの先どうなったって、忍センパイへ文句を言う権利はないですよ
由奈：同時に私たちだって、忍センパイに求められて手助けすることはあっても
由奈：忍センパイの決断を歪《ゆが》める権利はありません

　少しの間。

義光：理屈では分かるよ
義光：だけど一ノ瀬さんは、忍の行動に危うさを感じるでしょ？
義光：心配にはならないの？

　また、少しの間。

由奈：両方ともハイですね
由奈：危ういとは思いますが、心配はしていません
由奈：成功も失敗も、忍センパイの意思によるべきだと思っています
由奈：この世に、ずっと正解し続けられる人なんていません

由奈《ゆな》：だったらせめて、失敗はすべて、当人が納得できる形で与えられるべきです

かなりの間。

義光《よしみつ》：分かった
義光：ごめん、自分勝手な口出ししちゃって＞忍《しのぶ》
忍：構わない。俺も騒ぎの最中は、軽率な自分を恥じていた
忍：義光の言葉には助けられているといつも言っているが、あれは世辞ではない
義光：そっか（´･ω･`）
忍：一ノ瀬《いちのせ》君も、庇《かば》わせてしまってすまなかったな
由奈：いえ。それと変態ロリコン問題はまた別の話ですし
由奈：ほんと気持ち悪い
由奈：最低
由奈：年越し蕎麦《そば》と一緒に刻み倒されればいいのに
忍：君の雑言《ぞうごん》はいつも独創的だな
徹平《てっぺい》：悪い、長くなりそうだったから星愛姫《ティアラ》と遊んでた
徹平：話まとまった？

由奈：ええ、一応は
義光：僕がうるさく言い過ぎたよ。でも忍の決断なら仕方ないかなって、考え直したところ
徹平：まあ、ノブが言うなら、大抵のことは間違いないだろ
忍　：買《か》い被《かぶ》り過ぎだ
忍　：だが皆、いつもすまない
徹平：いーっていーってｗｗｗ
徹平：それよりいつ紹介してくれんだ？
忍　：紹介とは
由奈：あ、私、ちょっと年内には帰れそうにはないので
由奈：先にグループトークとかで、話だけでもさせて貰《もら》えると有難いです
忍　：待て
忍　：なんの話だ
義光：だから、その女子高生ちゃんをメンバーに加えるんでしょ（／・ε・）／
義光：アドレス帳登録したいから、ＩＤ回して貰えると嬉《うれ》しいんだけど（=_=）
忍　：ＩＤなど知らん
義光：えー（(+_+)）
義光：じゃどうやって連絡取り合うのさ（?_?）

忍《しのぶ》：連絡など取り合えば、生活実態が抜けてしまうだろう
忍　：こちらの核心に触れる情報は、一切与えていないぞ
徹平《てっぺい》：ああ、情報屋ポジみてえな、外部協力者みたいな感じにすんの？
徹平：やりとりは駅の掲示板と、毎週水曜日にあのカフェの奥の席で、みたいな

少しの間。

忍　：齟齬《そご》の原因が理解できた
徹平：悪《わ》りいそれ読めない
義光《よしみつ》：〝そご〟だよ
由奈《ゆな》：忍センパイ、まさか
忍　：最初に言っておくべきだったな
忍　：御原環《みはらたまき》には、異世界エルフを諦《あきら》めて貰《もら》う

断章・御原環の希望

そもそも、私が生まれてきたことそのものがダメなんだと思う。

写真でしか見た覚えがないけど、私の母親はとっても綺麗《きれい》でスタイルも良かったみたい。

さらに愛嬌《あいきょう》もあって人付き合いも良かったから、結婚前から相当モテてたらしい。

結婚が決まったときも、お父さんはものっすごく周りから羨《うらや》ましがられたんだそうな。

……そんな、男なんて選び放題ですよって感じの皆のアイドルが、地味で陰気な上に仕事熱心で、家を空けがちなお父さんのこと、一途に愛し続けられるワケないよね。

結局母親は不倫を繰り返し、私が三歳になる頃《ころ》、駆け落ち同然でよその男と消えたらしい。

苦しんで死んでるといいなあ。

でも、母親がいない分、お父さんはすごく私を可愛《かわい》がってくれた。

私もお父さんの足手まといにならないよう、一生懸命自立しようと頑張ったつもり。

歳のわりにしっかりしてるね、とよく言われていたのが、実は密《ひそ》かに嬉《うれ》しかった。

……だけど、いや、だからこそ。

第二次性徴が始まった頃は、最悪だったなぁ。

生理がどうのこうのを親に相談できなくて、なんて、可愛らしい話ではなく。

顔つきも、体つきも。

自分の身体《からだ》が少しずつ、私とお父さんを捨てた女に似てくることが、たまらなく辛《つら》かった。

そんな私を、お父さんがどんな気持ちで見ているのか、イヤでも想像しちゃうから。

お父さんとあんまり口をきかなくなったのも、この頃《ころ》からだったと思う。

ちなみに、その頃の私のあだ名。

三段腹タヌキ。

御原環《みはらたまき》　↓　ミ　はら　タマキ　↓　三　腹　タヌキ　↓　三だん腹タヌキ。

ひどくないですか？

確かに、私はどちらかと言えばタヌキ顔だし、御原とさんだんばらで語呂《ごろ》もいいけど、だからってあんまりだと思う。

っていうかまず、三段腹じゃないし。

成長著しい胸元と、ちょっとだけ油断したお腹と、子供らしくふくれた下腹部を揶揄《やゆ》して、同級生の男子が覚えたての言葉で私をからかったのだ。

そんな流れがエスカレートして、私の一段腹め、つまり胸をさりげなく触れば高得点という通称〝三段腹ゲーム〟が男子の間で流行《はや》ったのは、小学校六年生のときの話になる。

私の知らないところで、あだ名が〝歩くセックス〟になっていたと聞かされたのは、中学校に上がってすぐの話。

私の着替えを盗撮した画像や動画が、同級生のグループトークで共有されてた件が問題になり、ホームルームで被害者という名の晒《さら》し者にされたのは、中学二年の夏の話。

すべての黒幕として裏で糸を引いていたのが、小学校からいつも一緒にいてくれた、たったひとりの友達の女の子だったと聞かされたのは、中学三年生に上がる直前の話。

一応、どこかでそんな気はしていた。

私が泣いているとき、あの子はいつも必要以上に慰めてくれたし。

まあ、ここまでの話を親身になって聞いてくれた先生に、生徒指導室で襲われかけた事件に比べたら、大したことないかな。

それでも、同級生の男子も、黒幕の友達も、強姦《ごうかん》魔の先生も、別に恨む気持ちなんてない。

みんなみんな、今は私のことなんてさっぱり忘れて、楽しく暮らしているんだろうし。

先生は、流石《さすが》に警察に捕まってクビになっちゃったけど。

だって。

全部、私が悪いんだから。

あの女そっくりに生まれてしまった私が、全部。

◇◆◇◆◇◆◇

目が覚めたら、ちょっとだけ泣いてた。

昔の夢を見たせいかもしれない。

ハッキリ覚えてないけど、結構、よくあることなので。

「……わすれた」

カーテンを開けると、外はもう真っ暗。

夏休みにかまけて、昼からクーラーガンガン効かせてお昼寝してたら、まあこうなるよね。

いつものことだけど、もっと太陽を浴びたほうがいいかな、なんて、ちょっと心配になる。

まあ、それもすぐに忘れちゃうんだけど。

「……」

私は、電源を入れっぱなしのデスクトップパソコンを操作し、スリープ状態を解除する。

スマホもタブレットも持ってるけど、キーボードのほうが操作してる感が強いので好きだ。

……そして始める、いつもどおりのネットサーフィン。

楽しい楽しくないって言うより、時間が空くと無意識にやりたくなる。

　カチカチ　カチカチ　カチカチ
「お、な、か、す、き、ま、し、た、にゃーん」

にゃーん、である。

特に意味はないけど、独り言は好き。

誰《だれ》の目も気にせず、言いたいことを言いたいだけ言えるから。

もちろん、あまり良くない癖なのは自覚している。

だけど、別にいいじゃないか。

ひとりでいるしかない私が、ひとりで好きなことをするくらい。


私は引きこもりだ。

と言っても、最低限学校には顔を出しているし、お父さん譲りの地頭が良かったので、社会からはなんとかふるい落とされずに済んでいる。

家事や買い出しも自分でやるし、趣味のためならむしろ積極的に外出する。

そうなると、引きこもりとは呼ばれないのかもしれないが、私自身が引きこもりだと思っているので、やっぱり私は引きこもりなのだ。

そんな私のことを、お父さんは肯定も否定もせず、黙認してくれている。

そもそも、製薬会社の研究主任であるところのお父さんは、基本が単身赴任か泊まり込みって感じで、年がら年中忙しそうに飛び回っているので、ぜんっぜん家には帰ってこない。

それでも私が小さい頃《ころ》は、なるべく家に帰ってくるよう頑張ってくれていたけど、最近は顔を見ることすら年に数回って感じだ。

あの女そっくりに成長する私を見たくないのか、私が大きくなったから手が離れたと考えてるのか、人間不信になった私にストレスを与えないための気遣いなのかは、分からない。

きっと二番目か、最後のやつだと信じているけど、確かめるのは怖いので、何も聞けない。

お父さんのこと、信じてないワケじゃないよ。

だけど私は、あの女を心の底から憎んでいる。

どろっどろの悪意。

一度は愛したあの女に、最悪の形で裏切られたお父さんの気持ちを想像してしまうと、最初のやつだと言われる可能性も決して低くないって、思わずにはいられない。

だから、聞けません。


ひととおりお気に入りを巡回し終えたら、もうやることがなくなった。

私はのろのろと冷蔵庫へ向かい、昨日作った野菜スティックに齧《かじ》りつく。

本当はご飯やお菓子を食べたいけれど、そうしたらまた胸がおっきくなってしまう。

……やだ。

「……空《むな》しいなあ」

次は何をしよう。

読み飽きた漫画をもう一度読むか、やり飽きたゲームをもう一度するか。

新しい漫画やゲームを買えるぐらいのお金も与えられてはいるけど、こんな時間じゃお店もほとんど開いてないし、ネットで買うのも……なんか、めんどくさい。

「……はぁ」

考え疲れてしまったので、私は久しぶりに、ちょっと前まで一生懸命集めていた、お気に入りの研究資料を眺めることにした。

「我ながら、よく頑張ったよねぇ」

鳩サブレーの缶へ大事にしまっていた、お手製のスクラップブックを取り出す。

最初のページに貼《は》り付けてあるのは、昔お父さんに読んで貰《もら》った絵本の表紙。

白くてふわりとしたドレスと、可愛《かわい》らしい王冠を身に纏《まと》った、凛々《りり》しい顔のエルフの王女様が、銀色に輝く細身の剣を構えて、彼方《かなた》を見つめる姿が描かれている。

「……かっこいいなぁ」

私は、エルフが大好きだった。

……ううん、本当は今でも大好き。

私みたいにだらしない体つきじゃなくて、うじうじしてなくて、イヤな性格じゃなくって。

シュッとしてて、前向きでみんなに尊敬される、強くて格好いいエルフが、大好き。

お友達になりたかった、なんておこがましいコトは、思うだけでも申し訳ないけれど。

一度でいいから、会ってみたかった。

どうしたら貴女《あなた》みたいに格好良くなれますかって、聞いてみたかった。

それで、それで。

『ひとりでよく頑張ったね』って、褒めて貰《もら》って。

優しく頭を撫《な》でて貰えたら、最高だった、かな?

……はいはい、中二病中二病。

分かってる。

「分かってはいるんだけど、さぁ……」

誰《だれ》にともなく言い訳しながら、私は次のページを捲《めく》る。

出てきたのは、小学校の社会科見学で見た、肌の白い、耳の長い神様が描かれた掛け軸。

薄笑いを浮かべた、いかにも日本画って感じの神様が、空から降りてきて。

地上の人々は地面に平伏して、神様を敬っている様子が描かれていた。

もう高学年だったとはいえ、まだ小学生の私にはビビっと来たんだよね。

白×耳+奇跡=エルフ。

日本にもエルフはいたんだって、確信したよね。

……あるいはこのときもう、私の頭は、おかしくなっちゃってたのかもしれないけど。

とにかく、当時の私は止まらなかった。

三段腹ゲームの被害に遭《あ》い始め、嫌《いや》でも〝女〟を意識させられていた時期の話だ。

私は、小学生なりの行動力をフルに生かして、クラスの子たちと遊ばなくなった分を埋め合わせるように、日本にいたかもしれないエルフの研究へ没頭した。

この国産エルフ……郷土資料館の解説に曰《いわ》く〝耳神様《みみがみさま》〟にまつわる話は、ネットや書店の資料集には全然載《の》っていなかったけど、この辺りの図書館の古書とかを丁寧に調べると、ぽつぽつと関わりのある記述が見つかったりした。

で、エルフの実在に関わりそうな記録や記述を、私はスクラップブックに綴《つづ》っていった。

願いを叶《かな》える、万能の神の伝承。

肌が白くて耳の長い神様が、どこからか沢山の水を生み出し、干ばつから村を救った昔話。

飢饉《ききん》の年に、この界隈《かいわい》の村々だけが例年どおり年貢を納めていたという記録。

面白いことに〝耳神様〟の描かれた絵なんかには、おかしな形の文字や、不思議な図形が一緒に描《か》き添えられてることが多々あった。

結局その文字自体は読めなかったけど、私はその文字に〝エルフ文字〟という名前を付けて、自分のトレードマークみたいにいろんなものへ描《か》き込んでいた。

図形のほうも〝エルフ魔法陣〟とか呼んで、ノートの隅に描けるぐらいには練習したっけ。

……今考えると痛々しいけど、まあ、その辺は忘れよう。

もちろん普通に考えて、この地球上にエルフがいないことなんて、私にだって分かってた。

サンタクロースやネッシーと同じで、いないものはいないない。

ましてやなんで、日本にエルフ。

おかしいでしょ。

ちなみに掛け軸のエルフは黒髪だったけど、資料によっては白かったり、豪華な奴《やつ》だと金の塗料があしらわれたりしていた。

耳も長くて肌も白くて、髪は金色で……やっぱり〝耳神様《みみがみさま》〟は、エルフなの？

いやいや、だから違うって。

だけど、もしかしたら。

そんな気持ちだけはいつまでも捨てきれなくて、結局私は、中学卒業の直前くらいまで、〝耳神様〟越しに見る、エルフの姿を追い求めていた。

「……はぁ」

そして、スクラップブックは唐突に終わる。

理由は簡単。

私が、中学生を卒業したからだ。

何か劇的なイベントや、ショッキングな出来事があったわけじゃない。

エルフに会いたいという情熱が、消え失せたわけでもない。

ただ、そろそろいいかな、って思っちゃったら、もう続ける気にはならなかった。

ちょうどいい機会だったし、高校デビュー、決めちゃう？　みたいな。

そりゃ、ちょっとはもったいないと思ったよ。

このまま研究、っていうか資料集めを進めたら、昔の日本に〝耳神様〟伝説のモデルになった〝エルフらしき何か〟がいた証跡くらいは見つけられるかもしれない。

……けれど。

その先を信じられるほど、私も子供ではいられなかった。

本物の研究者であるお父さんなら、きっとこう言うだろう。

自分が間違いないと信じて始めたことを、自分が信じられずに投げ出すな、って。

でも私は、そこまで自分を信じられない。

……だって私、もう高校一年生だよ？

自分より世界のほうが正しいことぐらい、分かるよ。


エルフなんて、現実にいるわけないじゃん。


そして私は、結局最初から最後まで誰《だれ》にも言わず、エルフの研究を打ち切った。

そのときの苦い気持ちと、恥ずかしい気持ちと、仕方ないという気持ちがそれぞれ蘇《よみがえ》ってきたので、私はスクラップブックを鳩サブレーの缶に戻す。

みっともないし恥ずかしいけど、捨てることだけはできなかった。

友達もいない、楽しめる趣味もない、熱く打ち込んでいることもない、私にとっては。

今のところこれだけが、自分自身で作り上げた、唯一の生きた証《あかし》なのだから。

◇◆◇◆◇◆◇

夏が過ぎ、秋が来て、私は無様《ぶざま》にへばりながらグラウンドを走っていた。

「ひっ……ひっ……ふっ……ふっ……」

体育の授業は憂鬱《ゆううつ》だ。

自分で言うのもなんだけど、私の体操着姿って、あまりにもえっちだと思う。

胸のふくらみ、くっきり出てるし。

身体《からだ》を言い訳にしたくないので、私なりに一生懸命運動しようとは思うんだけど、男子から見ると、私のそんな姿も興味の対象らしい。

この話を聞いて自意識過剰とか思っちゃう人は、言い方悪いけど、男子か、あんまり人から注目されないタイプの女子だと思う。

男が胸を見てること、女は普通に気付いてますよって、よく言うでしょ。

あれの凄《すご》いバージョンって表現すれば伝わるかな。

高校で出来た友達に相談したら、嫌味《いやみ》だとか言われて怒られて、絶交されちゃったけど。

それ以来、他の女子と話す機会もなくなって、学校ではずっとひとりだ。

別にいじめられてるわけじゃなくて、誰《だれ》にも絡まない絡まれない、ただ空気なだけ。

ひと昔前の漫画みたいに、暴力振るったり、トイレにバケツで水流し込んでくるような、誰から見ても絶対悪のいじめっ子でもいたら、抗《あらが》ったり怒ったりできるんだろうけど。

現実は、もっとビターでマイルドだ。

私のことが気に入らない子も、単に私へ興味がない子も、私からは適度に距離を置く。

今の高校生は忙しいいし、賢いからね。

気に入らない相手に因縁付けてる暇があったら、自分のために時間を使うんだ。

……こんなんじゃダメだ、とは思うけど、今さら踏み出す勇気もない。

だから私は、ずーっと、ひとり。

二人組を組めないタイプの、残念な女子高生だ。

　キーン　コーン　カーン　コーン

終業のチャイムが鳴った直後、私は荷物を抱《かか》えて、ひとり空き教室へと移動する。

面倒だけど、こればっかりは仕方ない。

私の登下校には、他人に見られたくない準備が必要なのだ。

「……はぁ」

周囲に誰《だれ》の気配もないことを確認し、タイツの上から毛糸のパンツを装着。

分厚い腹巻きをがっつり巻いて、制服の上から厚手のダッフルコートを羽織る。

毛糸のパンツで防御力を高め、コートと腹巻きで身体《からだ》のふくらみをゆったりさせて。

極力〝女〟を目立たせないようにする工夫を整え、暑さに耐えながら下校する。

もちろん、ひとりで。

高校デビューだとか夢を見て、頑張っていたのは最初だけ。

いやらしい身体つき以外、コミュ障のお父さんそっくりに育った私には、この程度のシンプルな生活がお似合いなのだ。

◇◆◇◆◇◆◇

最悪だ。

電車が遅れているらしく、こんな時間なのにすっごい混んでる。

人でいっぱいのホームに居続けるのも、それはそれでよろしくないので、やむなく私は電車に乗り込み、なるべく人の多い中央付近に潜り込む。

昔は人を避けて隅に乗ったものだけど、壁際は周りから目立ちにくくなる上、壁方向に押し付けられて逃げ道がなくなる悪手だと、今の私は知っていた。

電車が発進して、少し後。

さわっ

お尻《しり》に嫌《いや》な感触。

しかもコートの下から、直《じか》に手を突っ込まれていた。

ほら。

毛糸のパンツ穿《は》いといて、良かった。

このくらいの触られ方なら、次の駅までぐらいは、タイツを破られることもないだろう。

だったらこのまま次の駅まで我慢して、一度降りてしまったほうが、面倒が少ない。

仕方がないのだ。

私はまだ卒業まであと二年と少し、ほとんど同じ時間にこの路線を利用するのだから。

声を上げて犯人を捕まえたって、生活サイクルを知られている相手の恨みを買うだけだ。

だったらたまに混んでるときぐらい、私が我慢すれば丸く収まる。

そんな風に考えだす前、駅員さんに捕まえて貰《もら》った痴漢のおじさんの言葉を思い出す。

『こんな立派なケツ見せられて触らないほうが失礼だろうが！　ふざけんな!!』

……そうですよね。

ごめんなさい。

ごめんなさい。

いやらしい身体《からだ》でごめんなさい。

心の中で謝りながら、私は次の駅まで、されるがままにお尻を触られ続けた。

◇◆◇◆◇◆◇

私の家は、超高層マンションの最上階。

具体的に言うと、三十五階建ての三十五階である。

みらい的なみなと街のほうに向いた部屋なら、さぞかし夜景も綺麗《きれい》なのだろうが、残念ながらうちは内陸向きで、しかも眼下に広がるのは普通の住宅街だった。

洗濯物も干しちゃいけない決まりだし、普段ならバルコニーに出る用事は発生しない。

だから、たまたま、なんとなく。

私はガラス戸を開けバルコニーに出て、寒空の下、手すりに身を預けた。

月の見えない、十一月の静かな夜。

「……落ちたら、死ぬよねー」


当たり前過ぎる。

ワンフロア高さ3メートルで計算したって、100メートル以上。

ちょっと下を覗《のぞ》くだけで、背筋に冷たい何かが走り、膝《ひざ》がガクガクと震える。

手すりが壊れてしまいそうな不安に襲われ、私はこの場から逃げだしたくなった。

だけど、その強烈なストレスを、心地好く感じてしまう自分もいる。

落ちたくない気持ちも、逃げだしたい気持ちも、私が生きたがっている証《あかし》だ。

私の生活の中には、全然楽しいこともないし、むしろ嫌《いや》なことばっかり起こってるけど。

それでも私は生きたいんだって、実感できるから。

こうして危ない思いをすることが、実は嫌いじゃないんだって、私は正しく自覚していた。

……そういえば、ネットの記事で見かけたことがある。

心の病気を抱《かか》える人が手首を切るのは、自分を一歩死に近づけることで、死にたくない自分を実感したいからなんだって。

だから、普通はまず死なないけど、見た目は凄《すご》く派手なリストカットに走るんだって。

……じゃあ今の私は、手首を切ってる人よりよっぽど重症だ。

なんたって、ちょっとでも失敗したら、確実に死んじゃうんだから。

飛び降り自殺で死んだと言われている人の半数くらいは、こんな感じで〝生きていたさ〟を確かめるうち、本当に死んでしまった気の毒な人なのかもしれない。

……あるいはこの瞬間、ちょっと間違えるだけでいいのだ。

ちょっと間違えるだけで、私は死ねる。

「……」

馬鹿馬鹿《ばか》しい。

なんて言い切れないほど、この時間は結構、心にクるものがある。

死ねと言われて死ぬ人間はいないけど、死ぬ選択肢もあるんだな、って認識しちゃえば、じゃあ死んでみるか、と思ってしまう人がいるのも、仕方ないんじゃないだろうか。

私は曖昧《あいまい》に視線を下げて、マンションの真下にあるアーケードをぼんやりと眺め。

そして、なんの気なしに、地平線の向こうへ視線を移そうとした。


その瞬間。

山なんて当然呼べない、丘と呼ぶのも憚《はばか》られるような傾斜の上に広がる、雑木林の中から。

大きめの一軒家ぐらいの太さがある、真っ白な光の柱が噴き上がった。

「な……っ」

宇宙人の攻撃!?　とか馬鹿《ばか》な想像を広げるよりも早く。

光の柱は、夜空へ溶けるように消えてしまった。

だけど、光の柱が消える寸前、その一瞬。

私は、確かに見た。

まるで地面に印鑑を押されたみたいに、光の紋様が刻まれていたことを。

そして、その形は。

「あぁ……あああーっ!!!」

このときの感動を、どう言葉で表現すればいいのか分からず、私は頭の悪そうなうめき声を上げることしかできなかった。

まあ、後からゆっくり考えていいと言われても、表現できる自信はないんだけど。

だって、信じられない。

どうして、こんなタイミングで、こんなことが。

それでも私の無意識は、自分が今やるべきことを、勝手にイメージしてくれたらしく。

辛気臭《しんきくさ》くて寒くてつまんないバルコニーから部屋に飛び込み、出かける準備を進めていた。

同時にスマホの地図アプリと、脳内地図をフル回転させて、電動自転車の鍵をひっ掴《つか》む。

急がなくちゃ。

どう考えたって普通じゃない。

現実の理屈で説明できる、ちゃんとした理由なんて思いつかない。

あの光は間違いなく、超常現象とかなんとか、そういう名前が付くべき何かだ。

一瞬で消えてしまったけれど、光の紋様は、間違いなくエルフ魔法陣の形をしていた。

複雑でへにゃへにゃした、迷路みたいな指紋みたいな、あのエルフ魔法陣と同じ。

だったら。

もしかしたら。

今あそこに行けば、会えるんじゃないだろうか。

空の彼方《かなた》か、別の世界からやってきた、不思議なエルフに、会えるんじゃないだろうか！

◇◆◇◆◇◆◇

夜の住宅街、どぎつい急坂を電動自転車で走り抜けて、ようやく辿《たど》り着いたこの現場。

「……のはず、なんだけどなぁ」

普段、ほとんど運動をしていなかったのが災いした。

光を見てから、既《すで》に三十分近く過ぎている。

全然騒ぎになっていないのは、光が一瞬で消えてしまったせいか、超高層マンションの最上階から見下ろさないと気付けない類《たぐ》いのものだったせいか。

とにかく、私は道中誰《だれ》にも会わず、エルフ魔法陣が現れ消えた、この雑木林《ぞうきばやし》に辿《たど》り着いた。

補導巡回中の警察官とか、夜中の変質者とかに会わなかったのは、まあ良かったけど。

「……間違いない、はずなのに」

雑木林の地面には、形を成さないうっすら白く光る何かが、ぼんやり存在していた。

触れようとしても、そこには何もない。

まるで空間そのものが、弱々しい光を発しているみたいだ。

「エルフは……エルフは!?」

私はここに来るまで、誰とも……エルフとも、会っていない。

こんなに不思議なことが起きているのに。

その原因で象徴たるべきエルフが、この場に存在しないなんて。

「ありえないでしょ」

馬鹿《ばか》なことを口走った。

ありえないのは、エルフの存在のほうだよね。

だから私は、研究を投げ出したんだよね。

「……」

私は必死に辺りを見回す。

薄暗くてよく見えない……そうだ、見えないんだった。

慌てて懐中電灯を取り出して、手当たり次第に辺りを確認。

明るく照らし直したところで、何もいないし、何もない。

「……」

やっぱり、勘違いなのかな。

光の柱が見えたからって、なんだって言うんだろう。

パチンコ屋さんとか大型デパートとか何かのイベントとか、あとはほら、飛行機とか。

強い光を発する何かなんて、冷静に考えればいくらでも存在する。

私の強過ぎる思い込みが、あんな幻を見せたんじゃないのだろうか。

空間が光っているのは、蓄光する習性があるバクテリアがたまたまこの辺りに存在したとか、きっとそんな、科学的で現実的で、くだらない何かが原因に決まっている。

「……」

多分、見間違いだったのだ。

私は、世界は、現実は。

ちゃんと、正しいのだ。

だから、エルフなんて、いるわけない。


「……」

……もう、帰ろう。

寒いし、補導されちゃうかもしれないし。

そうしたら、お父さんにも迷惑がかかる。

だから、帰ろう。

「……」

私は、そのまま家のほうに振り返って。

一歩一歩、歩き始めて。

すぐにそのまま、動けなくなる。


だって私は、気付いてしまったのだ。


このまま家に帰ったら。

私は二度と、エルフのことを信じられない。

「……やだ」

喉《のど》が、胸が、肩が。

心が、震える。

「そんなの、やだ」

口に出して、初めて分かった。

私は結局、何も諦《あきら》められてなかったんだ。

死ぬとか死なないとか、本当に馬鹿《ばか》馬鹿しい。

思いどおりにならない自分への、情けない誤魔化し。

友達、いっぱい作りたかった。

お父さんとも、喧嘩《けんか》してないけどさ、仲直りしたかった。

やりたいこと、たくさん見つけて、毎日いっぱい楽しみたかった。

そして、一度は無理矢理隠してしまった、私のほんとの、ほんとの願い。

エルフに、会いたい。

「このくらいで、諦《あきら》めるもんか」

心が昂《たかぶ》り、胸が熱くなってくる。
どうやら私は、生きたかったらしい。
生きて、自分のしたいことを、やりたいだけ、やりたかったらしい。

だから、私は叫んだ。
天を睨《にら》みつけて、ありったけの声で、思いっきり、叫んだ!!

「エルフさ――ん!!!!!!」

「私は、ここ、です、よ――――――――っ!!!!!」

ざわめく木々の間から覗《のぞ》く、微《かす》かな星明かり。

どうしてだろう、なんとなく眩《まぶ》しい感じを受けて、私はちょっとだけ目を細める。

そして。

「……うん？」

私は、気付く。

ざわめく木々の枝先に、何かひらひらしたものが引っかかっていた。

『それ』を回収するまでの話については、私の名誉のために省略させて頂きたい。

ただ、もっと運動しとけば良かったと五百回ぐらい後悔したことは、付け加えておこう。

◇◆◇◆◇◆◇

枝に引っかかってたのは、一見して長さ2メートルちょっと、幅1メートル弱ぐらいの、レースカーテンみたいな感じの白い布だった。

とりあえずこの布を〝エルフの羽衣《はごろも》〟と名付けた私。

エルフに関わりのあるものに違いない！　と思って持ち帰り、早速端っこをはさみで切って、切れ端を燃やしたり薬に漬けたりして、実験しようと思ったのに。

ぜんっっぜん、切れなかった。

んで、金属繊維でも使ってるのかと思って火に炙《あぶ》ってみたけど、ぜんっっぜん、燃えない。

表面に付いたホコリなんかが焼けている様子はあるのだけれど、布そのものは火を拒絶しているかのように、全く燃えなかった。

物理詳しくないから全然分かんないんだけど、熱伝導自体がまともに発生してないって言うのかな、炙った部分を触っても、布の温度は全然上がってない。

じゃあ、今度は様々な液体をかけて冷凍してみようと思い、色々かけてみた。

えらいことになった。

洗剤をかけた部分は凄《すご》い色に変色したし、サラダ油をかけた部分は膨張したり収縮したり。

慌ててタオルで吸い出そうとしたら、ちょっと振動を与えるだけで元に戻ってしまった。

一応ネットで調べてみたけど、当然こんな物質、地球上のどこにも存在しないみたいで。

……うん、ちょっと待って。

これって、やっぱりさぁ。

「エルフの落とし物って奴《やつ》ですか?」

……夜更かしなんて、慣れっこなので。

夜通し調べ続けた疲れなんて残ってなかったし、残ってたとしても吹っ飛んでしまった。

だって、エルフの落とし物だよ?

落とし物があるってことは、さぁ。

いるんじゃん。

いるんじゃん！

エルフ、本当にいるんじゃん！！！

「やっ、たあああああああああああああああああ！！！！！」

いつの間にか、外は明るくなり始めていた。

◇◆◇◆◇◆◇

結局。

私なりに全力で探し回ったけど、エルフを見つけることはできなかった。

代わりに出会った謎《なぞ》の大人、宮沢治《みやざわおさむ》さん。

最初は話も聞いてくれなくて、凄く怖い人だと思ったけど、全然そんなことなかった。

私のこと、一度もいやらしい目で見なかったし。

なんの得にもならないのに、むしろ宮沢さん的には損しかないはずなのに。

真剣に向き合ってくれて。

私の為《ため》に、怒ってくれた。

そんで、私の話、笑ったりからかったりせずに、一晩中聞いてくれたんだ。

嬉《うれ》しかったし、楽しかったし……あとなんでだろ、すっごく……安心した。

変な話だよね。

初めて会った、本当の名前も分かんない、大人の男の人とふたりっきりで。

でもほんとに、安心したんだ。

もしかしたら、今まで生きてきた中で、いちばん。


宮沢《みやざわ》さんを見送ってから、私は一月二日のことを考えた。

思い返してみれば、宮沢さんは私の研究を笑わなかった代わりに、驚きもしなかった。

かといって、もう知ってることばかりだから驚かなかった、って様子でもなかったし。

興味がない……っていうのも、違うはずだ。

宮沢さんは多分、無駄なことがあまり好きじゃない。

〝エルフの羽衣《はごろも》〟を見せた反応から考えても、私の研究は宮沢さんの興味を引いたはずだ。

……私なりに、このズレの原因を考えた結果。

〝二人目の異世界エルフ〟の言葉どおり、宮沢さんの近くに〝一人目〟がいるとすれば。

宮沢さんにとっての〝エルフ〟は〝追い求めるべき何か〟って言うより〝既《すで》にそこにいる何か〟ってことになる、と思う。

……なんで〝異世界〟を付けるのかは分かんないけど、とりあえず今はいいや。

私はエルフの存在そのものを追っているから、常に〝エルフは本当に実在するのか〟という焦燥《しょうそう》に駆られ、追い立てられるようにデータをかき集めて、研究を続けていた。

一方、宮沢さんの傍《そば》に〝エルフ〟が存在すると仮定して、その生態の把握や、交流に役立てたいからデータを求めているのだと考えれば、あの『一応知っておきたいけど、無理には知らなくていいや』って感じの態度にも納得できる。

じゃあ、やっぱり。

宮沢さんの近くには、きっとエルフがいる。

そうじゃなきゃあんな人が、実在するかどうかもはっきりしない〝エルフ〟の情報に、あそこまで真摯《しんし》に向き合ったりするわけない。

良かった。

私の研究、宮沢さんのお役に立つかなぁ。

また会えるんだよね……そう仕向けたのは私なんだけどさ。

自己嫌悪、罪悪感、だけどちょっとだけ嬉しくて。

あんな感じじゃニコニコお礼、ってことはないだろうけど、だったらどんな……

……あれ？

なんだろ。

私、ちょっと変かもしれない。

本当にエルフが実在するかも⁉　って状況になってるのに。

やたら宮沢《みやざわ》さんのこと、考えてない？

「……ま、不自然でもないか」

〝エルフ〟が実在しそうなのはともかく、会わせて貰《もら》えるかどうかは、宮沢さんの考えひとつで決まるっぽいところがあるもんね。

宮沢さんは物凄《ものすご》く真面目《まじめ》そうだし、自分にも他人にも厳しそうだし、一度決めたことは滅多に曲げないタイプの人だと思う。

だからこそ、私から逃げずに話を聞いてくれたけど。

だからこそ、私を〝異世界エルフ〟に近づけないと決めたなら、絶対にそうするだろう。

本気になった宮沢さんを出し抜ける自信はないし、実際無理だと思う。

そういうズルはしないって、宮沢さんと約束してるしね。

嫌われるようなコト、あんまりしたくないし。

……だけど明後日、私はすべての手札を使い切る。

そうしたら、私は……

「……どーしよ」

さっぱり思いつかない。

だってさ。

宮沢さんについて、今の時点で分かってること。

子供っぽい甘え方は大嫌い。

えっちな感じは本気《マジ》ギレされて、泣くまでお説教される。

お金だって、学生の私よりは持ってるだろう。

密《ひそ》かに弱味を握ったり、誠実じゃない真似《まね》はしたくない。

研究成果は全部見せちゃった。

そもそも宮沢さん、多分デキる大人だから、エルフの羽衣《はごろも》以外の資料なら、時間さえあれば自力で集められそう。

さあ、この状況から、宮沢さんのヒミツを暴《あば》き出すには、どうしたらいいでしょうか？

「……無理くない？」

……いやいや。

挫《くじ》けるな、御原環《みはらたまき》。

毎晩毎晩クソ寒い上にこっ恥《ぱ》ずかしいコスプレ衣装着て、なんの当てもなくエルフ魔法陣落書きして回るより、いくらか前向きな状況になったじゃないか。

……

……いや、本当にそうかな？

なんか、宮沢さんの意志を反対側に曲げるのって、エルフを見つけるよりよっぽど難しいような気もしてきた。

にわかにエルフの実在が感じられてきた今のタイミングでは、なおさら。

「ま、それでも、やるしかないよね」

そう。

宮沢《みやざわ》さん自身が教えてくれたことだ。

回り道になったとしても、上手《うま》くいかなかったとしても。

諦《あきら》めずに力を尽くすことが、本当の努力なんだって。

だったらまずは、なんでもやってみよう。

◇◆◇◆◇◆◇

私はこれまでの人生でただの一度も、女の子らしいお洒落《しゃれ》に興味を持とうとしなかった。

私みたいな人間に、〝女の子〟へ憧《あこが》れる資格、ないと思ってたから。

高校デビューは、放課後遊べる友達を作る段階から頓挫《とんざ》したので、カウントしない。

とにかく、女の子らしいお洒落なんて、その準備からやったことがないったらないのだ。

だけど今日は、今回だけは、そうすべきなんじゃないかって思ったから。

なんとなくいいな、と思っていたけど絶対入れなかった、近所のお洒落なお店に入った。

目当てはひとつ、トータルコーディネート。

いわゆる、マネキン買いと呼ばれるやつだ。

プロの店員さんが考えたコーディネートだから、お金さえあればあとは全部おまかせ。

そのためにお小遣いと貯金、その他色々かき集めて持ってきた。

でも一応、宮沢さんから受け取った、びしょびしょの一万円札はとっといた。

返すことになるかもしれないし……一応、一応ね。

まあ、宮沢さんの一万円札を差し引いても。一応服に使えるお金は用意できたのだ。

ただ、お店のどこを探しても、肝心のマネキンが見当たらないような……

「いらっしゃいませ」

「あ、こ、こんにちは」

きょろきょろしていたら、店員のお姉さんに声をかけられてしまった。

正直ビビってるし、今すぐにでも逃げ出したいけど、ここは全力で我慢だ。

とりあえず、必要最低限のことだけ教えて貰《もら》おう。

「こんにちは。何かお探しでしたら、お手伝いさせて頂けますか？」

「あの、じゃあその、マネキンはどこですか」

私の問いかけに、何故《なぜ》か店員さんがビクッとした。

いくら服を買いにいく服がないからって、上下ジャージで来たのは失敗だったかな。

一番可愛《かわい》い、白いのにしたんだけどなぁ。

「あ、えーと、マネキンはそのですね。色々ありまして撤去させて頂いております」

「撤去」

やられた。

そんなことがあるのか。

そう言えばお店の中、お正月だからかな、やたら混んでる。

少しでも販売スペースを広げるために、どけちゃったのかも。

「さ、参考までに、お客様はマネキンをどうなさるおつもりで」

「えっと……マネキン買いって奴《やつ》をしたかったんですけど」

「も、申し訳ございませんが、当店ではマネキンの販売はちょっと！」

「あ、いえその！　要らないです!!　マネキン要らない!!　服だけ！　服だけ!!」

「あ、あああ！　そうですよね!!　服だけ!!　服だけですよね!!」

「はい！　はい!!」

私は慌てていたが、店員さんはもっと慌てていた。

〝マネキン買い〟って、あんまり一般的な言葉じゃないのかな。

ネットを信じた私が馬鹿《ばか》だった。

ああもう、普段からもっと勉強しとけば良かった!!

……ともあれ、じたばたしても仕方ない。

せっかく声をかけて貰《もら》ったんだから、もう頼り切ってしまおう。

「ふ、服、よくわからないんで！　ひとそろい欲しいんです!!」

「あ……トータルコーディネートですね。よ、よろしければ、ご案内させて頂きますが」

「よ、よろしくお願いします!!」

◇◆◇◆◇◆◇

「すみません、ありがとうございました」

「こちらこそ、ありがとうございました。またのお越しをお待ちしております」

……やー。

ちゃんとした服ってこんな高いんだ。

女の子ヤバい。

お化粧品とかも揃《そろ》えたら、今月コーヒー牛乳だけで生活するようじゃないだろうか。

困ったなあ。

他には、どーしよ。

お弁当でも作ってみる？

食べるほど遠出しないでしょ。
じゃ、お菓子？
いやいや、あまりに分かりやすく、あざと過ぎるだろう。

……

……私、なんで服なんて買いに来てるの？
エルフの羽衣《はごろも》見つけた場所、案内するだけじゃなかったっけ？
っていうか私の目的、エルフに会わせて貰《もら》うことだったはずなのに。
なんか、これじゃ、まるで。
宮沢《みやざわ》さんとの、デートの準備、してるみたいな……
「……ば、バッカじゃないの!?　バッカじゃないの!?　バッカじゃないの!?」
……ああ。
ダメだダメだ。
私、なんか舞い上がってる。

自覚しようそこは。
……でも、仕方ないよね。
だってさ。
エルフも。
えっちな目で私のことを見ない、真剣に私に向き合ってくれる人も。
いるなんて、会えるなんて、思ってなかったし。
いいじゃん、ちょっとくらい。
浮かれたって、さぁ。

「……宮沢さん、かぁ」

無理してでも、本当の名前だけは教えて貰えば良かったな、とか。
私は、ちょっとだけ後悔した。

第二十話　エルフと人間失格

十二月三十一日、午後一時三十八分。

中田忍《なかたしのぶ》は、自身の腰へと抱き付く大きなお荷物、即ちアリエルへの対応に苦慮していた。

「アリエル、もういいだろう。そろそろ離れては貰《もら》えないか」

「ウー」

「なんでもかんでも、ウーだホーだで片付けるな。お断りしますと言いなさい」

「オコトワリシマス」

「アリエル、離れてくれ」

「オコトワリシマス」

「よし」

いや良くない。

「アリエル、これでは昼食が作れない」

「オコトワリシマス」

「ソファで図鑑かノートでも読んでいなさい」

「オコトワリシマス」

厄介な言葉を教えてしまったかもしれないと、今更悟る《いまさら》忍であった。

御原環《みはらたまき》、あるいはその関係者による追跡を妨害するため、電車を乗り継ぎまくった上タクシーで帰宅する道中、ウェブカメラで家の中を見ても、アリエルの姿は確認できなかった。

寝室の隙間《すきま》から尋常ではない光が漏《も》れていたが、アリエル自身が立っている様子はない。

寝たのだろうと判断し、タクシーを降りてからも綿密な妨害工作を重ねた忍が、ようやく自宅まで帰り着いたのは、お昼前の時間帯であった。

アリエルは寝ているはずなので、普通に自分で鍵を回し、玄関の扉を開けた忍。

その一瞬後、突然寝室から弾丸の如《ごと》く飛び出してきたアリエルに物凄《ものすご》い勢いで抱き付かれ、それ以来離れて貰えないのだった。

「アリエル、昼食にしよう」

忍はアリエルを纏《まと》わり付かせたまま作り上げた、冷凍ご飯製のおにぎりを見せてやる。

昨日の夕食も早めに食べさせているし、今日はまだ朝食も与えていない。

流石《さすが》にこれで離れてくれるだろう、と思ったのだが。

「アーー」

「歯磨きではない。昼食だ、アリエル」

「アーー」

忍《しのぶ》の脳裏に、餌《えさ》を求める雛鳥《ひなどり》と、ティータイムに合うほうのスコーンの映像が浮かんだ。

「駄目だ。きちんと椅子《いす》に座って食べろ」

なんとかおにぎりの皿をテーブルに置き、アリエルが普段座っている席を指す忍。

「ハイ」

するとアリエルは、正面から忍の腰骨をしっかり掴《つか》み、べったり座り込んだ姿勢で、忍の身体《からだ》をずりずりと引き寄せながら床を這《は》って、忍を離さないまま着席することに成功した。

「アーー」

「……」

指示には従ったのだから、仕方あるまい。

忍はおにぎりをひとつ手に取り、アリエルに食べさせてやる。

「フォォォー」

オゾン臭を撒《ま》き散らしながら、満足げにおにぎりを頬張《ほおば》るアリエル。

その頬《ほほ》は心なしか落ち窪《くぼ》んでおり、目の回りには人間と同じようなクマができている。

そして今まで見ないようにしていたが、家の中には光の布団を作った日と同じくらい、いやそれ以上の光の綿毛が溢《あふ》れていた。

――コーヒー牛乳臭いのは、上着だけ替えて、頭をタオルで拭《ふ》けばなんとかなるだろう。

風呂《ふろ》を諦《あきら》め、異世界エルフを安心させることに心血を注ぐ、中田《なかた》忍であった。

ついに忍を離さなかったアリエルは、ベッドに入った瞬間、溶けるように沈み込んだ。

忍の胸元に顔を寄せて、しっかりと耳を畳んで、眠ってしまったのである。

「……よく眠《ね》れるものだな」

寝室には、除けきれなかった光の綿毛が、そこここで光り輝いたままである。

疲れ切っていた忍だが、このまま眠るのは、少しどころではなく厳しいものがあった。

もちろんその原因は、部屋が眩《まぶ》し過ぎるからなどという、生ぬるいものではなく。

同じベッドの中、自らに縋《すが》り付く異世界エルフ、アリエルや、真摯《しんし》に純粋に〝エルフ〟を追い求め、ひとときは忍と心を通わせた少女、御原環《みはらたまき》。

彼女らのために、自分は何をすべきなのか。

――いや、少し違う。

――すべきことは、既《すで》に見えている。

――皆にも、それを申し伝えたばかりではないか。

それでも忍は、考え続ける。

最善と信じた選択は、本当に最善の選択なのか。

今からでも、少しでも良い結果を引き寄せるために、力を尽くす余地はないのか。

中田忍は、考え続けている。

何故《なぜ》ならば、未《いま》だ太陽は沈んでいない。

忍《しのぶ》にはまだ、時間が与えられている。

だから忍は、自らの心の中、青い闇《やみ》に、太陽の下でなお、分け入り続ける。


結局忍は、まる八時間以上の間、ずっと意識を手放せず。

ちょうど一月一日、新年を迎えるその瞬間に、力尽きて眠りに落ちた。

◇◆◇◆◇◆◇

それから約三十三時間半後の、新年を迎えた一月二日。

忍と環《たまき》は、一月二日午前十時に、環のマンションに一番近い駅の改札で待ち合わせると約束していたところ、忍はその三十分前から、改札前で環を待ち続けていた。

いかにも忍らしいと考えるのは、少し解釈を間違えている。

現状と直接の関係はないが、太宰治《だざいおさむ》は借金の人質になってくれた友達をなかなか助けにいかないばかりか、借金取り同伴で捜しに来た友達に怒られるや否《いな》や『待つ身が辛《つら》いかね、待たせる身が辛いかね』とか言い放った、文章のセンスだけは優れていた真性の屑《くず》である。

忍は待つ身にも待たせる身にもなりたくないので、プライベートの待ち合わせでは、必ず時間ちょうどに到着するよう心掛けていた。

　では何故今日は三十分前なのかといえば、先日さんざん寂しい思いをさせたので、アリエルを振り切って出掛けるのは骨が折れるだろうと早めに支度をしたのに、信じられないくらい素直に送り出して貰《もら》えたため、やたらと時間が余ってしまったのだ。

　忍と元日の丸一日をふたりっきりで満喫したためなのか、アリエルが忍の様子から何かを感じ取ったためなのかは、アリエル以外の誰《だれ》にも分からない。

　それでも、こうして環を待つ忍の表情に、迷いは浮かんでいない。

　環に結論を待たせる身の忍は、心静かに環の到着を待つのだった。

と。

「あけましておめでとうございます、宮沢《みやざわ》さん」

「ああ、おはよう御原《みはら》……君」

　急ごしらえの偽名を呼ばれ、一拍遅れて振り返った忍は、一瞬、自分が全く関係ない他人の呼びかけに反応してしまったのではないかと戸惑った。

　無理もないだろう。

　忍の目の前にいた少女は、一昨日忍が視認した御原環とは、根本的に何かが違っていた。

「お待たせしちゃいましたか？」

「待つも何も、まだ時間前だろう」

「あ、そうでした。すみません」

ゆるく開いたチェスターコートに、ふわりとしたセーターとプリーツスカート。

一昨日まではだっさいジャージに包まれていたむちむちした両脚は、今や60デニールの黒タイツに引き締められ、暖かそうなブーツに支えられて、なんとも可愛《かわい》らしい。

彼女全体を残念に仕立て上げていた、割り箸フレームのダテ眼鏡《めがね》すら、努力の跡が窺《うかが》えるお化粧とばっちり噛《か》み合っていて、全体のお洒落《しやれ》感を強く演出していた。

もちろん忍《しのぶ》は、まずチェスターコートという単語から知らないので。

「今日こそ山を登るのに、ジャージでなくて良かったのか」

それ以前であった。

しかし。

「普通に住宅街なので、大丈夫です。それより私の服、どうでしょうか！」

この最悪のリアクションに対して、御原環《みはらたまき》は挫《くじ》けていなかった。

「どうとは」

「えっと……その……そう、新年なんで、思い切って色々買い揃《そろ》えてみたんですけど！」

それどころか、更にブッ込んでいく始末である。

まこと、若さと蛮勇は紙一重なのであった。

「俺にはそういうセンスがない。申し訳ないがよく分からん」

「分からないなりに、宮沢《みやざわ》さんの感想が聞きたいんです」

「判断材料の足りない事物に、考えを述べるのは憚《はばか》られる」

「今ある中での暫定《ざんてい》的な感想で結構です。いかがですか」

「……致命的な破綻のない着こなしだと感じるが」

「それって、似合ってるか似合ってないかで言うと、どっちですか？」

「その二択ならば、似合っている部類だろうな」

「わぁ。ありがとうございます！」

ニコニコしている環。

メンタルが強いのか、甘え方の下限を知らないのかで言えば、間違いなく後者であった。

その事実について、忍はどこまで認識しているのだろうか。

あるいは、どこまで正しく、認識しているのだろうか。

「では、行くとしようか」

「はい」

ふたりはその終局へ向け、無防備に歩きだすのであった。

◇◆◇◆◇◆◇

「……確かあの木です。枝の先っぽに引っかかってました」

「かなり高さがあるようだが」

「頑張りました」

「ふむ」

駅から歩いて、三十分ほどかかった先。

高台の住宅地のど真ん中にある、雑木林の中心部。

「この辺りはエルフや耳神様《みみがみさま》とやらに、ゆかりのある土地ではないのか」

「そうであるとも言えますし、ないとも言えます」

「どういう意味だ」

「言ってしまえば、この辺全部が耳神様伝説の舞台になった土地の一部だってことです。特別この雑木林だけが、何か言い伝えがある場所だとかってことは、ないみたいで」

「そうか」

「はい」

会話が終わってしまった。

仕方あるまい。

ふたりとも、最初から理解していたのだ。

最初から、この場で話すべきことなど、残ってはいなかったと。

光っていたという地面はとうに元どおりになっていたし、環《たまき》が見つけていない痕跡《こんせき》があったとしても、既《すで》に一ヶ月以上前の話になる。

今更《いまさら》探したところで、何か見つかるはずもない。

そんなことは、二人とも、十分に分かっているのだ。

だから環は、忍《しのぶ》の言葉を待っていた。

そして、忍は。

「御原《みはら》君」

「はい」

「君にひとつ、確認させて欲しいことがある」

「なんでしょう」

「君は何故《なぜ》、エルフとの邂逅《かいこう》を望む」

「……正直に答えなきゃ、ダメな感じですよね？」

「嘘《うそ》をつくなら好きにしてくれ。俺にその真贋《しんがん》を断ずる力はない」

「せめて、ダメって言って欲しいです」

「何故だ」

「ホントの気持ちを話すのって、凄《すご》く恥ずかしいんで。言い訳が欲しいんです」

「いいだろう。正直に語らないと言うならば、この話は終わりだ」

「うっ」

自分でハードルを上げ、自分で躓《つまず》く環《たまき》であった。

「……引かないでくださいね？」

「約束はしかねる」

「できるだけ、引かない努力はしてください」

「いいだろう」

「はい」

どこか嬉《うれ》しそうな様子で、上目遣いに忍《しのぶ》を見る環。

忍にも、理解できない心の動きではなかった。

誰《だれ》しも、内に秘めた秘密を語るときは、どこか背徳感に似た快感を覚えるものだ。

「宮沢《みやざわ》さんもお察しだとは思うんですけど、私って友達全然いないんです」

「そうなのか」

「そうですよ。わざと言ってます？」

「少なくとも、俺よりは交友関係が広いだろうと考えていたが」

「宮沢さんには、優しい感じに電話し合うような、素敵なお相手がいるじゃないですか。私には全然いないんです。はっきり言って、ゼロです」

「ふむ」

「私、すっごく母親似なんですよ。私以上にむちむちで、私よりずっと社交的で、自分を魅力的に見せるのが上手《うま》かったっていう母親は、私が小さい頃《ころ》、よそに男作って出ていきました。そんな母親そっくりに育ってる自分のことを、私は本当に嫌いです」

「……」

「身体《からだ》のせいで嫌《いや》な思いもいっぱいしましたし、自分で自分が嫌いなんだから、他の人に好きになって貰《もら》えるワケないですよね。だから友達がいないんだと、自分では思ってます」

「そうか」

「引きました？」

「いや」

「……そんな私だから、多分、自分と真逆な存在のエルフに、憧《あこが》れてるんです」

「真逆とは」

「すらっとしてて、うじうじしてなくて、格好良くて。全部、私とは反対です」

「……」

忍は、肯定も否定もしない。

環の答えを、真正面から受け止めようとしている。

「会って、お話ししてみたかったんです。そうすれば、変われるかなって思ったんです」

「それだけで、変われると？」

「馬鹿《ばか》みたいって思いますよね。頭おかしいって思いますよね。でも、私は本気なんです。エルフに会えたら、頑張るきっかけを貰《もら》えるんじゃないかなって、自分を変えられるんじゃないかなって、本気で思ってるんです。もちろん、今も」

いつしか環《たまき》は、顔を上げていた。

一点の曇りもない眼差《まなざ》しで、忍《しのぶ》のことを真正面に捉《とら》え、しっかりと見つめていた。

「だから、一度でもいいんです。私は、エルフに会いたい」

確かな意思の込められた、環の最後の返事。

それを受け止めた、忍の表情には。


覚悟が、浮かんでいた。


「御原《みはら》君」

「はい」


「君の想像しているとおり、この世界には、異世界から現れたエルフが存在する」

「そして俺は、異世界エルフを護《まも》る者だ」

「そう、なんですね」

「驚かないのか」

「もう、驚き疲れちゃいましたから」

環の表情に喜悦はない。

どこか疲れたような、見方によっては泣きだしそうな笑顔で、忍に向き合っている。

「異世界エルフさんに、性別はあるんですか」

「分からん。人間の女性に似た体型をしている」

「確かめてないんですか？」

「確かめようがないだろう」

「お風呂《ふろ》とか」

「何を以《もっ》て女性と断ずる。乳房はおろか、女性器が存在してなお、定義には材料が足りんぞ」

「じゃあ、宮沢《みやざわ》さんはどっちだと思ってるんですか」

「女性」

「なら、そう言ってくれればいいのに」

「研究者である君に、不確かな話をするのは失礼だろう」

「研究者だなんて、そんな」

「君は胸を張るべきだ。君の研究成果を目にしたからこそ、俺は君に事実を明かした」

忍《しのぶ》の言葉に嘘《うそ》はなかった。

環《たまき》が見せた誠実さと行動力、そして〝エルフ〟に対する真摯《しんし》な思いこそが、〝あの〟中田《なかた》忍に、出会ったばかりの女子高生風情へ、護《まも》るべき秘密を語らせたのだ。

「日本の言葉は、話せるんですか」

「いや。理解しているように見えるときもあるが、意思疎通《そつう》が叶《かな》っている手応えはない」

「じゃあ大変ですね。ご飯とかトイレとか」

「そうだな。毎日が新しい発見と、困難の連続だよ」

「……それでも、羨《うらや》ましいです」

環は忍から視線を外して、街を見下ろせる場所まで歩みを進める。

忍はそれを追わず、立ち尽くしたままだ。

「君のエルフの王女様や、耳神様《みみがみさま》と同一の存在か否《いな》かまでは、俺にも分からない」

「でも、いるんですよね」

「ああ」

「……いるんですよね、この地球《ほし》に」

「……」

「だけど、会わせては貰《もら》えないんですよね？」


「そのつもりだ」

「やっぱり」

──随分と、あっさりしているな。

などとは、口が裂けても言えなかった。

忍《しのぶ》は決して異常者ではなく、あくまで理知的な思考のできる、普通の人間である。

環《たまき》が今の境地に至るまで、どれだけの思いを重ねたか、想像できないほど愚かではない。

「やっぱり、とは」

「そのままの意味です。そうなるんじゃないかな、って、思っていました」

──嘘《うそ》だ。

──ただの、強がりだ。

「あ、理由とかは話して貰わなくても大丈夫ですよ。最初からそういう約束でしたし、宮沢《みやざわ》さんがそうと決めたなら、それでいいですから」

「……」

「宮沢さんも、無理して異世界エルフの存在を明かしてくれたんですよね。私が直接会えなくても、私の研究に意味はあったたって、証明してくれるために。宮沢さんは、知らないふりをしていれば良かっただけなのに……お気遣い、凄《すご》く嬉《うれ》しいです。感謝しています」

——予想外の言葉に傷つきたくないから、敢《あ》えて自ら傷口を広げている。

そのくらいまでなら、忍にすら理解できる。

だが、同時に疑問も浮かぶ。

忍を感心させ、認めさせるほど研究に没頭し。

珍奇なコスプレに身を包み、夜ごと町へ繰り出すほどに成果を求め。

比喩《ひゆ》でなく、人生の根幹に位置する〝エルフ〟への憧《あこが》れを、御原《みはら》環は放棄したのだ。

——だとしたら。

——その渇望は、如何《いか》にして埋められた？

「……だから、宮沢さん」

忍が結論へ至る前に、環が振り向いて、再び忍に相対する。

浮かんでいたのは、悲しみでも、憂《うれ》いでも、苦しみでもなく。

やや照れの混じったような、困ったような、笑顔。

「代わりに、聞いて欲しいお願いがあるんです」

「……お願い？」

忍《しのぶ》の知恵の歯車が回転を始め、すぐにひとつの結論を導き出した。

人の心の動きを研究する学問のジャンルに、精神分析学というものがあり。その中で語られる人間心理のひとつに、防衛機制がある。

誤解を招く表現を含めざっくりと説明すると、普段人間の本能的な欲求は理性により抑圧されているが、抑圧するばかりでは欲求を制御しきれないので、必然的にそれらを転化したり、打ち消したりすることで安全に処理している、というメカニズムである。

この防衛機制のうち、欲求の置き換え、即ち代償行動について、忍はさらに考える。

環《たまき》がエルフを求める理由を、環自身の言葉として受け取った忍は、環が自身の寂寥《せきりよう》感と孤独感に打ち勝つために、エルフの研究に縋《すが》り行動を起こしたことを、正しく想像できていた。

『御原《みはら》環にとってエルフの研究は、人生の行動原理の根幹に位置する』と見た忍の見解も、正しいと見ていいはずだ。

しかし環は今、その研究に対し執着を見せる様子が全くない。

忍が用意した『エルフは存在するが会わせられない、君の研究自体は正しかった』という、不完全な結末を受け容れたのであろうか。

「……えっと、その、ちょっと恥ずかしいんですけど」

あるいは。


「ときどきこんな風に、宮沢《みやざわ》さんのお話、聞かせて欲しいんです。

そうしたらきっと、私はエルフを諦《あきら》められます」


新たな代償行動を、自らに好意的な大人である、中田《なかた》忍に求めたのか。


予測も、理解も、できないわけではなかった。

いやむしろ、言ってしまえば必然だったかもしれない。

初対面の異性と打ち解け、一晩語り明かした経験など、忍からしても初めての経験だった。

だから、環の心情も、理解できないわけではない。

言ってやればいいのだ。

それくらいなら、面倒を見てやろうと。

電話やメッセージくらいなら、受けてやってもいいと。

そうして少しずつ距離を空け、ゆっくりと別れる方法もまた、残酷ではあるとしても、御原環《たまき》の心を思いやる、ひとつの手段であろう。


だが、彼は。

中田忍《なかたしのぶ》であった。


「君とはもう、二度と会わない」

「……え？」

「電話やメッセージを含む、すべての関わりを君とは持たない。今日ですべて終わりだ」

「待ってください、どうして、そんな急に！」

動揺する環。

無理もないだろう。

せっかく張った瘡蓋《かさぶた》が、よりにもよって忍の言葉で、無惨に剝《は》がされたのだから。

「現代社会にとって、異世界エルフは致命的な異分子だ。無用な差別や非人道的な輩《やから》から護《まも》るためには、その存在を徹底的に秘匿《ひとく》する必要がある」

「私だって秘密くらい守れます。その姿は今まで、宮沢《みやざわ》さんにもお見せしてきたとおりです」

「ああ。君がいかにエルフを愛し、同時に依存しているかを、十分に確認したつもりだ」

「依存、ってなんですか」

「依《よ》りかかることで存ずるさまだ。君は正《まさ》に言葉どおり、自分自身が依りかかるためだけに、エルフに会いたがっている」

「……それは、そうかもですけど、依存とは別です。私は私として頑張るために、エルフに会いたいって願ってただけで！」


「願いが叶《かな》わなかったから、俺を代わりに使うのか」


当を得た、致命的な一言。

環の顔から、血の気が引いた。

「それこそが君の利己主義《エゴイズム》だ。俺や異世界エルフにとって、ひいては君以外の世界のすべてにとって、君の頑張りや満足など、なんの意味も価値もないものだ。もし君が依存ではなく、俺たちと対等に向き合えると言うならば、今すぐにそのエゴを捨ててみろ」

「……」

「異世界エルフは何も与えない。異世界エルフを護る俺は、異世界エルフに何も求めない。もし君が俺たちに何かを求めるならば、その瞬間君は、俺たちにとっての足枷《かせ》、重荷となる。そんな君と、これ以上接点を持ち続けるわけにはいかない」

「……そん、な……」

絶望する環《たまき》。

剣呑《けんのん》な視線で見下ろす忍《しのぶ》。

中田《なかた》忍は、確信犯の偽悪者である。

確信犯とは、自らの信条に殉じ、罪を犯す者。

偽悪者とは、己の目的を果たすため、敢《あ》えて悪を装う者。

そして中田忍は、果たすべき目的が大きければ大きいほど、自らに重い〝悪〟を課す。

忍の理解者たる義光《よしみつ》や由奈《ゆな》、徹平《てっぺい》がいれば、あるいは忍を窘《たしな》めたかもしれない。

だが今、ここには中田忍と、御原《みはら》環のふたりしかいない。

忍の偽悪は留《とど》まるところを知らず、ただ加速してゆく。

「君の今までの人生がどうあろうと、この社会の中で生まれ育った以上、君は人の間で生き、人の間で死ぬべきだ。子供のうちは子供の世界で、大人になったら大人の世界で、成功と失敗を重ね、生きてゆくべきだ」

「……」

「君の生い立ちや境遇、身体《からだ》の件に関しては、僭越《せんえつ》ながら同情しよう。だからといって異世界エルフのような、あやふやで枠の外に在《あ》る存在に縋《すが》り、人生を狂わせるべきとは考えない」

「私はエルフに逃げてなんていないっ‼」

「本当に、そう言えるか」

「言えますよ!!」

「異世界エルフや俺に依《よ》らず、社会の中で自らの人生を組み立てることができるのか」

「できます。エルフも宮沢《みやざわ》さんも関係なく、人の間で生きられます。その上で、エルフや宮沢さんと仲良くなりたい。それだけです。エルフや宮沢さんの重荷には、なりません」

「ならば」

「……はい」

「君も、俺と同じようにできるか。一切の迷いなく、最も異世界エルフのためになる行動を、躊躇《ちゅうちょ》なく取れると言うのか」

「取れます」

間髪容れずに、はっきりと答える環。

忍の表情が、軽薄に綻《ほころ》んだ。

「分かった」

「……宮沢さん」

「できると言うのなら、もう二度と俺たちに関わらないと、自ら約束して貰《もら》おう」

「……意味が、分からないんですけど」

「言ったはずだ、現代社会にとって、異世界エルフは致命的な異分子だと。下手《へた》に情報が拡散すれば、もろともに命を狙われかねん存在でもある」

「いや、ちょっと、待ってください」

「そもそも、この国に存在していることそのものが、日本の諸法令に反する犯罪であり、それを幇助《ほうじょ》する者もまた、刑責を負うことになる。これら責任の伴うリスクを、未成年者でもある君が背負いきれるとは、とても考えられない」

「だから！　秘密なら守るって言ってるじゃないですか!!」

「君にも父親がいるだろう」

「お父さんは関係ないでしょう!?」

「あるに決まっている。君が俺たちに関わることで、犯罪者として検挙されたとき。あるいは、君が非人道的な輩《やから》に利用されたとき。さらに言えば、君の父親自身に害が及んだとき。いずれにしろ君の父親は苦しみ、悲しむことだろう。そのとき君に何ができる」

「それはっ……」

忍《しのぶ》はわざと、言葉を切った。

環《たまき》が答えられないのを知っていて、答えを待った。

かつて由奈《ゆな》は忍を評して、本気の忍を論破できる者など、役所のどこにもいないと語った。

その大きな理由のひとつが、これだ。

忍は相手が突かれたくない点、語られたくない話を徹底的に突き、語ることに長《た》けている。

心の機微には疎《うと》くても、相手の神経を逆撫《さかな》ですることだけは、天才的に上手《うま》かった。

「分かってくれとは言わん。だが、理解して欲しい」

忍とて、自分から見れば小娘に過ぎない環を、こうまでして追い詰めたくはなかった。

だがこうまでしなければ、環は現実と向き合えないだろう。

どこか忍自身に似ているとすら思わせた、誠実さと頑固さ、ひたむきさ。

完全に折り取ってやらなければ、環はこのまま二度と、人の間には戻れない。

忍がずっと悩み続けていたのは、異世界エルフたるアリエルの護《まも》り方、だけではなかった。

この孤独な少女、御原《みはら》環を、いかにして異世界エルフなどと関係のない、日の当たる世界に戻してやれるか。

ずっとずっと悩み、考え続けて、この方法に至ったのだ。

まさか自分がこうも慕われていたとは計算外だったが、逆に好都合と言えば好都合だ。

慕う相手に投げつけられる、鋭い刃物のような言葉は、よくよく胸に刺さることだろう。

――どれだけ自分が憎まれようと、構いはしない。

――どの道それ以上の傷を、俺はこの少女に与えねばならないのだから。

忍が黙りこくっている間、環もまた俯《うつむ》いていた。

また泣かせてしまっただろうか、などと、余程《よほど》ひどい言葉で切りつけた忍が案じていると。

環《たまき》が、かすれた声で。

「……宮沢《みやざわ》さん」

「どうした」

「ひとつだけ、教えてください」

「内容次第だな。言ってみろ」

「宮沢さんは、私のことが嫌いだから、こんな話をしたんですか?」


——言えばいい。

——嫌いで目障りで、信用ならないと。

——そうしてとどめを刺せば、きっとこの少女は、異世界エルフを諦《あきら》める。


それでも彼は、中田忍《なかたしのぶ》だったので。

「いや。君と過ごした一夜は、とても楽しかった」

どれだけ必要であっても。

心からの嘘《うそ》だけは、つけなかった。


「……へんなの」

環が笑《え》みを浮かべる。

「やっぱり宮沢さん、変な人です」

「何か、可笑《おか》しかったか」

「はい。嫌いって言ったほうが、私が諦める可能性、高くなったと思いません？」

「手前味噌《てまえみそ》だが、異世界エルフにするのと同じぐらい、君を気遣っての言葉だったつもりだ」

「どこがですか」

「人間社会で生きる以上、社会の中で育たねば、必ず枠を外れ苦しむことになる。君はまだ若く、修正の利く年頃《としごろ》だ。無理に戻れとは言わんが、その努力を止《や》めるべきではない」

「そうでしょうか。宮沢さんみたいな方と過ごすほうが、素敵な大人になれると思います」

「君の言葉は嬉《うれ》しいが、やはり駄目だ」

「そっかぁ。残念」

言いながら、環はずっと持ち歩いていた紙袋を、忍に突き出す。

「貰《もら》ってください、宮沢さん」

「……これは」

受け取って中を確認した忍《しのぶ》は、少なからず驚愕《きょうがく》する。

「エルフの羽衣《はごろも》に、エルフ追跡レポートに、お返しし忘れてた一万円札。もしかしたら、こんな風になるかもと思って、持ってきたんです」

環《たまき》にとって、これらの品がどれほどの価値を持っているのか、分からぬ中田忍《なかたしのぶ》ではない。

一瞬突き返そうとした忍だが、既《すんで》のところで踏み留《とど》まる。

当然だろう。

その価値を知りながら、否定し奪い去ろうとしているのは、他ならぬ忍自身なのだから。

「宮沢《みやざわ》さんの言うこと、間違ってないと思います。私は現代社会の女子高生だから、どれだけ痛い思いをしても、やっぱり現代社会の枠の中で生きていかなきゃ」

「……」

「だけど、それが目の前にあるのは、やっぱりちょっと辛《つら》いから。宮沢さんのほうで、エルフ……ううん、異世界エルフのために、役立ててあげてください」

「分かった。約束しよう」

「ありがとうございます」

それだけ言って、環は忍に背を向け、数歩踏みだす。

「じゃあ、ちょっと失礼かもですが、この格好でさよならさせてください」

「……御原《みはら》君」

「私の気が変わる前に。お願いします」

「……」

環の決意を汲《く》み取った忍は、そっと環に背を向けて、歩きだす。

「……ね、宮沢さん」

振り向かず、歩みだけを緩め、環の言葉を待つ忍。

「子供の世界からも、大人の世界からも弾《はじ》き出される私は、どう生きればいいんでしょうか」

「依《よ》りかかれる居場所がないのなら、ひとりで立つ能力《ちから》と覚悟を身に付けるしかあるまい」

「……」

「少なくとも、俺はそうした」

環の反応を待たず、忍は歩きだす。

もう歩みを緩めることも、振り返ることもない。

凪《な》は凪ぎ、忍の足音だけが、雑木林に響き渡る。

やがてそれも小さくなり、いずれ消えて、なんの音も、声も、響かなくなる。

横たわる静寂。

かえってそれが、物悲しかった。

◇◆◇◆◇◆◇

ガチャ

「オカエリナサイ、シノブ！」

普段通り満面の笑《え》みを浮かべ、アリエルが忍《しのぶ》を出迎える。

しかし。

「ただいま、アリエル」

忍も普段通り抱擁《ほうよう》を躱《かわ》し、ずいずいと家の奥へ進んでゆく。

「シノブー」

背後に感じる、アリエルの体温。

アリエルが自ら抱き付いてきたことを悟り、忍は溜息《ためいき》を吐《つ》いた。

「アリエル。止めないか」

「シノブー、シノブー」

「……やむを得んか」

まる一晩不安な思いをさせてしまった以上、この程度の無法は受け容れてやるべきだろう。

それに、何より。

「問題はすべて片付いた。もうお前に負担を掛けることもない」

「カタヅイタ?」

「ああ」


――世界の片隅に独り泣く、いたいけな少女の心に、まやかしの希望をちらつかせて。

――俺がずたずたに引き裂いて、再び闇《やみ》の奥へと押し込めて、それですべてが片付いた。

――問題はない。

――あるはずもない。

――俺は正しく選ぶべき道へ進み、正しく結果を掴《つか》み取った。

――詫《わ》びる必要などない。

――詫びるべきでなど、あるはずがない。

――だから。


「全《すべ》て、終わったんだよ」

第二十一話　エルフと、中田忍

環《たまき》と別れた後、一月二日の昼下がり、中田忍《なかたしのぶ》宅。
忍はひとりソファに掛け、ぼうっと天井を見上げていた。
アリエルは傍《かたわ》らのローテーブルでお絵描《か》きに勤《いそ》しみつつ、ちらちら忍を見上げている。
と。

～♪　～♪　～♪　～♪

「……」

～♪　～♪　～♪　～♪

「……」

～♪　～♪　～♪　～♪

「……シノブー」
「ん……ああ」
心配顔のアリエルに呼び掛けられ、初めて着信に気付いた忍は、スマートフォンを片手にひとりトイレへと向かった。
今はアリエルの前で、あまり口を開きたくなかった。

「……」

　スマートフォンに表示された番号は、若月徹平《わかつきてっぺい》のもの。

　忍はトイレのドアを閉め、一応便座に腰掛けてから、スマートフォンを耳に当てる。

「……徹平か」

『おう。あけましておめでとう』

「おめでとう。何かあったか」

『別に何も。女子高生の件、どうなったか気になってさ』

「排除に成功した。もう心配は要らない」

『……』

「そちらはまだ実家か」

『今は名古屋だよ。夜までに帰れねーと、四日《あさって》からキツいからな』

「なるほど。サービスエリアで休憩か」

『いんや。毎年のことなんだけど、早織《さおり》が名古屋グルメ食いたいってウッセーんだよ……あ、悪《わ》りぃ、今ノブと電話中……いいだろ電話、電話だけだから……あい、あいよー……ってわけで、今は高速降りて、味噌《みそ》煮込みうどん待ってる』

「そうか。では長話も悪いな」

『あー、いやいや、えーと……そうだお土産《みやげ》だ。アリエルちゃんには何がいい？』

「嬉《うれ》しい申し出だが、食べ物関係はまだ手作りしか与えていない。かと言って正しい意味での土産物《みやげ》は、その有難み自体を理解できないだろう」

『確かにな。ところで、今は何してんだ?』

「……何も。そろそろ昼食にしようかと考えていた」

『へえ。何食べんの?』

「サンドイッチ」

『相変わらず面白みのねぇ男だな、お前は』

「工夫を凝らすつもりだ。今日はイングリッシュマフィンからの発展系として、大皿から好みの具材をサンドして食べるよう配膳する。複数人で取り分ける食事に慣れさせると同時に、手巻き寿司《ずし》などへの発展を図る布石でもある」

『そういう意味じゃなくてよ』

「ん?」

『正月っぽい料理とか出さねぇの?』

「日本と中国ですら、正月と旧正月が混在する有り様だ。こちらの聖人の誕生日会《クリスマスイヴ》ならまだしも、暦の上で重要な起点となる元日周りのイベントについて、あまり先入観となるような知識を植え付けたくない」

『あっそ……』

「うむ」

『……』

「……」

『なあ、ノブ』

「どうした」

『女子高生のこと、気にしてんだろ』

「いや。俺が正しいと考えたことを、考えたとおりに為《な》したまでだ」

『その割に、今日は口数多いよな』

「お前から掛けてきて、その言い種《ぐさ》は酷《ひど》いんじゃないか」

『悪《わ》りぃな。話題にするのを避けてんじゃねーかって、思っただけだ』

「考え過ぎだ。きちんと話をして、お互い納得ずくの上で、二度と会わないことを約束した」

『マジかよ……』

「ああ」

『泣いてただろ、その子』

「どうだろうな。俺からは見えなかった」

『嘘《うそ》だな』

「嘘ではない」

『泣かせたと思ってるから、気にしてるんじゃねぇのかよ』

「くどいな。同じ話を続けるなら、切るぞ」

『待った待った悪かった。ちょっと想像を飛躍させ過ぎた』

「分からん。何が言いたい」

『いやぁ、聞くからに友達少なそうな女子高生と、変わり者のオッサンのボーイミーツガールなんて、何が起きてもおかしくねーだろと思ったら、ついさ』

「何もないし今後も起きない。彼女のことは、すべて今日で終わりだ」

『……そうかよ』

「ああ」

『………………星愛姫《ティアラ》……　ああ、今忍《しのぶ》おじちゃんと電話中……だから……そうだ、頼む』

「どうした。うどんが来たか」

『……ノブ、悪りぃんだけどさ』

「大丈夫だ。切るぞ」

『いやそうじゃなくて。星愛姫がどうしてもノブと話したいっつってんだけど、ちょっとだけ付き合ってやって貰《もら》えねぇかな』

「……いいだろう」

『助かる……うぉっ』

『しのぶおじちゃーん！！！』

「星愛姫か。久しいな」

『おひさしいです！　おめでとうございます！』

「あけましておめでとうございます。今年もよろしくお願いします、ではなかったか」

『うん。おじーちゃんとおばーちゃんにはちゃんとしたよ。そしたらもっとこどもっぽいかんじのほうがいんしょういいよっておしえてもらえたから、とくべつにかえてみました』

「そうか。忖度《そんたく》痛み入る」

『そんたくいたみいるってなーに？』

「流行語だ」

『マイブームなの？』

「感触は似ている」

『へー、どうでもいいや。アリエルおねーちゃんとずかんよんでますか？』

「いや、最近は読んでいないな」

『えっ……』

「図鑑は元々、アリエルひとりの時間潰《つぶ》しに与えた手段だ。俺が監督する必要はないだろう」

『しのぶおじちゃん!!』

「っ……急に大声を出すな」

『あ、ごめんなさい。でもわるいのはしのぶおじちゃん！』

「何かまずかったか」

『まずい？』

「駄目という意味だ」

『じゃあしのぶおじちゃん、まずいすぎです。アリエルおねーちゃんは、しのぶおじちゃんのこと、だいすきなんだよ!?』

「……〝だいすき〟は、星愛姫《ティアラ》が教えたのか」

「あ、いってくれた？　えへへぇ、はずかしいだけど、うれしかったでしょ？』

「そうだな。嬉《うれ》しかった」

『アリエルおねーちゃんはねぇ、しのぶおじちゃんがだいすきなの。ごはんもじょーずだし、ときどきかまってくれるし、いろんなことおしえてくれるし、いっしょにねんねしてくれるし、かっこよくてたのもしくて、だーいすきなの』

「そんなことまで話していたのか」

『ううん、ちんぷんかんぷん』

「ちんぷんかんぷんなのか」

『そー。でも、なんていいたいかは、なんとなくわかるの』

「……ふむ」

『だけどね、アリエルおねーちゃんは、とってもやきもきしてる』

「やきもき？」

『あああああーってなって、うーってなって、があああーっなんだよ！』

「そうなのか」

『そう！　しのぶおじちゃんは、もっとアリエルおねーちゃんのはなしをきかないとだめ！』

「……俺なりに熱心に向き合っているつもりだが、星愛姫ほどには理解できていないな」

『できるよ』

「……」

『しのぶおじちゃんはあたまでっかちだから、わかんないっておもってるだけだよ。アリエルおねーちゃんはずっとずっと、しのぶおじちゃんにわかってほしがってる』

「……そうだろうか」

『そうだよ。あとねあとね、これはないしょだけど、お父さんもんぶっ』

『あー悪《わ》りぃ！　悪りぃノブ！　星愛姫のうどん来たから！　お子様うどん来たから!!』

『ちょ、お父さ……ま……あぅ……ぶー……』

「……？」

『……ごめんな、ちょっとバタついちまった。ありがとな、ノブ』

「いや。それより星愛姫《ティアラ》の話なんだが」

『あぁ、どうなんだろな。クリスマスイヴから同じこと言ってっから、その場の思い付きじゃねーんだろうけどさ』

「ふむ」

『ま、その確認も含めて、近いうちに顔出すわ』

「ああ。よろしく頼む」

『ん。ほいじゃな』


電話を切り、忍《しのぶ》は便座から立ち上がる。

電話中、リビングダイニングのほうからぼんやりと『ハイ！』だの『チンプンカンプン？』だの聞こえていた気はするが、多分気のせいだろう。

「……」

改めてスマートフォンの画面を確認すると、新着メッセージが十数件溜《た》まっていた。

年が明けてから、通知すらろくに確認していなかった事実を、忍はようやく認識する。

そして目に留まる、異世界エルフ関係者たちからのメッセージ。

『新年おめでとうございます。二日の夜には戻ります。三日の夜には泊まりに行きますから、夕飯の手配お願いしますね。私はすき焼きが食べたいです。春菊ないやつ』

『あけましておめでとう。去年は色々あったけど、今年も無理せず行こう。僕にできることは協力するから、なんでも頼ってね』

『私、生卵いっぱいつけたい派なんで。三個ぐらい食べたいです』

『謹賀新年は置いといて。ノブ、辛《つら》いときゃ酒だよ酒。俺も三日にゃそっち戻るから、もう飲もう。潰《つぶ》れるまで飲もう。もちろんお前ん家《ち》でな』

『ごめんね中田《なかた》君。またうちの人が馬鹿《ばか》なメッセージ送ったみたいで。三が日は私がしっかり監視しておくから安心して』

『しのぶおじちゃん、ときどきでいいからおとうさんとあそんであげてね。おとうさんはしのぶおじちゃんのこと、とってもしんぱいしてるみたいです』

『〆《しめ》は雑炊にしてください。お米洗ったやつ』

『無視ですか？　訴えますよ？』


「……」

最後のほう、自らが被告人にされかかっていたにも拘《かか》わらず、忍の表情は変わらない。

立ち上がり、普段どおりの仏頂面《ぶっちょうづら》で、トイレの扉を開けると。

「シノブ！」

「アリエル。こんな所でどうした」

「チンプンカンプン！」

それだけ言って、とてとてローテーブルへ駆け戻るアリエルであった。

かわいい。


「いただきます」

「イタダキマス」

恭《うやうや》しく宣言した後、アリエルは右手にスプーンを、左手にフォークを掲げ、卓上の食パンにタマゴフィリング、ツナ、自家製イチゴジャムを次々と載《の》せ、豪快に挟み込む。

そして。

「シノブ」

「なんだ」

「クリスマスプレゼントダ、ウケトッテクレ、シノブ」

「……」

タマゴフィリングとジャムが混じりはみ出すサンドイッチを前に、忍《しのぶ》が悩んだのは一瞬。

そして選んだのは、最もアリエルのためになる選択。

「差し上げますと言いなさい」

「サシアゲマス？」

「ああ。少なくとも、クリスマスプレゼントよりは汎用《はんよう》性のある言葉だ」

「サシアゲマス、シノブ！」

「ああ、ありがとう」

「アリガトー、シノブー！」

なるべく自然な笑顔を心がけ、忍は異世界サンドを口に運ぶ。

もしかしたら旨《うま》いかもしれないという儚《はかな》い希望は、ジャムの甘ったるさとツナの生臭さの調和により、粉々に打ち砕かれた。

さらに。

「シノブ、ウレシー？」

この台詞《せりふ》である。

一瞬、年末に放置し過ぎたせいでアリエルが加虐趣味に目覚めてしまったかと心配したかと言えばもちろんしていない忍だが、発言の意図を掴《つか》むまでにはいくらかの時間を要した。

「アリエル」

「ハイ」

「食事の喜びを表現する際は、嬉《うれ》しいではなく美味《おい》しいと言う」

「オイシー」

「そうだ」

「シノブ、オイシー？」

「ああ。異世界の味わいだ」

「フムー」

実際美味《おい》しくないため、嘘《うそ》ぎりぎりの真実だったせいか、アリエルの反応は芳《かんば》しくない。

とはいえ、まんざらでもない様子でもある。

危うくもどこか微笑《ほほえ》ましい、ちぐはぐの共同生活は、元の姿のまま確かに続いていた。

――これでいい。

――俺は、正しいことをした。

――ただ、それだけだ。

忍《しのぶ》は異世界サンドを傍《かたわ》らに置き、新たな食パンに手をつける。

得意顔の異世界エルフに、地球のサンドイッチをご馳走《ちそう》するために。

結局忍は異世界サンドを三個食べさせられ、アリエルは忍の作る地球サンドを四個食べた。

ちなみにアリエル自身は、異世界サンドに口すらつけなかった。

悪意はないのだろう。

多分。

◇◆◇◆◇◆◇

保〝護〟者の中田忍《なかた》が言うのだから、間違いない。

一月二日午後のアリエルは、あからさまに活発だった。

星愛姫《ティアラ》からの天真爛漫《らんまん》な助言もあり、今日は図鑑読みに付き合ってやろうかと考えていた矢先、忍はありったけの図鑑を渡されて、ダイニングテーブルの椅子《いす》に座らされていた。

「アリエル、何を始めるつもりだ」

「ンフー」

忍の隣へ座ったアリエルは、期待に満ち満ちた眼差《まなざ》しで、忍のことを見つめている。

「ふむ」

とりあえず図鑑の中から一冊取り上げ、適当にページを開いてみると、その瞬間。

「グリーンネオンテトラ」

アリエルが驚異的な速度で、ページに載《の》った写真のひとつを指で示した。

解説を見れば、確かにグリーンネオンテトラの写真であった。

「読んでくれるのか」

「ハイ！」

無論忍《しのぶ》は日本語が読めるし、アリエルに魚の名前を教えたのは忍なのだから、わざわざアリエルに解説して貰《もら》う意味はないのだが。

「ペンシルフィッシュ」

「シルバーディスティコダス」

「ネオレビアスアンソルギー」

忍がページを捲《めく》る度、アリエルは完璧《かんぺき》に魚の名前を暗唱してみせる。

そしてどや顔。

かわいい。

まあ、今回目の前にいたのは、中田《なかた》忍だけだったので。

「やるじゃないか」

「ンー」

愛想のない誉《ほ》め言葉しか貰えなかったせいか、いまいち満足度が低そうである。

「シノブ、シノブ」

「どうした」

「シノブ、ウレシー？」

「またそれか」

「……オイシー？」

「……強《し》いて言うなら〝楽しい〟だろうか」

実際あんまり楽しくはないのだが、嬉《うれ》しいや美味《おい》しいよりは、いくらか適切だろう。

「シノブ、タノシー？」

「ああ。比較的楽しい」

「ムーン」

何と比較されたのか分からないせいか、アリエルは不満げであった。


異世界エルフの奇行は続く。

「シノブ、シノブ！」

「今度はなんだ」

「ホォオオオオオ」

ソファに沈んだ忍が目を向けると、アリエルが物凄《ものすご》い勢いでお絵描《か》きをしていた。

どれくらい物凄いかと言えば、両手に色鉛筆を持ち、埃魔法《ほこりまほう》で中空に浮かせた他の色鉛筆を触手のように操り、素早くそして正確に、とにかく描きまくっている。

「ホォオオオオ……カキカキ！」

ッターン!!　とばかりに色鉛筆を置くアリエル。

どうやら、絵が完成したらしい。

「何を描《か》いたんだ」

「シノブ、オイシー、タノシー、ユナ」

「ふむ」

紙面には、一升瓶《いっしょうびん》で酌をしようとする忍《しのぶ》と、鍋を頬張《ほおば》る由奈《ゆな》の姿が描かれていた。

「光の綿毛と、風呂《ふろ》騒ぎのときか」

「オフロ、タノシー」

「そうだな」

「シノブ、オフロ、タノシー?」

「遠慮しておこう」

「ムー」

一緒に入りたいなどと言われたら大変困るので、敢《あ》えてはっきり拒絶した忍に、アリエルがあからさまな不満を示す。

「シノブ!!」

「どうした」

「カキカキ、ウレシー?」

言いながら片手間に、クリスマスプレゼントのニットワンピを描《か》き始めるアリエル。

恐らく絵巻のときのように、頼めば望みの絵を描いてくれるのだろう。

「難しいところだが、ここは〝嬉《うれ》しい〟が適切だろう」

「ムズカシー？　ウレシー？」

「ああ。嬉しい」

「ウレシー。シノブ、カキカキ、ウレシー？」

面倒を見てきた異世界エルフが感謝を示してくれるのは、忍としても悪い気がしない。

だが、今の忍に必要なのは、恩返しでも、美麗なお絵描きでもなかった。

「……カキカキでなくても、いいか」

「カキカキデナクテ？」

「ああ」

忍は立ち上がり、大切に仕舞ってあった〝それ〟を手にとって、アリエルに渡す。

「これに着替えて貰《もら》いたい」

「ホ？」

それは、あの日異世界エルフ《アリエル》が着ていた、本物のエルフ服。

「今は、お前の喜ぶ姿が見たいんだ」

「シノブ」

「ああ」

やはり異世界エルフには、白い布地がよく映《は》える。

ただ着ているままに着せていた頃《ころ》は分からなかったが、本物のエルフ服は、環《たまき》の着ていたそれとは本質的に違う、神秘的な美しさを自然に醸《かも》し出していた。

「シノブ、シノブ」

「似合っているぞ、アリエル」

「ヨソユキ?」

「よそ行きには止《や》めておけ。人類には少々刺激の強過ぎる服装だ」

「アイ」

素直に頷《うなず》くアリエル。

ならば忍《しのぶ》は、何故《なぜ》今アリエルを着替えさせたのか。

「アリエル」

「ウー?」

「これは、お前のものだろう」

「ア……」

忍がアリエルに差し出したのは、本物のエルフ服と同じ質感の、真っ白な布きれ。

あるいは、少女の運命を360度ねじ曲げた、招かれざる異界の産物。

少女に曰《いわ》く。

〝エルフの羽衣《はごろも》〟。

「……ホ……ア……」

震える手で、羽衣を受け取るアリエル。

「これは、お前のものなんだろう」

忍が呟《つぶや》いた矢先。

ぶわっ

「ぬっ」

アリエルの掌《てのひら》から羽衣が吹き上がり、まるで意思を持つかのように、アリエルのうなじから背中、肩、腕先にまでふわりと絡み付く。

本物のエルフ服に存在する横乳や脇《わき》などのスリットが、ちょうど隠れた形だ。

布地がちょっと足りない、結構ないやらしさを感じさせる今までの状態と異なり、あまりに神秘的で尊い雰囲気を醸し出す、それは正に完全体異世界エルフ《パーフェクトアリエル》と呼べる状態であった。

「……これで、セットか」

「シノブ」

「どうした」

「シノブ、ウレシー？」

「ああ。嬉《うれ》しいよ、アリエル」

「フォォォォ!!」

ヒラヒラヒラ
完全体異世界エルフ《パーフェクトアリエル》となったアリエルが、身体《からだ》から噴き出す何かで羽衣《はごろも》を揺らす。

食事中に見せるそれと同じもののはずなのに、何故《なぜ》か美しく感じられてしまう。

服装のせいだけではない。

どことなく自信に満ち溢《あふ》れたアリエルの微笑《ほほえ》みは、いっそ神々《こうごう》しくすらある。

この姿が人々の目に触れたなら、誰《だれ》もが彼女を愛することだろう。


――そう。

――きっと、御原環《みはらたまき》も。


中田忍《なかたしのぶ》の話をしよう。

職業地方公務員、区役所福祉生活課、支援第一係長。

己の信義に殉じ、己を貫き生きることを矜持《きょうじ》とする、孤高の男。

異世界エルフとの邂逅《かいこう》により激変した彼の人生は、今この瞬間から始まる些細な騒動をきっかけに、再び大きく方向性を変えることとなる。

とはいえ、難しい話ではない。

ただ一瞬。

中田忍が、御原環のことを考えたから。

異世界エルフ《アリエル》は、その手を伸ばしたのだ。

「シノブ」

「なん……だっ⁉」

　ドサッ

　答える前に、忍は床面へ引きずり倒される。

　突然のことでとっさに反応できなかった、わけではない。

　忍は成人男性なりの体力と体格、ついでに異世界エルフとの同衾《どうきん》へ抵抗する倫理観を備えており、その忍を毎夜毎夜強引にベッドへ引きずり込む剛腕系異世界エルフ、アリエルは、普段ならもう少し穏やかな、忍が転げない程度に配慮した強引さで忍を拘束している。

　そのアリエルが、信じられないほどの膂力《りょりょく》を発揮して、どこか暴力的な勢いで忍の抵抗を制圧し引き倒したというのが、今起きたことに対する、限りなく正しい説明だった。

「……なんのつもりだ、アリエル」

「……」

馬乗りになったアリエルが、凄絶《せいぜつ》な表情で忍《しのぶ》を見下ろす。

そこに秘められた感情が怒りなのか憎しみなのか、忍には読み取れなかった。

それでも、忍は慌てない。

このような状況すらも、忍にとっては想定の範囲内であった。

ただ、予想できても防ぎようがないものと判断し、今まで意識の外に置いていた。

仕方がないことなのだ。

今日までこうならなかったこと自体が、忍に与えられていた最大の幸運とすら言える。

中田《なかた》忍はヒト。

アリエルは異世界エルフ。

出自も生態も、文化も風俗も、言語すら重なり合わないふたつの存在が、ぶつかり合うことなく過ごせた奇跡の価値を、忍は正しく理解していた。

「……」

エルフの羽衣《はごろも》が、忍の身体《からだ》へと絡み付き。

アリエルの両手が、ゆっくりと忍の首元へ伸びる。

あまりにも唐突に訪れた、忍の命が脅かされかねない、危機的な状況。

さりとて忍の胸中には、一切の恐れも怒りも怯《おび》えも、後悔も浮かんではいなかった。

――仕方のないことだ。

――社会に適合できていない、ただの一般市民である俺が、やれることをやり切った。

――後のことは心配だし、義光《よしみつ》たちには迷惑を掛けてしまうし。

――俺が何をしたせいで、アリエルを怒らせてしまったのか。

――気にならないと言えば、嘘《うそ》になる。

――しかしそれもまた、俺の為《な》したことの結果だ。

――俺は、俺の思うとおりに為すべきことを為し、こうなった。

――それならば。


――今ここで、俺がアリエルに何をされようと、仕方のないことなのだ。


忍は本気だった。

ここまで滅私の限りを尽くし護《まも》ってきた異世界エルフが、今自らに牙《きば》を剝《む》かんとしているのかもしれないと、本気で考えていた。

それはアリエルに対する無理解から生じる、身勝手な妄想などではなく。

異世界エルフをアリエルと呼び、保護を決断したときから抱いていた、覚悟。

アリエルを保護したことで、犯罪者として追われる可能性。
アリエルを保護したことで、危険な組織の人間に討たれる可能性。
あるいは、忍《しのぶ》自身の致命的なミスや手違いで、アリエル自身に裁かれる可能性。
忍は、すべて起きうるものと考えていた。
考えた上で、甘んじて向き合おうと、その強過ぎる意志で決めていたのだ。

だからこそ。
次に異世界エルフ《アリエル》が取った行動は、中田《なかた》忍の虚を突いた。

アリエルは、忍の首元に、縋《すが》り付くようにして抱き付いて。

「……ポン、ポン」
「……アリエル」
「ポンポン、ポンポンポン」
「何を、している」

問うまでもない。
忍はアリエルの意図を、正確に理解していた。

「ポンポン、ポンポン」
「止《や》めろ、アリエル」

だが、理解したからといって、呑《の》めるかどうかは別の話だ。

「ポンポン、ポンポン」
「離せ」

忍の心が激しく揺れる。
アリエルの意図は、忍の心の奥底深くを、正確に捉《とら》えて掴《つか》んでいる。
だからこそ忍は、受け容れることができない。
なぜならば。

「ポンポン、ポンポン」
「やめろ」
「ポンポン、ポンポン」

「……アリエル」

自分の本心と、向き合いたくなかったから。

「ポンポン、ポンポン！」

「俺を慰めるな！」

悲鳴にすら近い、忍《しのぶ》の怒号。
アリエルの手が止まる。

「俺は正しいことをした。
それは揺るぎない事実だ。
後悔の余地など、あるはずもない。
アリエルにとって、御原《みはら》君にとって、俺自身にも、周りの皆に対しても。
最も善い結果となる行動を選択して、実行した!!」

喩《たと》えるならば、忍の心は熱く融けた鋼鉄だ。

一度固まれば形を変えられないし、だからこそ真《ま》っ直《す》ぐ鋭くて、決して折れることもない。

「御原君は納得して、異世界エルフの姿を追う者の系譜がひとつ絶たれた。

アリエルは失《な》くし物を見つけ、俺は御原君の研究を譲り受け、俺たちは再び安寧を得た。

これ以上なんの不満がある。

どうすれば、これ以上の結果が得られたと言うんだ」


だが。

あるいは、だからこそ。

微細な罅《ひび》から染み込んだ、優しさのという名の毒薬は、本当の傷を蝕《むしば》み、揺さぶる。

「正しいことをした俺が、何故《なぜ》後悔したり、傷ついたりする必要がある。

俺は正しいことをした。

正しいことをしたのだから、傷つくことなどあるわけがない。

傷ついていないのだから、慰められる必要など、どこにもありはしない!!」

怒号と威嚇は、弱さを覆い隠すための尖《とが》った鎧《よろい》だ。

今の忍《しのぶ》にも、それぐらいの理屈は理解できた。

だから忍は、努めて声量を落とし、低い音程で絞り出すように、アリエルへ言葉を向ける。

自らの弱さを、覆い隠すために。


「俺に護《まも》られているお前が」

「何も考えていないお前が」

「無責任に、俺のことを、慰めるな」

しかし。


「シノブ」

それでも、異世界《アリエル》エルフは。

「シノブ、カナシイ」

大切なシノブのために、心を尽くすことを、止《や》めない。

「ポンポン、ポンポン」

中田《なかた》忍のことを、この世界のすべてを、なんにも知らない異世界エルフ、アリエルは。

「ポンポン、ポンポン、ポンポン、ボンボン」

繰り返すしかない。

美味《おい》しいものを食べさせても。

図鑑を読んで楽しませても。

望みの姿で喜ばせても。

悲しそうなままでいるシノブを元気にさせる、そのために。

胸に抱いて、頭を撫《な》でて、声を掛けて。

それしか、できない。

それしか、知らないから。

そうすることでしか、気持ちを、伝えられないから。

「ボンボン！　ボンボン！　ボンボン！　ボンボン！」

忍が、新たな言葉を探すうち。

痛いぐらいに頭を撫でるアリエルの手つきが、ふと弱まる。

そして、アリエルを見上げれば。

「ウグ……ボンボン、ボンボン……」

アリエルが、泣いていた。

たったひとり地球《いせかい》に放り出され、未知の恐怖と孤独に堪《た》え、コミュニケーションの壁に難儀して、それでも一度として涙を見せなかったアリエルが。

泣いていた。

忍《しのぶ》のために、泣いていた。

美しい顔をぐしゃぐしゃにして、頬《ほほ》を真っ赤に染めて。

涙を、流し続けていた。


忍の知恵が、ゆっくりと回転する。

星愛姫《ティアラ》は、アリエルの言いたいことが分かると話していた。

ならば、今こうして涙を流すアリエルは、忍に何を求めているのか。

忍には、分からない？

忍だから、分からない？

——違う。

——俺はただ、認めたくないだけだ。

与える存在であるはずの、忍《しのぶ》を。
護《まも》られているはずの異世界エルフが。
護ろうとしているのだと。

アリエルは、中田《なかた》忍と、対等に向き合うことを望んでいるのだと。

忍はその事実から、ずっと目を逸《そ》らしていた。
自身の心を鋼鉄で覆い、他の誰《だれ》にも踏み込ませていないように。
異世界エルフ《アリエル》に対しても、自らを〝与える存在〟に置くことで、距離を置いていた。
だがアリエルは、忍の心に染み入り。
忍の真実に、剝《む》き出《だ》しの感傷に、触れてしまった。

格好を付けても、仕方がなかった。
アリエルには。
アリエルに対してだけは。
忍は自分の弱さを、迷いを、本心を。
もう、隠せない。

——異世界エルフを護る者、か。

——とんだ思い上がりだったな。


「アリエル。離してくれないか」

「ボンボン、ボンボン」

「大丈夫だ。今度こそ本当に、大丈夫だから」

「……ライジョウ、ブ……？」

言葉だけでは伝わらない、伝え切れない思いを、二の腕に触れた掌《てのひら》へ込める。

「ああ。お前のおかげだよ、アリエル」

「……シノブ」

ゆっくりと拘束が解かれたので、忍は身を乗り出して、アリエルと向き合う。

アリエルの双眸《そうぼう》からは、涙がとめどなく溢《あふ》れ続けていた。

忍はそっと、アリエルの涙を拭《ぬぐ》う。

「シノブ、ライジョウブ」

「大丈夫」

「ダイジョブ」

「ああ、もうそれでもいい。だからもう、俺のために泣くのは止めてくれ」

「ジノブー!!」

「うおっ」

アリエルに勢い良く抱き付かれ、再び床に倒れ込む忍《しのぶ》。

「ジノブ、ウ、ウ、ジノブ、ジノブー!!」

「落ち着け、アリエル」

悲しくて泣いているのか、安心して泣けてきたのかは分からないし、大した問題ではない。

今忍が為《な》すべきことは、涙を流すアリエルを、思いきり甘えさせてやることだけだ。

しかし。

中田《なかた》忍の人生には、回り道が実に多く存在しているし、忍自身も、簡単なことを難しくするのが、とっても上手《うま》い。

どれだけ時間が掛かっても、最後は正解に辿《たど》り着くのが、中田忍という生き方なのだ。

だから忍は、胸元で涙を流し続けるアリエルを、左手でしっかりと抱きしめて。

アリエルの頭を、自分の想《おも》いを伝えるために、優しく、優しく撫《な》でて。

きっとそれだけでは、足りないから。

自らの気持ちを、はっきりと言葉に乗せて、深く強く、伝える。

「ありがとう、アリエル」

◇◆◇◆◇◆◇

夕暮れどきの風景。

木々が茂るどこか。

泣きじゃくる忍。

大きな〝誰《だれ》か〟が、忍の頭を撫でている。

飛び去る鳥。

涙は止まる。

何かを叫ぶ、忍《しのぶ》。

困った様子の〝誰《だれ》か〟。

遠いサイレン。

〝誰か〟の手が、離れる。

『約束だよ、忍』

◇◆◇◆◇◆◇

目覚めると、アリエルが忍の頭を優しく撫《な》でていた。
「オハヨウゴザイマス、シノブ」
「……俺は、眠っていたのか」

「ハイ」

「ふむ」

「シノブ、ポンポン、ウレシー？」

「……そう、かもな」

いくら心を隠せないとはいえ、忍も一介の成人男性である。

異世界エルフに抱きしめられて、安心してうたた寝してしまったなどと、素直に認めづらいところがあるぐらいは、許してやって欲しい。

「シノブ、ダイジョブ？」

「ああ。夢を見ていた」

「ユメ？」

「眠っている際に浮かぶ、記憶を基に形作られる虚像だ。思考と記憶を司る、ヒトで言う大脳あるいは辺縁系の器官が、ごく浅い睡眠状態の際にその保有する情報を無意識下に置いて整理する行為と言われる。なんら魔法的な関与のない、自給自足のフィクションだな」

「ホォー」

絶対に分かっていないアリエルの相槌《あいづち》を聞き流しつつ、忍はしばし思索に耽《ふけ》る。

今見たばかりの、よく分からない夢について。

あれは過去の記憶か、あるいはどこかで見た映画か、テレビか何かの映像か。

忍《しのぶ》の名が出ているのだからフィクションの筈《はず》はないのだが、そう考えてしまうほどに、忍自身には馴染《なじ》みのない情景だった。

だが、目覚めた今も胸に残る、〝救われた〟実感。

姿を認識できなかった、大きな〝誰《だれ》か〟に向かう、温かい感情。

あれが、忍の記憶ならば。

いつの記憶かは分からなくても、何故《なぜ》今思い出したかだけは、理解できる。

——ひとりで立つ覚悟などと、随分偉そうに。

——どうやら俺にも、誰かに甘えていた時期が、ちゃんとあったらしい。

「……」

忍は静かに起き上がり、ぎゅっと目を閉じて気合を入れる。

仕方あるまい。

区役所職員に曰《いわ》く、ヒトの情を持たぬ機械生命体、中田《なかた》忍と言えど。

柔らかな自分を晒《さら》すときばかりは、ちょっとした気恥ずかしさぐらいは感じるのだ。

「なあ、アリエル」

「ウー？」

「俺は正しいことをした。その確信は今も変わらない」

「ハイ」

「だから、これから俺が言うことは絶対に間違っているし、非合理的だ。その上、お前にも負担を強《し》いることになるだろう」

「シノブ」

「どうした」

「メンドクサイ」

「……どこで習った」

「ユナ」

「意味は理解しているのか」

「アイ」

「そうか。傷付くな」

「シノブ、ポンポン？」

「それほどではない。〝しょんぼり〟ぐらいだ」

「シノブ、ションボリ」


「アリエル」

「ハイ」

「お願いだ。
俺の我儘《わがまま》を、聞いて欲しい」

「アリエル!!」

第二十二話　エルフと刑法第二百二十二条

一月二日。

御原環《みはらたまき》が〝エルフ〟を諦《あきら》め、中田《なかた》忍《しのぶ》宅で些細な騒動が起きた、この日の夕暮れどき。

ターミナル駅に直結した、超高層タワーマンションのエントランス。

訪れた不審な男は、オートロックへ〝3503〟を入力し、呼出ボタンを押下《おうか》した。

ピンポーン　ピンポーン　ピンポーン

『……はい……あ』

「このような時間に失礼致します。先程お話しさせて頂いた者ですが」

『……どうして』

「はい」

『どうじで、ぎぢゃったんですが、宮沢《みやざわ》ざぁん！』

「手前勝手ながら、急ぎお話しすべき案件がございまして……直接お会いするほか連絡の手段が見つからず、やむを得ずお伺いした次第です。重ねてのご無礼、お詫《わ》び申し上げます」

『……宮沢《みやざわ》さん』

「はい」

『敬語、気持ち悪いです。普通にお話ししてください』

「……承知した」

◇◆◇◆◇◆◇

「えっ、と……」

とりあえずリビングまで通したものの、環《たまき》は落ち着かない様子である。

忍《しのぶ》は信じられないほどのフォーマル・ビジネス・スタイルで、御原《みはら》家を訪問していた。妥当であろう。

シックな濃いグレーのスーツ上下、無地のネクタイは言うに及ばず。

髪もかっちりとセットされ、ワイシャツには折り目正しくアイロンがかかり。

手元にはねっとりとした高級羊羹《ようかん》……ではなく、可愛《かわい》い干支《えと》のイラストが描かれた、正月限定パッケージの鳩サブレー。

大事な取引先に詫《わ》びを入れに行く社会人としては、いささかちぐはぐ感の拭《ぬぐ》えないスタイルではあるが、今回の相手は精神的引きこもり気味の女子高生、御原環である。

教科書どおりのビジネスマナーが機能するかは不透明だったし、事実環のほうも『宮沢さんなんでスーツなんだろう』という思考に囚《とら》われているせいか、比較的感情が落ち着いている様子で、逆に適切なのかもしれなかった。

「君の好みに合わせて選定したつもりだ。受け取ってくれ」

手土産《みやげ》、もとい正月限定鳩サブレーを差し出され、言われるままに受け取る環。

環の服装は午前中と同じ、お洒落《しゃれ》なよそ行きを纏《まと》ったままだが、その姿に昼間のような眩《まばゆ》いほどの可愛らしさは見つけられない。

ぼさぼさの髪と、真っ赤に腫《は》れ上がった目尻《じり》が、忍と別れた環の状況を物語っていた。

「……どうしてですか、宮沢さん」

「贈答用のコーヒー牛乳にするべきか、迷ったんだがな。レポート入れに使っているほど好きなのだなと思い出し、急遽《きゅうきょ》鳩サブレーに変更した」

「いやまあ、確かに好きなんですけど……でも、だとしても、今じゃなくないですか？」

「まあな」

「分かってるなら止《や》めましょうよ」

「すまない。だが、他のやり方を思い付かなかった」

「……？」

環はまだ、忍の意図を掴《つか》めない。

当然といえば、当然ではある。

何故《なぜ》ならば。

「御原環《みはらたまき》」

「は、はい」


「俺は君を、脅迫しに来た」

忍《しのぶ》の知恵の歯車が導き出す結論は、しばしば常識を大きくはみ出す。


「……きょうは、く?」

「そうだ」

環の脳内を、疑問符が乱れ飛ぶ。

驚きや怒り、恐れを抱くより前に、まず現象に対する理解が追い付いていない。

無理もあるまい。

この手法と説明だけで、忍のやりたいことを即座に通訳できる人類は、恐らくこの地上すべてを見渡したとしても、一ノ瀬由奈《いちのせゆな》ぐらいしか見つかるまい。

その一ノ瀬由奈も、まだ沼津あたりでのんびり電車に揺られている頃《ころ》だ。

忍はたったひとりで環に気持ちを伝えないといけないし、環はたったひとりで忍を迎え撃たねばならない。

ある種の地獄絵図であった。

しかし、この場で常識を超越した感性を保持しているのは、何も中田《なかた》忍だけではない。

「必要ありませんよ、そんなの」

「必要ない、とは」

「私は脅迫なんてされなくても、宮沢《みやざわ》さんの言うことなら、なんでも聞いちゃいますから」

ひとたび落ち着きを取り戻せば、このとおり。

御原環もまた、自らの感性を常識の枠外に投げ飛ばした、相応の傑物だったのである。

「一方的に個人情報を握られている相手からの脅迫だぞ。少しは恐ろしさを感じないのか」

「感じないですし、宮沢さんにもう一度お会いできた喜びのほうが大きいですね。それに宮沢さんなら、無意味に私を傷つけたり、おかしな要求はしないだろうって信じられます」

「君の心を徹底的に傷つけた」

「私のために、ですよね。悲しかったですけど、最終的にはプラスの印象です」

「……それも全部嘘《うそ》だったとしたら、どうする」

「私は今、なんでも言うこと聞くって言いましたもん。もし私への誠実さが嘘なら、そのまま誠実を装って私を騙《だま》し続けたほうが、よっぽど理に適《かな》ってます」

「探りを入れているのかもしれんぞ」

「じゃあ約束しちゃいます。本当になんでもします。撤回しません。要求を教えてください」

「自暴自棄になるのは止《や》めろ。自らの尊厳をなおざりにしないよう、教えただろう」

「宮沢《みやざわ》さん以外には、そうするつもりです」

「温《ぬる》いな、考え方が」

「宮沢さんこそ」

「ふむ」

「私という人間にとって、どんな人生の困難より、エルフや宮沢さんとの繋《つな》がりを絶つほうがよっぽど辛《つら》いってこと、まだ分かって頂けないんですか?」

「……」

――手強《てごわ》くなったものだ。

歯噛《が》みする忍《しのぶ》であったが、内心まんざらでもないのは事実。

これだけ話ができるなら、ひとりで放っておいても、逞《たくま》しく生きて行けるかもしれない。

だが、今は。

「ならば、やむを得まい。俺の要求に従って貰《もら》おう」

「はいっ。なんでしょう」

「一度だけでいい。異世界エルフに会って貰いたい」

「いいんですか!?」

「うおっ」

「あ、ごめんなさい」

テーブル越しだと言うのに、抱き付いてくるのかのような勢いで忍に迫る環《たまき》であった。

「会わないことに、ようやく折り合いを付けたのではなかったのか」

「理屈と感情は別ですよ。会えるなら会いたいに決まってるじゃないですか」

「一度きりだぞ」

「構いません。元々一度だって会えなかったはずなのに」

「未成年である君自身にも、君の家族にも迷惑が掛かる可能性がある。正しくない選択だ」

「いいじゃないですか。迷惑が掛かるかもしれないっていう、私がいいって言ってるのに」

環はニコニコである。

とてもさっきまで、インターホンカメラの中で爆泣きしていた女子高生とは思えない。

対して忍の表情は、要求が通っているのに物凄《ものすご》く渋い。

「で、宮沢さんは、どうしてそんなに嫌《いや》そうな顔されてるんですか」

「当然だろう。俺は君に不義を働き、理に合わない要求を並べ立てている最中だ」

「私はこんなに喜んでるのに？」

「君を喜ばせるつもりなどない」

「はあ」

「君に赦《ゆる》されるつもりなどないと言っているんだ。俺は君の無知と幼さに乗じ、理屈に合わない卑怯《ひきょう》なやり方で、君の心を満足させようとしている」

「ダメなんですか、それ」

「……俺の尊重する生き方と、世間の標榜する倫理や常識からは乖離《かいり》している。許されるべきではないし、君に赦しを乞《こ》うべきでもない」

「常識とか他の人のことなんて、知らないです。今日、宮沢《みやざわ》さんがもう一度会ってくれて、一度だけでもエルフに会わせたいって言ってくれたこと、私は凄《すご》く嬉《うれ》しかったんです。だから私にとっては、こっちが正解。それは宮沢さんから見ると、ズルになっちゃうんですか？」

「……」

言葉を失い、渋面を深める忍《しのぶ》。

やむを得ないことだろう。

何しろ忍は、環《たまき》と言葉を交わすうち、気付いてしまったのだ。

あくまで無意識に、己が脅迫の内へ覆い隠そうとした、本当に伝えるべき一言を。

「……宮沢さん？」

逡巡《しゅんじゅん》は一瞬。

己の過ちを自覚した忍は、しっかりと環に向き合い、言うべき言葉をちゃんと言う。

「すまなかった、御原《みはら》君」

「はい？」

「脅迫などと、格好を付けた言い訳だ。俺は君に、謝りたかっただけなんだ。

俺の都合で君を振り回し、突き放し、傷付けてしまった。

今更《いまさら》、こんな謝罪で君の心を埋められるかは分からないが、それでも言わせて欲しい。

本当に、すまなかった」

深々と頭を下げる忍。

それを見た環の双眸《そうぼう》に、涙が浮かんだ。

「待て。何故《なぜ》君が泣く必要がある」

「ひづようとかじゃ、ないですよぉ……だって、みやざわざ、う、ぶ、うぇぇぇぇ……」

「……」

張り詰めていた何かがぷっつりと切れ、涙を流す環。

忍はばつが悪そうに、泣き続ける環へ向き合うのだった。

◇
◆
◇
◆
◇
◆
◇

二時間後、既《すで》に日も沈んだ宵《よい》の口、中田忍《なかたしのぶ》邸。

忍はリビングダイニングでアリエルと向き合い、頑張って大事な話をしていた。

「ではアリエル」

「ハイ」

「出ておいで、と言ったら、寝室のドアを開けてこちらに来てくれるか」

「ハイ」

「後は……そうだな。今日は俺のことを、宮沢治《オサム》と呼んでくれないか」

「オサム？」

「オサムだ」

「オサムー」

「よし。では寝室に入ってくれ」

「ハイ」

パタン
アリエルが寝室に収まったことを確認し、忍はアリエルの名を呼んだ。

「アリエル――」

バァン!!

「シノブー!!」

〝出ておいで〟《キーワード》を口にする前に、元気良く扉を開け、〝忍〟の名を呼び、飛び出すアリエル。

何もかも失敗である。

「アリエル」

「ハイ?」

「出ておいで、と言ったら」

「ハイ!」

　パタン　　バァン!

「オサム!」

律儀《りちぎ》に寝室に戻り、一度扉を閉めてから、元気良く扉を開けて飛び出すアリエル。

「アリエル」

「ハイ」

「そういうゲームではない」

「ムーン」

アリエルは悩ましげである。

環《たまき》にも準備があるというので、住所だけ教えて先に帰宅した忍は、アリエルに本物のエルフ服を着せ、寝室で待たせていた。

もちろん、環《たまき》に譲られたエルフの羽衣《はごろも》も渡した、完全体異世界エルフ《パーフェクトアリエル》の状態である。

何しろ、環にとっては人生最初で最後の、異世界エルフとの邂逅《かいこう》だ。

可愛《かわい》らしいものとはいえ、部屋着のパジャマで会わせるのは気の毒だろう。

——御原《みはら》君にとっての正解、か。

アリエルに抱かれたとき、脳裏にフラッシュバックした光景を思い出す。

詳しいことは一切思い出せないが、記憶にある以上、自身の体験には違いないのだろう。

確かなのは、忍《しのぶ》自身も幼い頃《ころ》に大人から護《まも》られ、救われた経験があるということだけ。

何をどう救われたのか、そしてそんな大人がいたならば、何故《なぜ》忍が覚えていないのか。

あるいは救われたからこそ、傷として残らなかったのかもしれないが。

どちらにせよ、忍にとってあの記憶は、〝正解〟の行き着く結果だった気がしてならない。

「……」

ソファに深く腰掛け、考えを巡らせていると。

　カスッ　　カスッ
『あれ、部屋間違えちゃったかな……あ、そか、インターホン使えないんだっけ』

声の調子からしても、間違いなく環だろう。

アリエルが寝室から出てこないことを確認して、忍は玄関扉を開く。

ガチャ
「あ、良かった。こんにちは、宮沢《みやざわ》さん」

笑顔の環に、忍はとっさの言葉が出ない。

その代わり、大学時代に徹平《てっぺい》との雑談で覚えた『若い女性が部屋に来たとき、望みの条件を備えていなかった場合に、一発で追い返すことができる魔法の言葉』が脳裏に閃《ひらめ》いたので、そのまま吐き出すことにした。

「チェンジで」

「えっ」

虚を突かれた様子の環。

ちゃんとあの夜と同じようにダテ眼鏡《めがね》を外して、レースカーテン服と金髪のウィッグ、つけ耳まで付けてきたのになんでですか、といった感じの表情である。

「羽衣を着せた異世界エルフに会わせると言ったが、君がその格好をする必要はないだろう」

「せっかく作りましたし、人生唯一のお話の機会をジャージで迎えるのは、ちょっと」

「さっきまでの、普通に着飾っていた服装でいいだろう」

「あれは……涙とかでびちゃびちゃでしたから」

「……」

一瞬論破されそうになる忍だったが、辛《かろ》うじて理性を保つ。

「そうだとしても、他に選択肢はあったろう」

「他は制服かジャージしか持ってませんし、制服のほうがよりマズいと思いまして」

「確かに」

まだ宵《よい》の口とはいえ、独り暮らしの男性公務員の居宅へ、女子高生が制服姿でやってくる。

社会的に見て、事案の色がとても濃かった。

「大丈夫ですよ。近くまではコート羽織ってきましたし、髪も耳も今付けたんで」

「分かった。部屋に入ってくれ」

「チェンジじゃないんですか？」

「その姿の君と玄関先で問答するほうが、よほど危険だと気付いたところだ」

「確かに。おじゃまします」

「うむ」

バタン
環《たまき》が室内に入り、忍《しのぶ》が玄関扉を閉める、その音をきっかけに。

バァン！

「シノブー！」

「えっ」

「ぬっ」

寝室の入り口から、完全体異世界エルフ《パーフェクトアリエル》が顔を出していた。

忍としても、どこかで台無しになる予感はしていたが。

早い。

あまりに早かった。

そして、異世界じみたスピード感についていけない普通のヒトが、この場にひとり。

「あ、え……え？」

言うまでもなく、御原環《みはら》であった。

当然だろう。

そこらじゅうに〝止〟の文字が書かれ貼《は》られまくった、異様な雰囲気の室内。

心の準備も何もなく、暢気《のんき》な声を上げ顔を出した金髪碧眼《へきがん》のナニカとの邂逅《かいこう》。

そして〝シノブ〟とはなんなのか。

「御原君」

「え、あ、はい」

「事ここに至っては仕方ない。あれが異世界エルフだ。俺はアリエルと呼んでいる」

「アリエル！」

顔だけ出した状態で、元気に叫ぶアリエル。

未知なる来訪者に興味津々の様子であるものの、辛《かろ》うじて忍の指示を守っているつもりなのか、寝室からは出てこない。

かわいい。

「……お話ししても、いいんでしょうか」

「構わないが、まずは挨拶《あいさつ》を済ませて欲しい」

「わ、分かりました」

「ただ、少し身体《からだ》を触られるので、それだけは覚悟して貰《もら》いたいんだが」

「身体、ですか?」

「すまない、正直に言おう。両乳房を直接触られる可能性が極めて高い」

「えっ」

「……」

それ以上は言わず、寝室のほうに向けて歩きだす忍《しのぶ》。

戸惑いながらも、付いていく環《たまき》。

「どうする。今なら止《や》めても構わないが」

「まさか。お話、させてください」

「……分かった」

忍は、寝室からきょろきょろ顔を出しているアリエルに目を向けて。

「出ておいで」

「ホァー!!」

「わっ……！」

鎖から解き放たれた子犬の如《ごと》く部屋を飛び出し、環のもとへ駆け寄る完全体異世界エルフ《パーフェクトアリエルフ》。

「オサム？」

「いや、それはオサムではない。タマキだ」

「タマキ!!」

アリエルは興味深そうにぺたぺたと、環にまとわりついていた。

環はといえば、固まってしまい、されるがままで。

忍はその様子を、じっと黙って見つめていた。

「タマキ、タマキ」

「あ、アリエル、さ、あの、私、私はっ！」

「タマキ……ンー？」

ふと、環をまさぐるアリエルの手が、止まる。

「……アリエル、さん？」

「ンー……」

アリエルは、少しだけ悩むような様子を見せて。

「ンー」

グイッ

「きゃ……あっ」

ひと息に。

そのまま、環の右耳を引き抜いた。

「エッ」

そして引き抜いた右耳……造り物のエルフの耳を、床面に投げ捨てる。

次いで、左耳。

「ンー……エッ」

音もなく、造り物の左耳が床面に落ちる。

「あ……え……？」

「ンンー……ンッ！」

最後に金髪のウィッグを掴《つか》み取り、テーブルの下に投げ捨てた。

そうすれば、後に残るのは。

ただの、御原環《みはらたまき》だけ。

「タマキー!!」

アリエルは満面の笑《え》みで、改めて環を抱きしめた。

気になっていた余計なものが全部取れたので、満足したらしい。

「……アリエルさん」

「タマキ!!」

ご機嫌のアリエルは止まらない。

環が我に返ったと見るや、すぐさま〝はじめてのごあいさつ〟の体勢に入った。

むにゅ　もにゅ
「あ、きゃ、やだ、あ、アリエルさんっ!?」

「ンフフーフフー」

アリエルは笑顔のまま、環の両乳房を直揉《じかも》みしている。

以前ほどに照れがないのは、単に慣れたのか、環の服装が自分と似ているせいだろうか。

あるいは、環の中にある暗い部分を、アリエルが言外に感じ取っているせいなのか。

なんにせよ環のご立派は、柔らかく形を変えながら、アリエルに揉まれまくっていた。

「っ、や、宮沢《みやざわ》さん、これって」

「同じことを返してやって欲しい。異世界エルフの初対面の挨拶《あいさつ》だ」

「で、でも……」

忍《しのぶ》は自らの犯した過ちを見届けるため、真摯《しんし》にふたりを見つめていた。

二重の意味で勘弁して欲しかった環《たまき》だが、事ここに至っては仕方がない。

おずおずと手を伸ばし、エルフ服のスリットから、アリエルの両乳房に触れる。

ふにっ

果たして。

環の想《おも》いとは、全く裏腹に。

アリエルの乳房は、ご立派で、豊満だった。


「……え」


環が憧《あこが》れ続けていたエルフの王女様とは、まるで違って。

とても大きくて。

柔らかくて。

すらっとしていない。

「……タマキー」


全然勇ましくもなくて。

きりっともしていなくて。

格好良くなんて、なくて。


「……アリエル、さ、っ」


けれど。

とても優しくて。

温かくて。


「……タマキ、ポンポン?」

「ああ、そうしてやってくれ」

「ハイ」

むぎゅ

アリエルが自らの胸元に、環《たまき》を抱き寄せる。

その頃《ころ》には、環はもう、声を出せないほどに泣きじゃくっていた。

「ポンポン、ポンポン」

「あっ、が、ああっ、みやざわざっ、あっ、あああああっ」

「……どうした」

「あっ、アリエルざっ、あっ、エルフがっ、わだしと、おんなじでっ！　わだじは、っ、うっ、ううぅぅ、う、うわあああああん！！！！」

「後で聞いてやる。今は黙って、抱かれていなさい」

「わあああああああん、うあああああああん！！！！」

「シノブ」

「ああ」

ちらりと視線を向けてきたアリエルに、そっとアリエルちゃんマークを示す忍《しのぶ》。

「アイ」

アリエルが環の目元に手を近づけると、流れる涙がふわりと浮かび、空中で球になる。

忍も久々に見る、水操作の埃魔法《ほこりまほう》だ。

「うあああ……ふぇ」

流石《さすが》に爆泣き中の環も気付き、一瞬泣きじゃくるのを止《や》めて、空中の水の球を見上げる。

アリエルもその様子を見て、満足そうに微笑《ほほえ》みそうになった、ところで。

「ほんど、ぼんどに、魔法、うぇ、異世界、エル、ゔ、ぶあああぁぁぁんん！！！」

もう、何を見ても泣きだしてしまう感じであった。

仕方ないな、と思っているのかいないのか、とにかくアリエルは魔法を止めて。

環を抱いて、ずっと頭を撫《な》で続けていた。

◇◆◇◆◇◆◇

「茶でいいか」

「あ、はい、ありがとうございます」

環はソファに腰掛けたまま、カップを受け取る。

長いことアリエルの胸の中で泣きじゃくっていたが、ようやく落ち着いた様子である。

ちなみにアリエルは、泣き止んだところで環を解放し、床面に投げ捨てた造り物のエルフ耳でひとり遊びを始めていた。

——後のケアを俺に任せる、アリエルなりの気遣いだろうか。

少し前までならば、考えもしなかったであろう推論を一旦《いったん》横に置き、忍は環へ目を向ける。

「感想はどうだ、御原《みはら》君」

「それ、聞きます？」

「引き合わせた責任もある。聞かせてくれ」

「……素敵でした。想像よりも、ずっと」

「君の理想としていた〝エルフ〟とアリエルは、だいぶ違っていたんじゃないか」

「その代わり、アリエルさんは全部くれました。私が欲しかったもの、ぜんぶ」

「ふむ」

「それに、それに、なんですけどね」

「ああ」

「いっしょのほうが、嬉《うれ》しかったんです」

「……」

穏やかな目で、忍《しのぶ》はアリエルを見やる。

アリエルは造り物のエルフ耳を破ってしまい、ちょっと慌てていた。

「すまない。壊してしまったようだ」

「大丈夫です。あれ、もう要りませんから」

「いいのか」

「はい」

「……そう、だな」

アリエルは埃魔法《ほこりまほう》で修理を試みるも、逆に形がおかしくなり、収拾がつかなくなっている。可哀想《かわいそう》だが、大事な話の最中なので、放っておくことにした忍である。

何しろ。

「ねえ、宮沢《みやざわ》さん」

「どうした」

ここに来て、環《たまき》に笑《え》みが浮かんでいた。

どちらかと言えば得意げで、悪戯《いたずら》っぽいような、明らかに何かを企んでいる微笑《ほほえ》み。

どうやら環のほうでも、忍の用意したシナリオに乗ってくれるらしい。

「ここ、宮沢さんのおうちですよね」

「ああ、そうだ」

「おうちのことや、アリエルさんのこと。ほかの人に知られちゃったら、きっと宮沢さんもアリエルさんも、困りますよね？」

「そうだな。一大事だ」

「じゃあ私、宮沢さんのこと、脅迫しようと思います」

環は笑みを浮かべながら、忍に言葉のナイフを突きつける。

それを受ける忍は仏頂面《ぶっちょうづら》だが、これは普段からこんな表情なので、特に不機嫌だったりはしないし、ましてや慌てたりもしていない。

仕方のないことだろう。

後から翻意した環《たまき》が、自力で忍《しのぶ》の居所を探し始め、却《かえ》って大きなトラブルを引き起こすかもしれない、だとか。

静かに監視を続けていた謎《なぞ》の秘密結社が、実質独り暮らしの環を利用して異世界エルフの情報を引き出そうとする危険性があるため、敢《あ》えて目の届く範囲に置いておきたい、だとか。

今は忍にも環にも、それらしい言い訳が必要なのだ。

「何が望みだ」

「えっと……アリエルさんの存在を知っている人は、他にもいるんですか?」

「ああ。常々力を借りている」

「でしたら、私もその仲間に入れてください」

「君のご家族に何かあったらどうする」

「脅迫してるのは私です。私の都合なんて、宮沢《みやざわ》さんが考える必要ありませんよね」

「なるほど。道理だ」

「住まわせて欲しいとまでは言いません。時々遊びに来させて貰《もら》えれば、それでいいです」

「構わないが、学校にはなるべく毎日行くように。それとこの家に来るときは、必ず家に帰って、服を着替えてから来るようにしろ」

「脅迫してるの、私なんですってば」

「知ったことか。大人としての義務は履行させて貰う」

「……はーい」

「要求はそれだけか」

「あ、あとひとつだけお願いします」

「ふむ」

「ちゃんと自己紹介、して欲しいです」

「いいだろう」

忍と環の視線が交錯する。

環だけでなく、自らもまた楽しげな笑《え》みを浮かべていると、忍は正しく自覚していた。

そして。


「俺は、区役所福祉生活課支援第一係長、中田《なかた》忍。異世界エルフと、共に歩む者だ」

「護《まも》る者、じゃなかったんですか」

「俺の思い違いだったらしい。今はこちらが気に入っている」

「私も、そっちのほうが素敵だと思いますよ、宮沢さ……えっと」

「忍でいい」

「え、でも」

「親しい者からは、名前で呼ばれている」

「……はい！」

「よろしくお願いします、忍《しのぶ》さん!!」

第二十三話　エルフと栄光の凱旋

忍《しのぶ》が環《たまき》の脅迫に屈した翌日、つまりは一月三日の正午。

中田《なかた》忍邸のダイニングテーブルには、家主たる忍、絶対に環をいやらしい視線で見てはならないと忍から厳命されている徹平《てっぺい》、すき焼きをたかる気満々であろう由奈《ゆな》が座っていた。

そして環は、アリエルに後ろから抱かれる形でソファに腰掛けている。

優しい笑顔のアリエルが、環の柔らかな抱き心地を楽しんでいるのか、知らない大人を前に萎縮《いしゅく》している環を気遣っているのかは、定かでない。

それでも、環を抱いているとアリエルが大人しいいし、徹平もなんだか温かい気持ちになっていやらしいことを考えずに済むため、なるほどこの配置は完璧《かんぺき》なのであった。

やっぱり中田忍は凄《すご》い。

「紹介しよう。ソファでアリエルに抱かれている女性が、御原《みはら》環君。魔法陣事件の首謀者だ」

「はい、は、はじめまして、御原環でしゅっ!!」

「アリエル！」

ガチガチの環につられ、つい自分も名乗ってしまうアリエル。

かわいい。

環の緊張も、少しはほぐれるだろうかと期待されたが。

「彼女はまだ十六歳の女子高生だが、知識と度胸、行動力と誠実さを兼ね備えた、侮り難き傑物だ。俺も秘密を握られ、脅迫に屈した結果、こうして仲間に引き入れざるを得なくなった」

「ちょっと待とう、ノブ」

「どうした、徹平」

「お前、この娘《こ》に脅迫されてんの？」

ドスの効いた、低く真剣な徹平の声色《こわいろ》に、早くも環が漏《も》らしかけていた。

漏らしかけているのは弱音であるから、そこまで心配しなくても大丈夫なのだが。

とはいえ、由々しき問題であった。

少しばかり人間的情緒を獲得しようが、中田忍の精神性は、どこまで行っても中田忍である。

現状について詳しい説明をしろと求められたら、御原環に秘密を握られ脅迫され、やむなく要求に従っていますと答える以外にやりようがない。

己の無力さを自嘲《じちょう》しながら、忍が徹平を宥《なだ》めんと、知恵の歯車を回していると。

「徹平サン」

軽い調子で口を挟む、一ノ瀬《いちのせ》由奈。

「あんスか」

「落ち着いてください。相手は忍センパイですよ」

「ノブだからこそ、冗談でこんなこと言わねえだろ」

「そっちじゃないです。忍《しのぶ》センパイの人柄のほう」

「人柄?」

「ええ。異世界エルフと接点を持つのは、情だ愛だの綺麗《きれい》事では片付かないレベルで危険だってことは、忍センパイどころか、私たちの誰《だれ》もが理解しています。忍センパイがなんの考えもなく、社会的にも現実的にも未熟で弱い未成年者を、この件に巻き込んだりすると思いますか?」

「思わない。だからこそ排除するべきなんじゃねぇのかよ」

「忍センパイは、それが必要だと考えたなら、どんな手を使ってでも目的を実現する方です。それでも環《たまき》ちゃんは、忍センパイに認められて、今ここにいる。私たちがやるべきで、私たちに許されるのは、その意味を考えることだけなんじゃないですか?」

「言いたいことは大体わかった。だけど、脅迫ってのは違うだろ」

「私もそこは分かりませんケド。中田《なかた》忍の生き方を曲げないまま、未成年者を異世界エルフと関わらせるには、強引にマウントを取らせる以外、やりようがなかったんじゃないですかね。仕方なく巻き込んだ形にするなら、諸々《もろもろ》の問題を見なかったことにできますし」

もちろん忍の側から、由奈《ゆな》に顚末《てんまつ》の説明などしていない。

由奈が何故《なぜ》か習得している、気味が悪いまでに正確な中田忍分析メソッドは、相変わらずの精度で健在であった。

「……どうなんだよ、ノブ」

「そこまで説明されてしまうと、俺の立場がないんだが」

「元々立場なんてないじゃないですか。女子高生たぶらかして〝忍さん〟とか呼ばせちゃって」

「待ってください、違うんです!!　私が忍さんに無理言ってわがまま言って、一度きりの約束だったのに、私がアリエルさんともっと仲良くなりたいって思っちゃったからむぎゅ」

「タマキー」

御原《みはら》環必死の弁明は、異世界エルフの乳圧によりあっさり阻止される。

由奈のほうも、少なくとも表面上は環に敵意を向けることなく、優美に微笑《ほほえ》む。

「あなたは余計な心配しなくていいの。忍センパイが認めたんだもん。ね、徹平《てっぺい》サン？」

「……ああ。怖い声出して、悪かったな」

「らいじょうもがもが」

大丈夫そうであった。

「一ノ瀬《いちのせ》君」

「一ノ瀬君じゃないですよこのロリコン糞公務員《クソこうむいん》」

「なんだと？」

「ロリコン糞《クソ》公務員って言ったんですよ。私が認めて許したのは環ちゃんの存在だけです。忍センパイ自体には何の手心も加えませんよ。恥ずかしいと思えないんですか、いたいけな未成年者をこんなところに連れ込んで」

「こんなところもなにも、俺の家だが」

不機嫌そうに受け答える忍《しのぶ》は、よほどロリコン扱いが気に食わなかったのだろうか。

「忍センパイの家だからダメだって言ってるんですよ、気持ち悪い。三十路《みそじ》のくせに誘い受け。ムッツリサラダチキン。脳みそたんぱく質でできてるんじゃないですか？」

「できているが」

「揚げ足取らないでください。ナナチキにしますよ」

「未成年者の前だ。あまり強い言葉を使わないでくれるか」

「忍センパイのただれた生きざまよりいくらか全年齢寄りですから、別に問題ありませんよ」

「言うじゃないか。脅迫どころかなんの許可も得ず、俺のプライベートを踏み荒らす君が」

「あーそういう言い方するんですねー!!　訴えますからね!!　私訴えますからね!!」

「是非そうしてくれ。俺は裁判所の判決より君そのものが恐ろしい。第三者が介在するほうが、俺にとっては安心極まりない」

やいのやいの。

突如始まったしょうもない口論に絶句する徹平《てっぺい》の肩を、おずおずと叩《たた》く者がひとり。

見れば、いつの間にか異世界エルフの乳圧の拘束を脱した、御原環《みはらたまき》であった。

「あの、すみません」

「ん……どした、御原、さん？」

「でっ、ででっ、できれば、た、環と呼んで欲しいです！」

「環ちゃんね。どうしたの」

「……あちらの、一ノ瀬《いちのせ》さんと忍さんは、お付き合いなさってるんですか？」

「……いや、それがそうじゃねんだわ」

「じゃあ、昔付き合っていたとか……」

「それも違う」

「え、じゃあなんなんですか」

「俺も信じられねーんだけど、ただの上司と部下らしい」

「……はぁー」

眉根《まゆね》を寄せる環を見て、なんかこの娘とは仲良くやれるかもしれないと思う徹平であった。

◇◆◇◆◇◆◇

暫《しば》し後、すき焼き鍋を火に掛けた忍が、リビングへ戻ると。

「お、ノブノブ。こんなモン用意したんだけど、アリエルちゃんに見せてもいいか？」

「……構わないが、何故《なぜ》そんなものを」

「なんだよ、ノブが言ったんだろ。星愛姫《ティアラ》に言葉を教えたときのノウハウが知りてぇって」

「ふむ」

アリエルは既《すで》にソファへ座らされており、周りでは騒ぎを察知した環《たまき》と由奈《ゆな》が、それぞれ興味深そうにしたりしなかったりで様子を窺《うかが》っていた。

徹平《てっぺい》はひとつ頷《うなず》き、アリエルの前へ〝こんなモン〟を三枚、裏返しに並べた。

「アリエルちゃん。ちょっと一緒にお勉強しような」

「ウー?」

アリエルの興味を引いた徹平は、アリエルから見て右側の〝こんなモン〟をそっとめくる。

そこには、項垂《うなだ》れて何かを考え込んでいる、中田忍《なかたしのぶ》の姿が写っていた。

「……シノブ?」

「ノブだな。ああいや、シノブでいいのか」

アリエルは右側の〝こんなモン〟改め、中田忍の写真を手に取り、穴が開くほどじっと見つめ、傍《かたわ》らに立つ中田忍の姿を確認し、再び写真に写った中田忍を穴が開くほど見つめる。

そして、たっぷり十五秒経《た》ったところで、唐突にアリエルが呟《つぶや》いた。

「うん?」

「……スシ」

「スシ」

写真を置き、ひと山越えた感じの表情になるアリエル。

かわいい。

「えと……若月《わかつき》さん、なんでスシなんでしょうか？」

「徹平でいーって。あと分からないことがあったら、なるべくノブに聞いてくれ」

「相変わらずですね徹平サン。また安易に忍センパイ頼っちゃって」

「そりゃそーっしょ。ノブがいるのに、なんで俺が頭を使わにゃならんのだ」

由奈が水を吸いブヨブヨになった湿布を見る表情で、徹平を見下していた。

「恐らく、寿司《すし》図鑑のことを言っているんだろう」

「あ？　寿司図鑑？」

「アリエルのお気に入りだ。写真に写る俺と現実の俺の整合性を取るために、アリエルの中で情報が整理されたのだろう。その結果、写真の中の俺は寿司図鑑の寿司と同じジャンルの〝触れられない虚構〟のひとつであると理解が及んだのだと推測する」

「一ノ瀬《いちのせ》さん、翻訳いいっすか」

「アリエルにとって写真といえばお寿司だったから、忍センパイの写真もお寿司なんですよ」

「……なるほど」

微妙な翻訳精度だったが、徹平にも二度聞く勇気がないので、この場はこれでいいのだろう。

「まあ、もう、なんかどうでもいいや。次いこ次」

この切り替えの早さも、徹平《てっぺい》のいい所であった。

徹平がアリエルから見て左側の白い紙、もとい写真をそっとめくると。

「……ウー」

アリエルが、表情に不安の色を浮かべた。

正確には、物凄《ものすご》く嫌そうな顔になりかけたが、なんとか我慢している感じの表情である。

写真には、ややカジュアルな格好でクロケットをつつく、直樹義光《なおきよしみつ》の姿があった。

「この前の宅飲みだろう。やたらスマートフォンを触っていると思ったが」

「まあまあ、本番はこっからだからさ。ノブ、例のカード貸してくれ」

「構わんが」

忍《しのぶ》から二枚のカードを受け取った徹平は、忍の写真の下にアリエルちゃんマークカード、義光の写真の下に『止』カードを並べて見せる。

アリエルもこの配置に得心が入ったらしく、特に触ったり、動かそうとしたりはしない。

「義光が気の毒だな」

「まあ、言葉が通じるようになったらなんとかしなって。それにこの勉強は、ヨッシーが嫌われている今しかできないから、ある意味好都合っちゃ好都合だ」

言いながら徹平は、最後に残された真ん中の写真をめくる。

右端の、アリエルちゃんマークを付された忍の写真。

左端の、『止』マークを付された義光の写真。

ならば中央は、誰《だれ》の写真なのか。

「……ウー？」

中央に置かれていたのは、サワー缶を片手にダサいポーズを決める、徹平の写真であった。

そして、アリエルが反応を示すより前に、間髪容れず徹平が懐から一枚のメモを取り出し、自分の写真の下に滑り込ませた。

そこに書かれていたのは。


〝微妙〟


「びみょー、って読むんだぞ」

「……ビミョー？」

「微妙」

「ビミョー」

今度は忍の写真を指差す徹平。

「いけてる」

「イケテル」

義光《よしみつ》の写真。

「苦手」

「ニガテ」

徹平《てっぺい》の写真。

「微妙」

「ビミョー」

「……よし」

徹平がガッツポーズを決めると、喜びの雰囲気を察したアリエルがへにゃりと笑った。

かわいい。

「何が良しだ。変な言葉を教えて良いと言った覚えはないぞ」

「まーまー。今後絶対役に立つって、この概念」

「ふむ」

一応、自分の中にない発想だったので、話を聞くことにした忍《しのぶ》である。

「OKとNGを教えるのは、そう難しくないかもしれんけどさ。世の中白黒つかないことなんて、いっぱいあるだろ？　でもそのグレーな部分の概念って、教えるのは結構難しいじゃん」

「まあ、そうだろうな」

「そこで俺よ。アリエルちゃんはノブのことけっこう好きだけど、ヨッシーのことはちょっと苦手じゃん。で、俺のことは多分どっちでもないから、ビミョー」

「……」

つまるところ徹平は、〝GO《してもよい》〟と〝NOGO《してはならない》〟の概念に紐《ひも》づけて〝好き〟〝まあまあ〟〝好きではない〟と口頭で表現する手段を、この短時間でアリエルに教育したのである。

しかも、同じ発想が忍から出てくることはまずないであろう、独創的な手法で。

「恐れ入った。流石《さすが》は人の親だ」

「言ったろ？　教育は愛なんだよ」

どや顔で胸を張る徹平に、このやり方のどこに愛があるのか、行き当たりばったりの思い付きを試しただけではないのかと思った由奈《ゆな》は、面倒臭かったので指摘するのを止めた。

そしてもうひとりの傍観者、御原環《みはらたまき》は。

「わか……徹平さん、徹平さん」

「あん？」

「この写真の方って、普通のヒトなんですか？」

言って、アリエルに〝ニガテ〟扱いされた義光の写真を差し出す。

「あぁ……まあ、普通も普通、俺やノブなんかより全然普通の奴《やつ》なんだけど……うっかりアリエルちゃんの前で、かりんとうモリモリ食っちまって……ぷっ」

途中で笑いを堪《こら》え始めた徹平の言葉を、忍が引き継いだ。

「それは直樹義光《なおきよしみつ》という、俺の友人だ。異世界エルフの保護に協力してくれている」

「もしかして、あのとき電話されてた、凄《すご》く仲良しな感じの方ですか？」

「そうだ。しかし奴《やつ》は、当面の間アリエルに会うことができない」

「はあ……？」

「俺たちは異世界エルフの排便について議論を進めていたのだが、有為な結論が得られなかった。その代わりとして、『排便の有無にかかわらず、始末の方法を教えておけば問題はなくなる』という解決策を、義光は俺たちにもたらしたんだ。具体的に言えば、大便代替物であるかりんとうをトイレに流して見せることで、トイレの使い方を教えた」

「なるほどですね。では『モリモリ食った』というのは？」

大便代替物をモリモリ食った話題に興味津々の女子高生、御原環《みはらたまき》であった。

「義光は昔から、腹が減ると調子を落とすタチでな。ついアリエルの前で、大便代替物としてアリエルに認識させたかりんとうを食べてしまった。食糞人間として暗に怯《おび》えられるようになり、いたたまれなくなった義光は、この家に近づけなくなったというわけだ」

改めて見れば馬鹿《ばか》馬鹿馬鹿しい、本当に馬鹿馬鹿しい話だが、この世界に来たばかりのアリエルにとってそれは、恐ろしく鮮烈な恐怖体験だったことだろう。

問題の根の深さを、改めて認識した忍《しのぶ》であった。

が。

「つまり、その問題を解決すれば、義光さんはアリエルさんと仲直りできるんですね?」

「誤解を生じかねん表現を看過すれば、そうなる」

「……お任せください。私に考えがあります」

ダテ眼鏡《めがね》を外し、きらりと瞳《ひとみ》を輝かせる環。

さながらそれは環の本気、言うなれば〝研究者モード〟発動の合図であった。

◇◆◇◆◇◆◇

環のアイデアを実現するには下準備が必要となるため、遊びのフィーリングが合っている徹《てっ》平《ぺい》にアリエルの御守《おもり》を任せ、忍と由奈《ゆな》、そして環は準備を進めていた。

既《すで》にテーブルの上には、小麦粉、砂糖、食塩、ベーキングパウダーなどが並べられている。

そこへ、新たな器を並べ足す忍。

「黒糖だ。これくらいでいいのか」

「そうですね、ありがとうございます。これ全部、可食性テストは終わってるんですよね?」

「ああ。ほとんど日常の料理に使うものだからな。黒糖は比較的ニッチな素材だが、遠からず必要になると考え、最初期段階でテスト済だ。ベーキングパウダーはスコーンに投入して与えた実績がある。よってこれらの材料は、アリエルに害を及ぼさないと推測される」

「今の返事、『ああ』だけで良かったんじゃないですか？」

「一ノ瀬《いちのせ》君の意見にも一理あるが、御原環《みはらたまき》は研究者だ。俺たちには一見してつまらないと思える補足情報でも、逐一伝えることで役立つ可能性はある」

「そうなの？」

「いえ。大丈夫かどうか分かればいいです」

「……」

立場のなくなった忍《しのぶ》を横目に、可愛《かわい》らしいセーターの袖《そで》をきゅっとまくり、真剣な表情でスマートフォンをいじる環。

ちなみに服装は例のおめかし衣装で、どうにか洗濯を間に合わせてきたものである。

これ以外は制服かジャージくらいしか服のない環なので、その頑張りは英断であった。

「この材料ってことは、作るのよね、アレ」

「はい。アリエルさんに理解してもらうには、それが一番だと思いますので」

「ふむ」

由奈《ゆな》は渋面を浮かべ、忍は項垂《うなだ》れ、知恵の歯車を回転させる。

無理からぬところだ。

義光《よしみつ》食糞被疑事件の目撃者である忍と由奈は、アリエルの憔悴《しょうすい》ぶりをよく覚えていた。

アリエルは、本当に可哀想《かわいそう》なくらい、怯《おび》え切っていたのだ。

そして怯え切っているくせに、どうにか平静を装おうとする様子の痛々しさと言ったら。

だからこそ忍も、材料の可食性テストは済ませながらも、まだ行動には踏み切れずにいた。

仮に食べられる〝それ〟を用意したとしても、今の意思疎通《そつう》レベルでは、到底アリエルの恐怖を拭《ぬぐ》い去れないと考えていたのである。

「御原君、提案は有り難いが、慎重を期すのもひとつの選択ではないか。前に比べればコミュニケーションも進んでいるし、君に義光を紹介する機会はまた作れる。せっかく、比較的似合う服を着てきたんだ。わざわざ油で汚す必要もないだろう」

「ええ、ありがとうございます。だけど今の状況なら、このまま進めても大丈夫のはずです」

当事者同士は真剣なやりとりに、由奈が真夏の幽霊を見たような表情で絶句していた。

忍が女性の服装を褒めたことに驚いたのか、その褒め言葉のチョイスが人類滅亡レベルに酷《ひど》かったので驚いたのか、はたまた人類滅亡クラスの誉《ほ》め言葉がまんざらでもない感じの女子高生に驚きを隠せないのか、あるいは全部かもしれない。

忍と環が待ち合わせの時にしたやり取りを知っていれば、多少は得心の行く会話なのだが、それを由奈に解説してくれる人類は誰《だれ》もいなかった。

「大丈夫とは」

「揚げるのはもともと、忍さんにお願いしようと思ってましたし」

「なるほど、俺とふたりで作るのか」

「いえ。アリエルさんと……徹平《てっぺい》さん、ちょっとこちらへ」

「アリエル」

「あいよ、どしたの」

いそいそとやってくるアリエルと徹平。

その様子を見て、環《たまき》は満足げにうなずき。

「皆さん、揃《そろ》いましたね」

普段のどこか自信なさげな様子は鳴りを潜《ひそ》め、芝居がかった大仰な仕草で振る舞う環。

何かに熱中し過ぎて恥も周りも見えなくなる、研究者モードの恩恵であった。

そして環は、高らかに宣言した。

「皆さんには、これからかりんとうを作っていただきます」

買おうと思えばすぐ手に入るし、お菓子としてもどちらかといえば玄人好みのかりんとうを、わざわざ家で作ろうとする者は少ない。

だが、ひとたび試してみれば、ご家庭でも案外簡単に、それなり以上のクオリティのものが作れてしまうのだ。

「えーと、次はどうするんでしたっけ、徹平さん」

「ちょい待ち……えーと、その混ぜたパン生地みてぇな奴《やつ》を、薄く延ばして切る感じらしいぞ」

「タマキ、アジミ、アジミ、アジミ」

「……忍《しのぶ》さん、どう思います？」

「生の小麦粉だからな。あまり勧められないが、ほんの少しならばいいだろう」

「分かりました。じゃあ、ちょっとだけ」

「アジミー」

　生地の端っこを口にしたアリエルは、まぁまぁの顔をしていた。

　これに比べたら、先程砂糖を直《じか》に食べさせたときのほうが、余程《よほど》嬉《うれ》しそうだったと言えよう。

「凄《すご》いじゃない、御原《みはら》さん」

「あ、えっと……環って呼んでもらっても、いいですか」

「ええ。じゃあ環ちゃん、いつ思いついたの？」

「ありがとうございます。その、思いついたって言うか、なんて言うか」

　環は照れ臭そうに生地をラップでくるみ、体重を掛けて薄く伸ばし始める。

「怖くないものが怖かったり、気持ち悪くないものが気持ち悪かったりするのは、ひとえにそれを知らない、分からないこと自体が大きな原因だと思うんです。だから、ひとつひとつ分かるようにしてあげるのが、一番いいんじゃないかって」

　環はかりんとうの材料を最初から全《すべ》てアリエルに示し、ひとつひとつ、あるいは段階ごとに味わわせながら、かりんとう作りを進めていた。

無論黒糖は大便臭くないし、砂糖は甘くておいしいので、アリエルは嫌がらなかった。

むしろ、新しく覚えた〝アジミ〟の概念を、存分に楽しんでいる。

「知ることで誤解をなくすんだ。私が言うのもなんだけど、研究者らしい考え方って感じ」

「ほんと、止してください。研究者だなんて、そんな大層なモノじゃないんですってば」

「だって、忍《しのぶ》センパイがそう言うんだもの。そうなんでしょう？」

「……まあ、その、えへへ」

やはり、まんざらでもない環《たまき》であった。

「この、みんなで作るっていうのも、何かのアイデア？」

「いえ、それは別に」

「じゃあ、どうして？」

「え、だって、皆でやったほうが楽しくないですか？」

「……」

「……」

「……それだけ？」

「え、だ、ダメでしたか」

「あ、ううん、ダメじゃないんだけどね」

「ああすみませんすみませんすみません、私、こういうのあんまり慣れてなくて！　皆で料理とか、ほんとは自分がやってみたかっただけで、つい、そのっ!!」

びたんびたんとかりんとうの生地を叩《たた》きまくりながら、じたばたとジタバタする環。

生地はいい感じに伸びたが、テーブル上の材料が軽く踊り、アリエルは少し引いていた。

忍と徹平《てっぺい》はレシピ画面に注目していたので、環の様子には気づいていない。

そんな環の手元に、由奈《ゆな》がそっと手を添えた。

「ごめんね、環ちゃん。そんな風に驚かせるつもりじゃなかったの」

「え、でもでもだって」

「自分らしく物事を考えて、自分らしいやり方で意見を言えるんだなって、感心しただけ」

穏やかな由奈の声色《こわいろ》につられ、環も落ち着きを取り戻す。

「……もし、そう見て頂けたなら、それは忍さんのおかげです」

「……どうして？」

「だって、どんな突飛な話でも、真剣に向き合って受け止めて貰《もら》えるって思ったら、私も考えたことを素直に実行できたんです。だから、忍さんと……皆さんのおかげです」

環としては、特別なことを言ったつもりはなかった。

それこそ、思ったままをそのまま口に出しただけである。

しかし。

由奈が環に返事を返すまでには、いくらかの間が空いて。

「……それでも、あなたは凄《すご》いよ、環《たまき》ちゃん」

「えー、そうですかねぇ」

照れ臭そうな口調で、生地を見つめたまま、めちゃくちゃに押し拡げる環。

だから。

このとき環から、由奈《ゆな》がどんな表情をしているのかは、見えなかった。

◇◆◇◆◇◆◇

「凄いな。まるで実物だ」

「ありがとうございます」

「余程《よほど》手馴れていなければ、いきなりこうは行かんだろう。よく作るのか」

「ああ、まあ、ええ、その……時々趣味でお菓子は作ってたので、そのおかげかな、と……」

紆余曲折《うよきょくせつ》を経て出来上がったかりんとうは、ツヤのないざらざらとした表面といい、絶妙な感じの窪《くぼ》みといい、上下にちぎった感じの切断面といい、明らかに排泄《はいせつ》物そっくりであった。

ちなみに徹平《てっぺい》は、女子高生の手料理を排泄物そっくりだと誉《ほ》める忍《しのぶ》と、それを喜んで照れる環を目の当たりにして、とても複雑な想《おも》いを抱いていた。

「まあでも、確かに美味ぇな」

だが、若月《わかつき》徹平は切り替えが早い。

スマホでレシピを見るのが主な仕事だった割に、誰《だれ》よりもかりんとうを貪《むさぼ》り食っていた。

その様子を戦々恐々の表情で見守る、アリエル。

「甘みが深い。黒糖がしっかり沁み込んでいるせいだろうか」

「排泄物っぽさを出すために、ばっちり二度がけしましたからね。栄養もたっぷりです」

「……アゥ」

徹平が、由奈が、忍が、環が、当然のように、出来上がったかりんとうを手に取り食べる。

それでもアリエルはまだ、かりんとうに触れられずにいた。

材料からアジミを繰り返し、手順の都度、安全性を確認してきたにもかかわらず、まだ手を出せないでいるようだ。

異世界エルフは、大便を食べることに、余程抵抗があるのだろう。

「アリエル、食べないのか」

「……ウー」

「忍さん、ここはアーーで行きましょう」

「なんだ、唐突に」

「食べさせてあげるときは『アーー』ってするって、さっき教えてくれたじゃないですか」

「そんな状況もあったというだけだ。普段から決めているわけではない」

「細かいことはいいんです。忍《しのぶ》さんのお願いなら、アリエルさんも諦《あきら》めがつくと思うんです」

研究者モードの環《たまき》は、押しが物凄《ものすご》く強いのであった。

「いいだろう。アリエル、アーしなさい」

「……アーー」

果たして、アリエルは素直に口を開いた。

忍は喉《のど》につっかからないよう、かりんとうをそっとアリエルの口内に挿入する。

「……ムグ」

ゆっくりと。

本当にゆっくりと、アリエルの口蓋が、閉じて。

　サクッ
「……」

「……アリエルさん」

「……」

「……」

「……」

「……ホォオオオオオオアアアアアアアアアアアアアアアアアアア！！！！」

ボッシュウウウ！！！！！

驚きとも喜びともつかない謎《なぞ》の気体が、アリエルの全身から噴き出した。

「今です皆さん！　かりんとうって叫んでください!!」

「かりんとう?」

「かりんとうです！　早く!!」

「かりんとう」

「……かりんとう」

「カリント!?」

「かりんとう！」

「かりんとう！」

「カリント……」

「かりんとう」

「かりんとう！」

「カリント!!」

「かりんとう!!!!!!」

「フォオオオオオオ！！！！！！」

謎の一体感に包まれる、中田《なかた》忍邸のリビングダイニングであった。

◇◆◇◆◇◆◇

謎《なぞ》の狂乱が収束し、暫《しばら》く後。

「……ごめん。今の話、全部ホントなの？」

「ああ」

「ええ」

「おう」

「はい……」

「アリエル」

昨年末から騒動の結末を憂慮《ゆうりょ》していた忍《しのぶ》の親友、直樹義光《なおきよしみつ》は、三が日の最終日の夕方過ぎになって突然呼び出されても、嫌な顔をするどころか喜び勇んで飛んできた。

さらに、笑顔のアリエルと向き合えることに繰り返し感謝を述べ、アリエルと一緒にかりんとうを食べるなどして、それはそれは楽しそうだったのだ。

にもかかわらず、自らの誤解が解けた経緯を話してやったとたん、この表情である。

お見せできないのが残念。

「そう呆《あき》れるな。御原《みはら》君をはじめ、皆がお前のために力を尽くしたんだ」

「あ……うん」

色を失った義光の視線がぬるりと環《たまき》へ移り、環は再び（弱音を）漏《も》らしかけた。

無理もあるまい。

他の誰《だれ》よりも忍とアリエルの歩む未来を案じ、魔法陣事件調査の際も直接手助けできず、自宅で忸怩《じくじ》たる想《おも》いを捏《こ》ね回すほかなかった直樹義光が、主犯の環に向ける感情は複雑だ。

徹平《てっぺい》や由奈《ゆな》、環自身はいざ知らず、あの中田《なかた》忍でさえも、流石《さすが》にその機微を感じ取っていた。

「全ては俺の不手際と、選び信じた未来の結末だ。受け入れろとは言わんが、理解して欲しい」

「……そうだよね、ごめん。せっかく頑張って貰《もら》ったのに、ひどい態度だったよ……えっと」

「その、すみませんでした、み、御原環と申します！　できれば環って」

「うん、これからよろしくね、御原さん」

「あ……はい、宜《よろ》しくお願いします」

柔和に微笑《ほほえ》む直樹義光と、恐縮しきって頭を下げまくる御原環。

あの中田忍でさえ、この場でこれ以上口を挟むべきではないと、正しく空気を読むのだった。

そして。

「シノブー」

空気をばっちり読み己の果たすべき役割を果たしたのか、あるいは『細かいことはよくわからないけど、カリントばかりじゃお腹がそろそろ寂しいので、みんなでオイシーしませんか』

とか考えているのかは定かでないが、とにかくアリエルが珍妙なステップで踊り始めた。

「そーいや今日って、すき焼き食う集まりだったんだよな」

「そうですよ、忍《しのぶ》センパイのアンポンタン。もうお昼どころか早めの夕飯じゃないですか」

「すみませんすみません、私がいきなりかりんとう作りましょうとか言い始めたから……」

「カリント!!」

「気にするな。義光《よしみつ》も食べていくだろう」

「え、僕もいいの？」

「無論だ。祝宴と呼べるほど豪奢なものでもないが、是非楽しんで行ってくれ」

「嬉《うれ》しいけど、僕飛び込みだし。お肉足りなくなっちゃうんじゃない？」

「大丈夫ですよ義光サン。忍センパイ、一身上の都合で竹輪しか食べられないらしいんで」

「竹輪など用意していないが」

「じゃあ何も食べられませんね。可哀想《かわいそう》な忍センパイ」

「ふむ」


穏やかな時間。

一瞬の気のゆるみ。

安堵《あんど》感という名の毒薬。

この場に居るヒトの誰《だれ》もが、普段よりも少しだけ、優しい気持ちを抱いていた。

そんなヒトの温かさに囲まれ、アリエルもまた、幸せそうに微笑《ほほえ》んでいた。


だが。

あるいは、だからこそ。


安寧は、脆《もろ》く儚《はかな》く崩れ去る。

　ピン　ポーン

「アゥ……？」

開錠用メールアドレスの着信音とは違う、聞き慣れない電子音に、小首を傾げるアリエル。

当然だろう。

忍は、アリエルがこの家に現れてすぐ後、インターホンの電源を抜いてしまった。

邂逅《かいこう》騒ぎに立ち会った義光と由奈《ゆな》も、実際にインターホンを押した徹平《てっぺい》と環《たまき》も、知っている。

鳴るはずがないのだ。

来客を告げる、インターホンの電子音など。

「このマンションは、隣のインターホンが聞こえるような安普請《やすぶしん》ではない。確実に異常事態だ」

「えっ……と、忍《しのぶ》？」

「だよな」

深く溜息《ためいき》を吐《つ》き、立ち上がる徹平《てっぺい》。

他の者たちも、各々《おのおの》に覚悟を決めた様子で動き始めていた。

みっともなく慌てたり、怯《おび》えて泣き叫んだりしない辺り、流石《さすが》は忍の協力者というところか。

「まずは俺が行く。ノブは次の動き考えといてくれ」

「環《たまき》ちゃん、アリエル連れてベランダのほう行きなさい。いざとなったら防火扉破ってね」

「分かりました。包丁とかお借りしといたほうがいいですか？」

「一ノ瀬《いちのせ》さんも、環ちゃんとアリエルちゃんに付いててあげて。こっちは大丈夫だから」

だが忍は、知恵の歯車の回転を止め、厳かに言い放つ。

「騒ぐべき場面ではない。皆、アリエルを怯えさせないよう、普段通りに振る舞ってくれ」

「ホァ……？」

当のアリエルは怯えるというより、また何かのイベントが始まるものだと誤認した様子で、ほんわかきょろきょろと辺りを見回すばかりである。

「ノブ、ちゃんと説明してくれ。流石にこの状況から普段通りは無理筋だろ」

「〝来訪者〟に害意があるなら、ベランダからガラスを静かに破壊するなり、隠密かつ電撃的に襲い掛かるほうが合理的だ。むしろこちらが大仰に騒ぎ立て、近隣住民なり警察なりの注意を引いてしまうほうが、異世界エルフ保護の観点から見て危険だろう」

「つってもよ……」

「あらゆる可能性を鑑《かんが》みて、家主の俺が応対する。背中はお前が守ってくれ」

徹平の答えを待たず、忍は玄関へと進み出る。

万一普通の来訪者だった場合、逆に騒ぎを広げてしまうため、武器の類《たぐ》いは一切持てない。

もっとも、今すぐ使えそうなものなど、食器用洗剤か椅子《いす》くらいしかないのだが。

おかしな凶器を買い漁り、当局に目を付けられるリスクを嫌った選択が、裏目に出た形だ。

「……」

昔観たことのある、主人公がドアスコープ越しに鉄の棒で目を刺される映画。

忍は刹那《せつな》逡巡《しゅんじゅん》し、外を覗《のぞ》かない覚悟を決め、内鍵を解除し、しっかりとドアノブを握って。

ゆっくりと、ドアを押し開けた。
　ギ　イィ　イィ
「……ふむ」

果たしてそこには、誰《だれ》も何もいなかった。

慎重に顔を出し、共用廊下の先を見ても、人影は見えず、足音も聞こえない。

――全員の耳に届いた以上、聞き違いではあるまい。

――だが……

知恵の歯車を回転させようとした忍《しのぶ》が、廊下の床面へと視線を落とすと。


無地の茶封筒が、そこにあった。


大きさは一見して角形2号、Ａ４サイズの書類がぴったり収まる大きさ。

口に封はされておらず、見下ろす角度からでも何か入っているとわかる。

「……」

危険性の分析と、未知に相対する覚悟は、既《すで》に済ませている。

忍は封筒を拾い上げ、傾けて中身を滑り出させて。


自身の正気を、疑った。

入っていたものはふたつ。

ひとつは、表面に荘厳なフォントで〝日本国旅券〟〝JAPAN PASSPORT〟の文字が描かれた赤色の冊子、つまりは日本国発給のパスポートであった。

忍はその真贋《しんがん》について見分ける術《すべ》を持たなかったが、名義人の身分事項ページに示された写真が、トビケンジャージを着たアリエルであることだけは、混迷する意識の中でも理解できた。

そして、封筒に収められていた、もうひとつ。

ベージュ色で名刺大、飾り気のないメッセージカード。

カードの中央に、無機質なフォントで印字されていた、その一文。


【君の望むままに】

あとがき

本作の凄《すご》いところ、というかこれはガガガ文庫様と担当編集氏が凄い話なのですが、本作は『巻を追う毎に面白くなり、完結して初めて完成する』コンセプトを黙認して頂いています。『書き出しと一巻に全力投球、手応えがあった人気のキャラを推しつつ、順次ストーリーを引き伸ばしてゆく』というスタイルは否定しませんし、むしろ商業的に当たり前の話ではあるものの、その仕方ではできない表現、表せない面白さがあるというのも、また事実だと考えます。

一巻の頃《ころ》から回収地点を決めている伏線であったり、爆発地点を決めているキャラクターの感情の蓄積であったり、ひとつの台詞《せりふ》のために積み重ねられた思い出であったり。

すべてが終わった後に『ああ、この作品は、最初の一文字から最後の一文字までがひとつの作品だったんだな』と感じて貰《もら》えるような一作を、作家として創《つく》り上げたかったのです。

もちろん、このコンセプトには大きな弊害があり、プロローグ的側面を持たせざるを得ない第一巻や、エンジンの温まり切っていない第二巻でフェードアウトしてしまう未来もあり得たのですが、続刊に尽力して下さった担当編集氏と編集部の皆様、毎巻美麗なイラストを描き上げてくださる棟《おうち》蛙《かえる》先生、そして何より読者の皆様のお力添えによって、どうにか第一の山場である第三巻までを世に出すことができました。

重ね重ね、心より、御礼申し上げます。

さて。

『中田忍《なかたしのぶ》』続刊そして理想の完結に向け、宣伝活動にも力を入れまくっている立川浦々でございますが、この度ガガガ文庫編集部様よりとんでもないグッズを制作して頂きました。

題して『中田忍直筆・アリエルちゃんマークパーカー』。

最初は印税使って自費で作ろうとしていたところ、担当編集氏のガンバリによりツイッターキャンペーンプレゼントとして創って頂けることとなり（マジでサンプル貰えなかったことを最後まで主張していきたい）、更なる担当編集氏のガンバリにより通常販売が決定しました。

何しろ元の設定が『壊滅的絵心センスの中田忍がデザインした、ゴミクズ系似顔絵マーク』という出自なので、ネタTシャツのようなコミカルお洋服になると想像してたんですが。

いざ出来上がってみると……なんだろう、ス○ユーシー的な？　ストリート感が雰囲気出てて、着こなし次第でお洒落《しゃれ》にキメられちゃうじゃん!?　と驚愕《きょうがく》しました。

これが中田忍、いやデザインの中の人（棟蛙先生）の御力か……（感涙）。

注文から発送まで少し掛かるようなので、今の時季から秋に備えて注文するといいのかも。

さあ、皆もこのパーカーを着て、異世界エルフに肯定的な印象の人になろう！

（アリエルちゃんマークは異世界エルフに〝GO《してもよい》〟を示すマークなので）

続刊に当たり、力を尽くしてくださった皆様へ、この場を借りて厚く御礼申し上げます。

ひと山超え、新たな騒乱の予感を匂《にお》わす三巻ですが、当然四巻を出すつもりで書きました。

そろそろ売れないと本当に続かなくなるので、読者の皆様は油断せず続きをお待ちください。

いざとなったら編集氏を……まあ、今はいいです。今は。

それではまた、次の悪徳でお会いしましょう。

二〇二二年　三月某日　立川浦々

立川浦々の
Twitter

『公務員、
中田忍の悪徳』
半公式 Web
出張所

奴が描き、
奴が着る。
32歳、パーカーデビュー。
※異世界エルフの感想です。
イケテル……!!
中田忍 直筆
アリエルちゃんマーク
パーカー
GAGAGA SHOP ONLINE にて
限定販売中!!!!!!!!!!
ショップはこちらから
▶▶▶▶▶

GAGAGA

ガガガ文庫

公務員、中田忍の悪徳3

立川浦々

発行　2022年4月24日　初版第1刷発行

発行人　鳥光 裕

編集人　星野博規

編集　濱田廣幸

発行所　株式会社小学館
〒101-8001 東京都千代田区一ツ橋2-3-1
[編集]03-3230-9343　[販売]03-5281-3556

カバー印刷　株式会社美松堂

印刷・製本　図書印刷株式会社

Printed in Japan　ISBN978-4-09-453063-6